Tundukkan Dia

Cassie Alexander

Caskara Press
cassiealexander.com
cassie@cassiealexander.com
ISBN: 979-8-90402-058-3

1

Lisane

Aku terbangun dalam kegelapan total.

Hal itu tidak terlalu aneh. Kamar-kamar perempuan di istana berada di bawah tanah untuk melindungi kediaman kami dari tatapan para penyihir musuh—jadi sepanjang hidupku aku terbiasa dengan cahaya lilin.

Tapi aku tidak terbiasa dengan napasku sendiri yang panas menempel di wajahku, atau rasa kasar kain yang menggesek pipiku—atau kenyataan bahwa pergelangan tanganku diikat di belakang punggung, kencang sampai menyakitkan.

Aku mengerjap-ngerjap cepat, berusaha sepenuhnya sadar dan mengingat apa yang terjadi padaku, dan mengapa aku terjebak seperti ini.

Hal terakhir yang bisa kuingat adalah berada di dalam kereta, dengan Castillion si Berduri duduk di hadapanku. Kami sedang melarikan diri dari Yang Tanpa-Mati...

Dan sekarang aku ada *di sini.*

Di mana pun *sini* itu.

Terikat, dalam gelap, di atas tanah, dengan karung menutupi kepalaku.

Sepanjang hidupku, inilah yang ditakuti ayahku—dan alasan aku hidup dalam sangkar emas, hanya boleh meninggalkan istana jika ada penyihir bersumpah-tahta di sisiku. Rupanya ketakutan itu sudah menjadi kenyataan.

Aku diculik.

Kepanikanku seolah punya nyawa sendiri di dalam diriku, berlarian seperti tikus dari otak, turun melewati tenggorokan ke jantung, lalu kembali lagi, membuatku bergantian sulit berpikir dan sulit bernapas. Tanganku berdenyut ketika darah yang dipompa jantungku menghantam-hantam ikatan di pergelangan tanganku.

Tapi aku memastikan tak sedikit pun kepanikan itu terlihat, sambil melawan setiap naluri untuk bangkit dan lari.

Aku tidak meronta, dan aku tidak berteriak minta tolong.

Aku seorang putri.

Aku tidak akan memberi siapa pun kepuasan melihatku ketakutan.

Tak peduli aku tahu betapa berbahayanya terbaring di lantai seperti ini.

Maka aku berbaring diam selama berjam-jam.

Menunggu.

Menunggu Yang Tanpa-Mati membelah bumi dan menyeruak.

Dan ketika itu tidak terjadi, aku menunggu seseorang datang memeriksaku. Menuntut tebusan. Menyentuhku dengan cara yang tidak seharusnya.

Hanya saja tidak ada yang datang.

Perlahan-lahan aku bergerak untuk berlutut di atas lantai batu yang dingin.

Seumur hidupku aku selalu dibilang berharga. Terlalu berharga untuk melihat matahari tanpa penjagaan, terlalu berharga untuk melihat bintang-bintang di malam hari. Begitulah yang dikatakan ayahku, dan kakakku, dan para penyihir yang menjaga pintu-pintu kami, dan ibuku juga, sampai Yang Tanpa-Mati membunuhnya.

Aku ingin mempercayai mereka dengan sepenuh hati, tapi ikatan yang membelitku—dan penelantaran berkepanjangan dari si penculik—terasa jauh lebih jujur dan membenarkan apa yang selalu kutakuti sebagai kebenaran: begitu benda-benda berharga disimpan, semuanya mudah dilupakan.

Dan kalau cukup lama terlupakan, tak ada yang akan sadar saat benda itu hancur.

* * *

Tiga hari berlalu... sepertinya.

Aku berhasil menggeliat melepaskan karung dari kepalaku, tapi simpul di pergelangan tanganku tidak pernah mengendur, bahkan setelah aku memelintir tangan cukup lama sampai kulitku di balik tali itu terasa terbakar.

Ada sebuah ember air di sini bersamaku, dan aku minum darinya dengan canggung, dengan tangan yang masih terikat. Baru setelah airnya hampir habis terpikir olehku bahwa mungkin lebih baik aku menenggelamkan diri di dalamnya—tapi airnya sudah tak cukup.

Aku bahkan berani menggunakan satu-satunya mantra yang kukuasai, memunculkan secercah cahaya di telapak tanganku, berharap itu akan menarik perhatian seseorang—perempuan tidak diizinkan belajar banyak sihir, agar tidak menjadi mandul atau terbakar hidup-hidup—tapi tidak ada yang datang menegurku.

Kenyataannya, tidak ada seorang pun yang datang memeriksaku selama itu. Najisku sendiri mengotori rokku; aku kelaparan, lemah, dan semua keluhan yang pernah kumiliki tentang hidup tanpa jendela di bawah istana? Sekarang aku tahu betapa salahnya aku dulu. Setidaknya istana punya kehidupan dan warna dan cahaya lilin.

Air.

Makanan.

Sedangkan di sini... aku berada di ruangan batu, persis seperti ruang tahta ayahku—hanya saja jauh lebih kecil. Ruang tahtanya separuhnya dipenuhi patung wajah seorang perempuan yang menangis, setetes air mata zamrud menetes darinya, mengawasi tahta ukiran ayahku yang megah dan mengerikan. Ruangan ini kecil dan remang, cuma diterangi cahaya kelabu yang lemah, yang memperlihatkan batu-batu kelabu kusam, sebuah kursi kayu rendah yang tidak nyaman, ember air yang sudah kuhabiskan—kemarin?—dan tiga anak tangga menuju pintu yang tak pernah terbuka.

Sampai sekarang. Pintu itu berderit terbuka dan aku tersentak tegak.

"Halo?" tanyaku cepat, lalu seketika merasa malu. *Halo*—di saat seperti ini—terdengar seperti sapaan bodoh. Terlalu biasa, terlalu... rendah. Bukan sapaan seorang putri dalam keadaan genting.

Aku memaksa tubuhku duduk dengan sempoyongan, dari posisiku yang tadi berusaha tidur di lantai. Ruang di balik pintu yang terbuka itu gelap; cahaya kelabu tidak menjangkau sejauh itu, tapi aku tahu ada seseorang di sana.

Pasti ada.

Semua ini terjadi karena suatu alasan, kan?

Aku berjuang untuk berdiri, berusaha menyeimbangkan diri di atas kaki yang kaku, pusing dan lemas karena lapar dan dehidrasi, dan sejujurnya aku tidak tahu harus berbuat apa selanjutnya. Aku sedang bepergian menyamar, jadi ada kemungkinan siapa pun yang membunuh mage dan pengawalku lalu menangkapku tidak mengetahui kedudukanku.

Lebih baik mana—mengumumkan siapa aku dan menyatakan asal-usulku, atau berbohong dan tampak tak mampu menghasilkan tebusan kalau mereka memang tidak tahu?

Pendekatan mana yang lebih mungkin mengeluarkanku dari sini hidup-hidup?

Aku memutuskan: tidak keduanya; kebutuhan yang lebih mendesak harus didahulukan. "Aku haus, aku lapar, dan aku perlu mandi." Aku menelan ludah, menatap ke dalam kegelapan, memaksa siapa pun yang ada di sana untuk *menjawabku.*

"Menurutmu kau pantas mendapatkan semua itu, Putri Air Mata?" tanya sebuah suara rendah dan mengancam.

Mereka tahu—bukan, *dia* tahu—siapa aku. Drelleth, tanah airku, berbentuk seperti tetesan air mata, ibuku yang sudah tiada dikenal sebagai Ratu Air Mata, dan penculikku sekarang mengejekku.

Aku menelan ludah, tenggorokanku kering kerontang, sambil menggertakkan gigi. "Aku ingin percaya setiap manusia berhak atas itu semua."

Dia mendengus pelan, seolah menimbang-nimbang. "Lalu bagaimana dengan ayahmu, yang mengirim prajurit untuk melawan Yang Tanpa-Mati? Atau perang-perangnya yang lain sebelum itu? Bagaimana dengan mereka? Atau apakah anak buahnya, *manusia-manusianya*," katanya, mengejekku lagi, "memang hanya layak mati?"

Aku menarik napas dalam, menguatkan diri. "Ayahku melakukan apa yang menurutnya terbaik, setiap saat. Dan kuyakinkan kau dia peduli pada para prajuritnya—mungkin sedalam dia peduli padaku. Soal perang itu sendiri... dia punya orang-orang dan penyihir terbaik yang menanganinya."

Suara tanpa wujud yang mengawasiku itu mendengus, dan aku takut aku kehilangan perhatiannya. Kalau dia menutup pintu itu lagi dan meninggalkanku di sini, aku tidak tahu apa yang akan terjadi padaku. Aku tak sanggup terkurung di antara dinding-dinding ini sedetik pun lagi—perihnya luka yang merekah di bawah tali yang melilit pergelangan tanganku, dan bau apek dari najisku sendiri.

Setakut apa pun aku pada apa yang menunggu di balik pintu itu, kalau aku tetap di sini...

"Kalau kau tahu siapa aku, kau tahu ayah dan saudaraku akan membayar mahal untuk memastikan aku pulang dengan selamat." Aku berusaha sekuat tenaga terdengar angkuh saat mengatakannya, tapi aku tidak. Aku ingin lebih kuat dari ini, dan aku yakin tiga hari lalu aku memang lebih kuat—aku pasti sudah meludah ke mata penculikku. Tapi sekarang, seluruh duniaku seolah tertelan kegelapan di balik pintu itu, seperti terowongan yang harus kurayapi untuk menemukan cahaya. Dan ketika tak ada jawaban, ketika kedudukanku atau uangku tak cukup untuk menjamin pembebasanku, sesuatu dalam diriku patah. "Tolong," pintaku pada penculikku, bahkan aku sendiri tidak yakin lagi apa yang kuminta. Aku menjilat bibir dengan lidah yang sekasar ampelas. "Cuma... tolong."

Jeda di antara kami membentang lama, terasa tak nyaman. *Kalau dia menutup pintu itu lagi, aku akan mati; aku yakin.* Lalu aku mendengarnya mengembuskan napas panjang. "Ya. Kau harus menyenangkanku. Kalau mau bertahan hidup."

Aku merasakan kehadirannya menjauh, tapi pintu itu tetap terbuka, dan aku tertatih-tatih menghampirinya.

* * *

Anak tangga batu yang menanjak dari penjaraku ternyata tajam—baru kusadari ketika tali yang mengikat pergelangan tanganku tiba-tiba terlepas. Aku jatuh ke depan, kehilangan keseimbangan, bahuku nyeri luar biasa, dan telapak tanganku teriris cukup dalam oleh tepian anak tangga batu.

Aku menahan diri sebelum sempat menjerit, meski mataku berkaca-kaca dan telapak tanganku berdenyut nyeri sementara darah kental mengalir deras. Aku tidak ingin dia tahu aku terluka. Aku sudah merasa terlalu rentan di hadapannya—siapa pun dia—dan aku benar-benar lemah tak berdaya.

Tapi setengah lantai di atas tempat aku tersayat, aku menemukan pintu lain yang terbuka, dan di baliknya ada kamar mandi yang kemewahannya tak kalah dari kamar mandi mana pun di istana. Ada bak tembaga lebar penuh air panas mengepul, sabun tergeletak di tepinya, dan sebuah kendi berisi air dingin bersih untuk diminum di atas bangku kayu di sampingnya. Aku mengganjal pintu dengan ujung sebelah sepatuku, lalu menanggalkan sisa pakaianku, meneguk air rakus, dan membenamkan diri ke dalam bak mandi itu.

Aku berendam sampai jari-jari kakiku berkeriput, memulihkan diri, merasakan air hangat mengurai simpul-simpul kaku akibat berhari-hari di lantai batu. Lalu aku menggosok tubuhku seperti belum pernah sebelumnya. Hidupku sebelum tempat ini relatif bersih, kecuali saat aku dan saudaraku bermain kasar sewaktu kecil, saling melempar kotoran kuda dalam permainan yang menjijikkan. Waktu itu kami selalu di bawah pengawasan seorang penyihir. Sekarang—aku mengamati air di sekelilingku berubah dari jernih menjadi keruh, lalu kembali bening.

Sihir.

Seseorang di sini menguasai sihir.

Tentu saja.

Aku memang diculik, bagaimanapun juga.

Aku berendam selama yang bisa kutahan, sambil terus menyadari bahwa aku tidak bisa bersembunyi selamanya.

Lalu aku berpakaian, mengenakan gaun kelabu teramat sederhana yang telah disiapkan untukku, tak lebih dari karung katun selutut yang diikat selempang tipis di pinggang. Aku segera mengepang rambut panjangku yang masih basah, tanpa pengikat untuk menahan ujungnya, dan aku tak sanggup memakai kembali sepatu lamaku, jadi tidak kulakukan.

Pergelangan tanganku ngilu, dan telapak tanganku berdenyut-denyut, tapi kalau penculikku ingin aku minum, dan ingin aku bersih, pasti aku akan diberi makan juga—dan begitu aku keluar ke lorong tangga lagi, aku mencium aroma yang kuharap adalah makan malam.

Aku menaiki setidaknya dua lantai tangga, ujung-ujung jariku menelusuri batu dingin di salah satu dinding—setinggi apa sih tempat ini? Pasti lebih tinggi dari istana!—dan saat aku mencapai pintu terakhir, aku sudah begitu lapar sampai rasanya ingin menerobos masuk.

Lalu aku melihat ruangan panjang dan sempit di baliknya, dan langkahku terhenti. Jelas sebuah ruang makan—meja kayu gelap panjang menandainya—tapi hanya ada dua kursi, satu di masing-masing ujung. Kursi yang lebih dekat denganku ada di hadapan piring perak kosong, sedangkan di ujung sana ada kursi yang sepertinya diduduki penculikku, dan piringnya penuh.

Dia lebih besar daripada hampir semua pengawal ayahku, dan tampak lebih keras daripada kebanyakan mereka, dengan tulang pipi tajam dan dagu persegi. Rambutnya hitam sebahu, matanya gelap, kulitnya pucat, dan bibirnya seolah tak pernah tersenyum, persis seperti sekarang. Dia mengenakan semacam kemeja kulit hitam—aku bisa menilainya dari cara bahan itu jatuh di tubuhnya—meski mansetnya digulung ke belakang seperti orang yang siap bekerja, memperlihatkan bulu-bulu hitam halus dan gurat beragam bekas luka di kedua lengan bawahnya yang berotot.

Matanya menyipit dan lubang hidungnya melebar saat melihatku. Aku menatap piringnya yang penuh—sepertinya dia belum menyentuh satu suapan pun.

Entah dia sangat sopan, atau dia mengatur pertunjukan ini untuk melanjutkan penyiksaanku.

"Boleh aku duduk?" tanyaku, berusaha sopan, berharap dia membalas kesopananku.

"Boleh," katanya, menunjuk ke ujung meja yang jauh. Aku duduk di satu-satunya kursi lain dan melihat bayanganku yang pucat memantul samar di permukaan piring perak kusam di hadapanku.

Begitu aku duduk, dia mulai makan, dan meskipun aku sudah tidak haus lagi, mulutku berair. Mungkin saja dia lupa bahwa tawanan juga butuh makan.

"Boleh aku makan?" Aku menyela ketika dia tak menunjukkan tanda-tanda akan berhenti.

Dia mengabaikanku, meneguk dalam-dalam apa pun isi pialanya, lalu menatapku dengan jijik saat meletakkannya. "Aku belum memutuskan."

"Jawaban macam apa itu?" sentakku sebelum sempat ingat bahwa aku seharusnya bersikap sopan pada laki-laki asing. Rahangku mengatup dan gigiku bergemeretak, sementara dia dengan sengaja menjilati kuah dari pisau di depanku, sudut-sudut bibirnya terangkat samar.

"Jawaban yang akan kaudapatkan, ngengat kecilku yang kusam, sampai aku memutuskan."

Aku mengawasinya menyuap beberapa kali lagi, mendengarkan perutku meraung terus-menerus. "Aku Putri Lisane." Aku punya nama, dan aku lebih suka dia memakainya.

"Oh, ya, aku tahu," katanya, mengusapkan sepotong daging ke piringnya dengan garpu, lalu menyuapkannya ke mulut dan menggigitnya lepas dari garpu. "Teman-temanmu menyebutkan itu saat mereka mengantarmu kemari."

Aku mengernyit, lalu sadar sebaiknya aku tidak memperlihatkan kekecewaan apa pun padanya. "Mereka bukan temanku," tegasku, berpura-pura berani.

Sebelah alisnya terangkat dingin. Piringnya hampir habis sekarang, tapi pasti masih ada makanan lain di tempat makanan itu disiapkan. "Apa hal terakhir yang kauingat?"

Aku menghabiskan separuh waktuku di ruang bawah tanahnya mencoba mengingat. Kalau aku tidak sibuk menahan lapar, aku malah bertanya-tanya sekuat apa batu-batu di lantai itu. Aku ingat aku ada di dalam kereta, dan kami melaju menggelegar menuju perbatasan, menjauhi para Tanpa-Mati, lalu... "Kami sedang bepergian." Apa Castillion sudah mati? Dia salah satu pengawalku sejak aku masih kecil. Dia takkan pernah membiarkan apa pun terjadi padaku. "Siapa yang membawaku kemari? Dan siapa kau? Apa ayahku tahu aku di sini? Kau sudah minta uang tebusan belum?"

Dia menepis pertanyaanku dengan satu kibasan tangan sambil mendorong piringnya menjauh, lalu menatapku tajam. "Katakan padaku, ngengat kecil, seberapa penting harga dirimu?"

Aku mengerjap, langsung teralihkan. "Maaf?"

"Harga dirimu. Apa kau menjunjungnya tinggi?" Dia menyingkirkan peralatan makannya. "Aku jadi penasaran."

"Aku—" aku memulai, berusaha memahami permainannya, tapi juga merasa marah. "Aku bukan sembarang perempuan—kedudukanku tinggi. Dan meski aku sama sekali tidak tahu siapa kau dan kenapa aku di sini—aku tahu bahwa aku sangat dicintai. Ayahku, saudaraku, dan Ker Vethys, tunanganku sekaligus seorang Pangeran dari Tujuh, akan mencariku. Jadi meskipun kau menguasaiku sekarang, Tuan, percayalah ini hanya sementara, dan sebaiknya kau jangan macam-macam."

Matanya berbinar penuh geli. "Takkan pernah, ngengat kecil. Dan kau boleh percaya bahwa selama kau terjebak di sini bersamaku, aku takkan pernah memaksamu melakukan sesuatu yang kau tidak mau."

"Bagus," aku menghembuskan napas, sedikit lega.

Dia memperhatikanku, lalu tertawa, menggelengkan kepalanya pelan. "Tidak juga. Karena aku akan membuatmu *ingin* melakukan hal-hal yang tidak pantas demi aku, ngengat. Pada akhirnya." Aku menelan ludah dan mengernyit saat dia melanjutkan, "Jadi mari kita mulai." Dia memutar jari di udara, mengitari piring di hadapannya. Masih ada beberapa potong daging dan sayuran di atasnya; pialanya juga pasti masih setengah penuh. "Merangkaklah ke sini di atas meja, dan makan ini seperti kucing di depanku."

Aku memandang bergantian antara dia dan sisa makanannya. "Aku takkan pernah," aku terengah, mendorong kursiku mundur, sementara tatapannya menimbang-nimbangku.

"Benarkah?" tanyanya. Mengejekku tampaknya hiburan utamanya. "Karena aku yakin kau akan melakukannya, ngengat. Cuma soal waktu saja. Hanya saja piring berikutnya, aku tidak akan memperlakukanmu seperti kucing kesayangan—tapi seperti anjing kesayangan. Dan piringnya akan ada di lantai." Dia menjentikkan jari dan menunjuk ke arah kakinya. "Dan piring setelahnya akan kembali ke ruang bawah tanahmu, dan setelahnya, siapa tahu kapan pintunya akan dibuka lagi."

Membayangkan dikurung kembali di tempat *itu*—tempat *itu*— "Kau takkan berani," aku mencoba, mencari cara untuk membujuknya.

"Kau tahu aku?" tanyanya, terdengar penasaran sambil mencondongkan badan ke depan, tetapi ketika tak ada tanda-tanda aku mengenalinya, dia bersandar kembali. "Kalau begitu, mungkin sebaiknya kau berasumsi aku akan melakukannya."

Jantungku berderap kencang, debarannya menggema di telingaku. "Ini lelucon? Untuk mempermalukanku?"

"Menurutmu ini lelucon?" tanyanya, mengangkat bahu, lalu menyeringai bengis. "Tidak? Kuberikan kau beberapa saat lagi untuk memutuskan."

Aku duduk di kursi, tubuhku ngilu, perutku melilit karena tidak ada makanan.

Bagaimana kalau keluargaku sampai tahu?

Apa Vethys masih mau menikahiku kalau dia tahu aku sudah merangkak untuk laki-laki lain?

Tapi... bagaimana mereka bisa tahu, kalau aku tidak memberitahu mereka?

Karena sudah pasti, ketika mereka membayar tebusanku, aku akan menyuruh mereka membunuh laki-laki ini.

Aku membayangkan saat pengawal-pengawalku memotong tangan dan kakinya lalu menyuapkan lidahnya sendiri ke mulutnya. Dan dia—siapa pun *dia*—akan menyesal pernah melihatku dan merancang rencana ini. Dia akan dilumpuhkan sebelum tersedak darahnya sendiri.

Dan pada akhirnya, bayangan kekerasan dan pembalasanlah yang membuatku naik ke atas meja makannya. Dengan tangan dan lutut.

Kayu keras meja itu menyakitkan untuk dirangkaki, dan telapak tanganku yang terluka masih berdenyut-denyut; tapi semua itu tak lagi penting, karena aku harus bertahan hidup cukup lama untuk membalas dendam. Aku menyingkap ujung gaun jelek yang kupakai supaya aku tidak merangkak di atasnya, lalu aku merayap ke sisi mejanya dengan dendam membara di hatiku.

Senyum kejam perlahan merekah di wajahnya saat aku mendekat, dan ketika aku mencapai piringnya, aku menariknya ke hadapanku. Aku mulai memakan sisa makanannya dengan tangan. Dari jarak sedekat ini aku bisa melihat beberapa bekas luka samar di wajahnya, dan dia mengamatiku dengan mata berkilat-kilat.

"Makan pelan-pelan, ngengat. Kau tak mau sampai mual," dia memperingatkan.

Aku menunggu sampai tiga suapan masuk dan sedang menjilati sisa kuah dari jari-jariku sebelum menatapnya penuh bisa. "Aku akan membunuhmu, suatu saat nanti," aku bersumpah.

Dia mengangguk serius. "Soal itu, aku tak ragu sedikit pun."

2

Rhaim

Setiap penyihir mendapat satu penglihatan yang teramat jelas pada malam menjelang Kenaikannya ke kekuatan penuh, tepat sebelum ia menerima cap tanda penyihirnya: kau akan melihat hal yang akan menjadi sebab kehancuran mutlakmu.

Kau akan punya kesempatan-kesempatan lain dalam hidupmu untuk menemui kematian—meski menggunakan sihir memperpanjang umur, para penyihir tidak kebal mati karena kebodohan. Tapi bahkan penyihir yang paling berhati-hati pun tahu bahwa pada akhirnya dia akan menghadapi satu kematian sejati, mau dia suka atau tidak, sekeras apa pun dia berusaha menundanya.

Sebagian lelaki melihat puncak-puncak bersalju atau air terjun, yang lain melihat kuda yang melempar penunggangnya, dan beberapa yang beruntung melihat diri mereka sendiri dengan tangan keriput dan renta, meninggal dengan damai dalam tidur.

Dalam semua kasus, begitu kami diberitahu, alasan di balik penglihatan itu sama: jika kau cukup kuat untuk dipercayai memegang kekuatan, maka kau harus belajar menerima ketentuan takdir, sama pastinya dengan cap tanda penyihir yang kau peroleh.

Kau perlu tahu, sampai ke dalam tulang-tulangmu—dan kini terukir sebagai bekas luka di kulitmu—bahwa meskipun ada hal-hal di dunia ini yang bisa kau ubah dengan kekuatanmu, kematian datang untuk kita semua.

Tidak ada sihir sebesar apa pun yang bisa meloloskan diri darinya.

Maka, ketika sekelompok prajurit membawa seorang perempuan yang terikat dan terbius ke depan pintuku, lalu melepas kantong dari kepalanya, aku melihat *dia* di sana—perempuan dari penglihatan saat *Kenaikanku,* yang telah menghantui *mimpi-mimpiku* sejak saat itu. Aku tahu itu adalah awal dari akhirku.

* * *

Selama berhari-hari aku sempat mempertimbangkan untuk membunuhnya, tahu bahwa apa pun yang kulakukan, itu pasti akan berbalik menyerangku.

Dialah yang akan menjadi arsitek kehancuranku. Mencoba menghentikannya dengan membunuhnya... betapapun menggodanya pikiran itu, tetap tak bisa diterima. Para penyihir punya mitologi sekaligus legenda, dan ada cukup banyak peringatan yang tersebar di keduanya sehingga aku tahu itu takkan berhasil.

Ayahnya adalah Raja Jaegar dari Drelleth, sebuah negeri yang dulunya bukan apa-apa, lebih terlindungi oleh posisi geografisnya ketimbang kekuatan militernya, terselip di antara dua barisan pegunungan dan berbatasan dengan laut yang ganas. Namun itu tak menghentikannya memerangi para tetangganya selama bertahun-tahun. Menjodohkan putrinya dengan salah satu dari Tujuh pun tak membuatnya jadi kurang gemar berperang.

Namun baru setelah para Tanpa-Mati membunuh ratunya sendiri, dia mulai memohon-mohon kepadaku agar ikut bertempur bersamanya.

Istanaku sering berpindah, jadi kenyataan bahwa dia terus berhasil menemukanku menandakan sesuatu tentang kekuatan para penyihir di pihaknya—banyak di antaranya memang kukenal, sekilas—dan keyakinannya yang tak tergoyahkan bahwa kehadiran sihirku dalam perjuangannya akan membantu.

Aku mengabaikannya, tak menghiraukan permohonan dan tawaran emasnya, dan sering kali memindahkan istanaku begitu saja alih-alih merespons. Sampai akhirnya dia membuatku habis kesabaran untuk terakhir kalinya. Aku mengambil pena dan menulis surat, menyuruhnya meninggalkanku sendiri atau aku akan bertempur untuk para Tanpa-Mati melawannya—yang kami berdua tahu bohong, mengingat tak ada orang hidup yang mau bergabung dengan barisan kotor mereka. Kututup surat itu dengan mengatakan bahwa dia tak punya harta sebesar apa pun yang bisa membuatku berubah pikiran, dan dia harus berhenti mengggangguku sekarang juga.

Dan saat itulah dia tiba.

Pada pendaratan berikutnya—sebuah portal terbuka di dekatnya dan sebuah kereta kuda muncul, mata kuda-kudanya memutih ketakutan setelah dipaksa melintasi kegelapan dingin portal itu. Setelah kusir kembali menguasai hewan-hewan itu, keretanya berhenti mendadak tepat di depan pintuku.

Aku begitu marah sehingga dorongan untuk melepaskan sisi binatang dalam diriku terlalu kuat untuk kutahan. Siapa pun yang mengganggu penelitianku—aku ingin mereka takut padaku, pulang membawa cerita tentang Sang Monster yang Namanya Pantang Disebut. Aku ingin muncul dalam mimpi buruk mereka di malam hari—tidak, *lebih* dari itu—menakuti mereka begitu hebat sampai mereka teringat aku bahkan di siang hari.

Aku melepaskan kendali sempurnaku dan membebaskan *dia*.

Aku melesat menuruni tangga istanaku, wujudku berubah saat aku menyerahkan diri pada monster yang sihirku ciptakan dari diriku: seekor binatang buas raksasa berselimut bulu pendek gelap, berjalin otot. Jari-jariku memanjang, berujung cakar; mulutku menjelma moncong menggeram penuh gigi serta taring yang melengkung kejam. Kubiarkan amarahku mengalir menembusku dan kemanusiaanku terbakar habis, hanya menyisakan secuil kendali atas diriku sendiri ketika aku menerjang keluar istana, siap merobek siapa pun itu dan menyihir kuda-kuda agar membawa pulang jasadnya yang tanpa anggota tubuh ke tempat asal mereka.

Namun sudah ada seorang penyihir yang kukenali berdiri di luar kereta, mengenakan rompi tanpa lengan. Castillion si Berduri, salah satu penyihir bersumpah-setia pada takhta Jaegar—dan dia tidak membawa kantong emas atau permata, melainkan seorang perempuan, terbungkus kain kelabu yang menjuntai; jubah dan roknya terjuntai dari kedua lengannya seperti sayap ngengat—dan hanya itulah yang menyelamatkannya.

Binatangku terhenti, terengah-engah, saat angin sepoi meniupkan aroma perempuan itu ke hidungnya yang jauh lebih peka—dia berbau seperti almond dan madu—dan binatangku tahu siapa dia bahkan sebelum aku sendiri menyadarinya.

"Raja Jaegar mengirimkan harta paling berharganya untukmu, Sang Segala-Binatang," Castillion menggeram, berdiri teguh di hadapan wujud monsterku. "Putri Lisane." Dia menyentak kantong dari kepala perempuan itu, memperlihatkannya padaku, dan wajahnya persis seperti yang kuingat dari penglihatanku saat Kenaikan, ratusan tahun yang lalu.

Wajah tidurnya halus, oval sempurna, dengan sedikit ketegasan pada garis hidungnya dan ujung dagunya yang sempit. Bibirnya penuh tapi pucat, kemungkinan akibat obat bius yang mereka berikan, dan rambut cokelat auburn panjangnya mulai lepas dari kepangannya, kusut dan berantakan setelah tergesek-gesek di dalam kantong selama perjalanan.

Apa ada yang lebih pas dalam hidupku selain Putri Air Mata diantarkan langsung ke depan pintuku?

Kurasa tidak.

Karena dia adalah kematianku yang menjelma daging, dan dia cantik.

Binatangku terpaku sementara aku bergulat untuk mengendalikannya lagi, berusaha meredam kembali sisi monster dalam diriku, ketika aku melangkah limbung ke depan untuk menghirup aromanya dalam-dalam.

Dalam tidur, dia sempurna.

Lembut.

Tenang.

Tak berdaya.

Dan binatangku punya firasat bahwa dia akan terasa nikmat di bagian mana pun yang dia jilat.

Aku mendorong mundur pikiran-pikiran kasarnya—sambil tahu bahwa pikiran itu tidak sepenuhnya milik orang lain, itu hanyalah aku yang menyerah pada hasrat terdalam dan energi tergelapku—sampai aku bisa merebut kendali diriku kembali, bahkan dalam wujud ini.

"Kau menerima?" desak Castillion sementara rekannya di atas kereta berusaha menahan kuda-kuda agar tidak menari gelisah—hanya karena aku bisa menyihir binatang, bukan berarti semuanya nyaman berada di dekatku, apalagi saat aku mengambil wujud predator.

Aku menarik napas berat.

Aku tidak punya pilihan.

Dialah satu-satunya hal yang tidak bisa kuhindari.

Waktuku telah tiba.

"Ya," kataku parau, dengan tenggorokan yang tak terbiasa membentuk suara manusia, lalu aku bergerak mengambilnya darinya; cakar-cakarku menggesek bulu domba pada jubahnya di bawah tubuh perempuan itu ketika Castillion meletakkannya ke dalam pelukanku. Dia tak bergerak. Tubuhnya sepenuhnya lunglai dalam dekapanku.

Ada di bawah kuasaku, bisa dibilang—meski aku ditakdirkan kelak berada di bawah kuasanya.

Castillion menatapku dan mengangguk. "Dan kapan kami bisa mengharapkan kedatanganmu?"

Aku menatap sosoknya yang tak berdaya, menimbang sisa hidupku melawan ringannya tubuhnya. "Tiga jam sehari di medan pertempuran, setiap hari, mulai besok."

"Akan kusampaikan pada rajaku." Garis rahang Castillion yang tegas menunjukkan dia tak setuju dengan pertukaran Jaegar. Begitu pula duri-duri yang menyembul dari balik kulit lengannya, bergelombang bak sisik naga—ancaman terselubung akan kekerasan saat dia bicara. "Sang Segala-Binatang—jangan sakiti dia."

Terasa absurd dia memperingatiku agar tidak menyakiti perempuan yang ditakdirkan akan menghancurkanku—apalagi dalam kondisi seperti ini. Aku menggeretakkan gigi pelan ke arahnya, menandingi nada ancamnya, lalu berkata, "Aku tidak berjanji apa pun."

* * *

Aku cukup kuat untuk meninggalkannya di ruang bawah tanah hampir seminggu, berusaha meyakinkan diri bahwa aku salah—bahwa itu bukan dia. Tapi setiap kali aku hampir percaya pada kebohonganku sendiri, aku cuma perlu turun dan berdiri di depan pintunya.

Kadang dia bicara pelan pada dirinya sendiri, kadang menangis lirih—tapi aku selalu merasakan getarannya.

Sulit menentukan itu apa. Apa rasanya seperti mendengar derik ekor ular berbisa, memperingatkanmu agar jangan mendekat lagi atau ia akan mematuk? Atau seperti hening setelah badai, ketika segalanya diam dan dunia menahan napas?

Atau seperti saat aku hendak mengerahkan kekuatanku untuk *mengubah* sesuatu, padahal dia, bagiku, tak mungkin kuubah?

Aku tidak tahu.

Yang kutahu pasti, ada arus kekuatan yang mengalir di antara kami, seperti pasang yang menyurut dan menghempas kembali. Aku bertanya-tanya kenapa dia tak merasakannya juga, dan aku menunggu selama yang sanggup kutahan sebelum mengakui kalah dan membuka pintunya.

Kubiarkan dia mandi karena aku juga bukan monster seutuhnya—dan kenapa aku harus tersiksa bau badannya? Aku juga tahu nanti aku harus membakar pakaiannya; aku tidak ingin ada apa pun di sini yang mengikatnya pada kehidupan lamanya.

Namun ketika aku mencari tanda bahwa dia mengenaliku di matanya dari seberang meja, aku tidak menemukannya. Dia sama sekali tidak tahu siapa aku, atau seperti apa hubungan kami. Dia tidak tahu apa-apa tentang takdirku atau masa depanku bersamanya, atau bagaimana dia ditakdirkan untuk membunuhku.

Yang berarti untuk saat ini... dia milikku, untuk kuperlakukan semauku.

Dan aku ingin melihatnya merangkak.

Ada satu momen saat aku menekannya, ketika kupikir dia lebih rapuh dari dugaanku, dan akan menyerah begitu saja—karena kurang akal.

Tapi kemudian dia naik ke atas meja untukku, lalu merayap menyusuri permukaannya. Pinggiran roknya tersingkap sehingga aku bisa melihat bekas merah yang ditinggalkan kayu di tempurung lututnya. Amarahnya memancar bergelombang.

Berapa banyak pria yang bisa menyaksikan kematian mereka merangkak mendekat—patuh sepenuhnya, namun dengan sorot benci di matanya?

Tidak banyak, berani kutaruhkan.

Saat aku menyaksikannya makan dengan jari-jari dan mengancam nyawaku, mungkin aku belum pernah setegang ini; kemaluanku yang tegang dan berat menekan tali-tali kulit celanaku di bawah meja. Yang bisa kulakukan hanyalah menahan diri agar tidak menyeringai menatapnya.

Ya, aku akan mati, dan *ya*, dialah yang akan membunuhku, tapi sampai saat itu, aku akan mereguk habis tiap momen kematianku yang gemilang darinya, selama takdir mengizinkan.

Aku mendorong pialaku ke arahnya, dan memperhatikannya minum. "Jangan terlalu banyak itu juga."

Dia menenggaknya dengan berang justru karena aku melarangnya, lalu meletakkannya kembali dalam keadaan kosong, mengusap jejak merah dari sudut bibirnya dengan punggung tangan. Dari caranya memegang piala itu, aku tahu dia sedang memikirkan untuk melemparkannya ke arahku.

"Kenapa aku di sini?" tuntutnya. Cara duduknya yang angkuh membuat payudaranya yang mungil terdongak tinggi, tapi saat menjawab aku memilih memusatkan perhatian pada bibir bawahnya yang penuh dan mengerucut.

"Karena itu menyenangkanku."

"Dan tebusanku?"

"Tidak ada yang menawarkan."

Aku melihatnya berhitung di balik mata dengan bulu mata gelapnya. Kini dia terjaga dan aku bisa melihatnya sendiri, aku sadar warna matanya adalah amber cerah yang teduh, seperti dalam penglihatanku—persis seperti mata tembaga di sayap ngengat tertentu. Berabad-abad lamanya aku menatap wajah perempuan, mencari mata itu, sebelum akhirnya aku menanggalkan kemanusiaanku hampir sepenuhnya.

"Kalau begitu mungkin sebaiknya kau beri tahu seseorang bahwa kau menahanku." Dia berusaha keras agar suaranya terdengar lantang, seolah dialah yang berkuasa, padahal dia sedang berlutut di atas mejaku.

"Dan kenapa aku harus melakukan itu?" tanyaku, geli.

"Kalau kau tahu siapa aku, kau tahu keluargaku punya uang, dan kekuasaan," dia menyembur. "Dan aku sudah dijanjikan pada Ker

Vethys."

"Aku tidak kekurangan apa pun—dan aku belum pernah bertemu dengannya," jawabku, yang memang benar, sejauh ini.

Dia menarik napas dalam-dalam, sebelum memandang liar ke sekeliling. "Dan... kau..."

"Aku?" kupancingnya, menunggu.

"Kau cuma... ada begitu saja di sini!"

Setelah berhasil mengendalikan naluri liarku, aku berdiri dan mengambil piringku darinya, menggabungkannya dengan peralatan makan yang sengaja kujauhkan dari jangkauannya, kalau-kalau dia tergoda menikamku. "Kau bahkan tidak tahu di mana *sini* itu."

"Aku tahu aku tidak mau berada di sini," bentaknya.

Aku mengulurkan tangan meminta pialaku sambil tertawa. "Ngengat, sejujurnya aku juga tidak ingin kau ada di sini—tapi sudah terlambat bagi kita berdua."

Dia mengernyit, menyerahkan pialaku, dan aku menangkap sekilas telapak tangannya.

"Apa yang kaulakukan?" tanyaku padanya.

"Bukan berarti kau peduli," katanya, menyembunyikan kedua tangan di belakang tubuhnya, lalu cepat-cepat turun melintasi tepi meja untuk berdiri di hadapanku. Dia jauh lebih pendek dariku, dan berbobot seringan yang bisa kuangkat dengan mudah, meski itu bukan hal istimewa—sihirku membuatku kuat di luar batas wajar. Tapi dia punya lekuk, bahkan di balik baju terusan murahan yang kuberikan padanya, dan ketika berikutnya aku mendongak menatap matanya, wajahnya memerah padam. "Pergi sana."

"Kau pikir bisa mengusirku? Di istanaku sendiri? Lucu sekali." Aku berbalik dan berjalan menuju pintu yang bukan jalan masuknya tadi. "Tetap di sini," perintahku, mengunci pintu di belakangku, lalu masuk ke dapur untuk membersihkan piring dan menyikat panci. Setelah selesai, aku pergi mencari salep sederhana yang pernah kubuat untuk luka sayat.

Pengetahuan bahwa aku mungkin sedang menyelamatkannya dari infeksi membuatku terhibur secara gelap. Tapi di sisi lain, mungkinkah menjaganya tetap hidup lebih lama sama saja dengan memperpanjang hidupku sendiri?

Aku tidak tahu.

Penglihatan tidak bekerja seperti itu.

Aku kembali dan mendapatinya duduk di kursinya lagi, menatap lurus ke depan dengan keras kepala. Melihatku, dia sedikit tersentak—nyaris tak kentara.

Takut sendirian bersamaku—tapi juga takut sendirian tanpaku.

Ngengat kecil yang malang. Tunggu sampai kutunjukkan sesuatu yang benar-benar patut kautakuti.

Aku menaruh stoples itu di meja lalu menggesernya ke arahnya. "Oleskan ini ke tangan dan pergelangan tanganmu. Nanti akan sembuh sendiri, tapi butuh waktu."

Dia mengambilnya sambil mengernyit, lalu menyembunyikannya di bawah meja, di pangkuannya. "Lalu sekarang apa?" tanyanya, jelas mengira yang terburuk tentangku.

Aku memang tak pernah memberinya alasan untuk berpikir sebaliknya—dan, jujur saja, aku pun memikirkan yang sama.

Tapi malam ini aku sudah cukup jauh bermain-main dengan nasib. Aku mengedikkan dagu ke arah tangga tempat dia masuk tadi. "Turun lagi. Akan ada pintu yang terbuka—yang tadi tidak. Kau boleh tidur di sana, bukan di penjara bawah tanah, selama kau masih menyenangkanku."

Matanya memandang ke mana-mana kecuali ke mataku, menyapu ruangan mencari-cari jalan keluar. "Menyenangkanmu bagaimana?" akhirnya dia bertanya pelan, menatap bayangannya sendiri di kilap mejaku.

"Kau akan tahu kalau sudah sampai di sana," kataku, lalu pergi.

3

Lisane

Aku menunggu sampai yakin dia benar-benar sudah pergi, lalu turun kembali menyusuri tangga sambil menggenggam stoples dengan tangan yang masih baik-baik saja. Aku masih marah dan takut, dan aku tidak percaya pada apa yang baru saja dipaksakan kepadaku.

Aku!

Seorang putri!

Merangkak!

Tak peduli bahwa aku berniat menyaksikan para pengawalku membunuhnya, tetap saja ada bagian dari diriku yang merasa muak telah direndahkan sedemikian rupa olehnya—orang entah siapa... yang tinggal di kastil dan tampaknya punya akses tak terbatas pada sihir.

Aku terus menuruni tangga sampai tiba di sebuah pintu yang aku yakin tadi belum ada. Pintu itu membuka ke sebuah kamar kecil yang ceria, diterangi sihir dan dihiasi warna kuning lembut, seperti matahari yang nyaris selalu dirampas dariku. Di dalamnya ada meja rias yang hampir kosong, dengan sebatang lilin di atasnya dan pemantiknya di dalam laci, serta lemari pakaian yang kosong.

Tempat tidurnya tidak kalah dari yang terbaik di istana, dan di atasnya terbentang selimut yang dihiasi sulaman emas yang sangat rumit. Aku tahu berapa jam kerja yang dibutuhkan untuk sulaman seperti itu, dan aku terkesiap pelan saat meraihnya, belum pernah melihat sesuatu yang seindah ini.

Dan saat aku mengusapnya dengan penuh kekaguman, aku menemukan sesuatu yang tersembunyi di balik pola sulaman yang rumit itu—sebuah lingkaran emas tipis, dibuat dengan sangat indah. Aku mengangkatnya dan memainkan pengaitnya yang halus, menemukan engselnya, dan itulah yang mengungkapkan segalanya.

Benda itu bukan mahkota yang layak bagi seorang putri—melainkan sebuah kalung.

Seperti yang diberikan pada seekor anjing.

Aku menggenggamnya erat-erat; tanganku gemetar karena amarah.

Tidak peduli secantik apa pun benda itu kalau memang *itu* fungsinya.

Aku memelintirnya, keras. Benda itu mudah sekali berubah bentuk—emasnya nyaris murni—dan aku melemparkannya ke seberang ruangan sebelum ambruk ke atas ranjang dan menangis.

* * *

Aku terbangun di penjara bawah tanah, dengan stoples salep di sampingku. Di atas tanah—atau *dalam* tanah—lagi. *Dalam bahaya.* Pergelangan tanganku sudah tidak terikat, tapi pintunya terkunci—aku melompat bangun dan menaiki tangga untuk menggedor pintu dengan tanganku yang tidak terluka. "Beraninya kau!" aku meraung. "Biarkan aku keluar!"

Aku terus menggedor sampai tenggorokanku sakit, lalu aku mendengar gerakan di sisi lain pintu dan pintu itu terbuka lebar. Orang asing itu berdiri di ambang pintu, menutup jalan sepenuhnya. "Sudah selesai?" tanyanya, dengan nada penuh perhatian yang dibuat-buat. "Dan mungkin kau mau ke kamar mandi?"

"Persetan kau," aku mendesis padanya—kata-kata yang belum pernah kuucapkan sebelumnya. Aku tahu artinya, tapi kalau ayahku pernah mendengarku bicara sekasar itu, beliau sendiri yang akan mencuci mulutku dengan sabun.

"Oh, ya?" ejeknya. "Hati-hati dengan apa yang kautawarkan, ngengat kecil." Aku melangkah mundur satu langkah, waspada, tapi kemudian dia menyingkir.

Aku melesat melewatinya dan menaiki tangga menuju kamar mandi untuk buang air, lalu melanjutkan naik secepat mungkin, menjauh sejauh-jauhnya dari penjara bawah tanah yang remang itu.

Kali ini tangga membawaku ke sebuah ruangan yang jauh lebih besar dengan langit-langit sangat tinggi. Di dalamnya ada beberapa meja dengan kertas-kertas berserakan, dan dindingnya dilapisi rak buku kayu mahoni, penuh sesak dengan buku, diselingi pajangan kecil berisi... tulang-belulang?... kecuali satu dinding yang seluruhnya berupa—

Aku terkesiap.

Jendela.

Jendela-jendela itu tidak dari lantai sampai langit-langit—tingginya setengah dari ruangan—dan hanya bisa dicapai melalui beberapa anak tangga menuju anjungan pandang, tempat penculikku berdiri, memandang keluar. Daya tariknya begitu kuat hingga aku nyaris melupakan rasa takutku padanya dan hampir berlari menghampirinya.

Sudah berapa lama sejak terakhir kali aku melihat matahari? Bahkan sebelum aku diculik... berminggu-minggu?

Sebulan?

Aku mengingat upacara terakhir yang ayahku adakan untukku, berdiri di atas panggung dan melambai kepada rakyat kami, dengan barisan penyihir yang melindungi kami berdua. Keadaan sudah cukup buruk ketika beliau hanya takut pada penyihir musuh, tapi setelah para Tanpa-Mati mulai bermunculan, rasanya tidak ada tempat yang cukup aman bagiku untuk sekadar melihat langit.

Dan sekarang... begitu banyak warna biru. Begitu dekat. Begitu murni.

Percuma saja lukisan dunia luar di dinding kamar para perempuan itu seakurat apa pun, kalau kau hanya melihatnya dengan cahaya lilin.

Benarkah kami setinggi ini sampai tidak ada yang bisa melihat ke dalam? Dan benarkah aman bagi orang asing ini untuk memiliki jendela yang terbuka di sarangnya?

Yang perlu kulakukan hanyalah menaiki tangga itu untuk mencari tahu.

Tiga anak tangga ke atas—dan tiga langkah lebih dekat kepadanya.

Aku mengangkat kaki, dan dia berkata, "Sepertinya kau melupakan sesuatu," tanpa berbalik.

Aku berhenti, menurunkan kakiku kembali. "Merangkak?" tanyaku penuh kebencian.

Dia tidak langsung menjawab, dan tiba-tiba yang lebih buruk dari berada di penjara tanpa cahaya—atau kamar-kamar tempatku menyia-nyiakan seluruh masa mudaku—adalah melihat sinar matahari tanpa bisa berjemur di bawahnya. Merasakan kehangatannya merambat di kulit seperti belaian. Mengetahui kebebasan yang dijanjikannya.

Bahkan sebelum kematian ibuku, aku sudah membenci terkurung di kamarku. Aku ingat berusaha membujuk saudara kembarku Helkin untuk membawaku keluar bersamanya waktu kami masih kecil, dan ketika dia tidak diizinkan, berbisik melalui pintu kamar kami kepada Castillion yang malang yang sedang berjaga—waktu aku masih cukup kecil untuk percaya bahwa yang perlu kulakukan hanyalah membuat seseorang mengerti, dan maka aku pasti akan dikeluarkan. Aku akan mengganggu siapa saja yang ada, siapa saja yang mau mendengarkan, sampai ibuku menarikku pergi, mengancam akan mengurungku lebih dalam lagi di kamarku.

Tapi percuma—apa pun yang kukatakan tidak pernah berhasil.

Para penyihir—para *laki-laki*—tidak akan pernah mengerti.

"Tidak, ngengat kecil," katanya, suaranya pelan. "Hanya anak perempuan yang memakai kerah yang boleh melihat ke luar jendela."

Aku memandang bergantian antara belakang kepalanya dan cahaya terang dari jendela. Lengan dan pinggulku nyeri karena tidur di lantai batu penjara dan pergelangan tanganku masih lecet—dia telah menyakitiku, berulang kali, dan sekarang dia ingin aku berpura-pura menjadi peliharaan, hanya supaya bisa melihat cahaya matahari?

Aku menyambar selembar kertas penuh catatan tulisan tangan dari atas meja terdekat, dan mengacungkannya ke arahnya, mengatupkan gigi.

Dia langsung menoleh saat aku mulai merobeknya, dan salah satu alis hitamnya terangkat. Dengan cahaya dari jendela yang mengalir di belakangnya, seluruh sosoknya tampak makin tenggelam dalam bayangan. "Dan kau yakin lebih memilih dihukum lagi daripada sekadar memakai kerah?" tanyanya, suaranya tenang—namun mengancam.

Kertas yang kupegang sedikit bergetar di tanganku. "Ini bukan hal sepele. Bukan untukku. Aku seorang putri. Aku bukan milikmu."

"Tentu saja," katanya dengan nada mengejek. "Tidak, kau milik ayahmu. Atau, kalau tidak, putranya—atau siapa pun yang sudah mereka jodohkan denganmu. Siapa namanya lagi?"

"Ker Vethys," kataku pelan, telingaku berdengung.

"Ahh," dia mencibir. "Dan seperti apa rasanya jadi kuda jinak, berpindah dari tangan ke tangan? Kalau bukan kerah, kau lebih suka dipasangi kekang dan tali kekang?"

Semalam aku diperlakukan seperti kucing, diancam menjadi anjing, dan sekarang aku seekor kuda? "Berhenti menyamakanku dengan binatang!"

"Kalau begitu berhenti berperilaku seperti binatang," katanya datar. "Berapa lama lagi kau mau tanpa pemandangan, ngengat kecil? Kapan terakhir kali kau melihat matahari, atau bulan?"

Aku mengatupkan gigi. Aku tidak mau menjawabnya, tapi dia melanjutkan.

"Kau dibius lebih lama daripada yang kau kira. Para penculikmu cukup ceroboh."

"Apa... kau yang menyuruh mereka menculikku?" Apa sejak awal dia sudah mengincarku? Semacam pelamar misterius yang tak pernah kuketahui? Apa itu sebabnya dia belum meminta tebusan?

Dia tampak terkejut sesaat. "Tidak. Aku sungguh berharap kau tidak pernah menginjakkan kaki di rumahku." Dia menatapku dan menghela napas, lalu menuruni tangga menghampiriku seperti awan gelap, dan aku menahan diri agar tidak lari. "Pergi ambil kerahmu," katanya, dengan nada final.

* * *

Aku meninggalkan perpustakaan ajaib itu, dan tangga membawaku ke kamar tidur yang baru sebentar kutempati. Kerah itu masih tergumpal kusut di sudut ruangan. Aku memungutnya, bertanya-tanya apakah aku akan dihukum karena kondisinya sekarang, lalu membawanya kembali naik tangga, kutangkup di kedua telapak tanganku seperti burung terluka.

"Ini," kataku, menyodorkannya kepadanya sejauh yang kubisa. Dia mendekat dan mengambilnya tanpa menyentuhku, memandangnya dengan jijik.

"Sebaiknya kau berpikir dua kali sebelum menganggap remeh pemberianku, ngengat kecil," dia memperingatkan, sambil membentuk logam itu dengan tangannya. Kukunya pendek, dan telapak tangannya beralur halus oleh kapalan. "Meski sejauh ini pembangkanganmu menghibur, aku biasanya bukan orang yang sabar."

"Kalau begitu, kau ini orang seperti apa?" tanyaku, tepat ketika dia menyelesaikan pekerjaannya dan menunjukkannya padaku.

Kerah itu bukan kerah lagi. Benda itu kini menjadi rantai emas tipis—dia telah mentransmutasinya tepat di depan mataku. Mulutku ternganga.

Aku mengenal para penyihir seumur hidupku—bahkan, seluruh hidupku dikelilingi oleh sihir, atau dibentuk oleh ketakutan terhadapnya. Aku pernah melihat para pengawal ayahku beraksi, dan saudaraku pernah menceritakan tentang sihir-sihir yang lebih besar yang dilakukan di garis depan perang melawan para Tanpa-Mati.

Tapi aku belum pernah mendengar sesuatu seperti yang baru saja dilakukan penyihir ini. Begitu dekat—begitu cepat—sampai aku bahkan tidak menyadari itu sedang terjadi.

Dia mengangkat kalung itu di antara kami dan benda itu berayun mengikuti gerakannya. "Kau lebih suka memakainya seperti ini?"

"Sihir?" tanyaku, karena aku perlu mendengarnya mengatakannya sendiri.

Dia mendecak kesal, lalu menarik baju kulitnya terbuka untuk memperlihatkan tanda penyihir di dadanya yang berotot—tampak seperti cap tangan. "Ya. Pakai—sekarang—dan kau tak boleh melepasnya." Dia memberi isyarat agar aku mendekat, dan rantai emas itu berputar di ujung jari-jarinya.

Aku tetap tidak mau memakainya... tapi rasanya juga tidak bijak membuat seorang penyihir murka. Aku menangkap rantai itu dengan tanganku dan menariknya lepas saat dia melepaskannya. Aku membuka pengaitnya, mengaitkannya lagi di belakang leherku, lalu berlari ke jendela tanpa meminta izin.

Kami berada di ketinggian yang belum pernah kualami, di tengah rangkaian pegunungan. Gunung-gunung yang aus tampak seperti gelombang, membentang sejauh mata memandang. Pantas saja dia merasa cukup aman punya jendela di sini—kami bahkan lebih tinggi dari burung-burung. Aku juga tak bisa membayangkan para Tanpa-Mati merangkak naik dari puncak gunung untuk menyerang kami, bahkan seandainya kastilnya entah bagaimana berdiri di atas tanah yang kokoh. "Ini di mana?" tanyaku pada diriku sendiri. Setelah menaiki begitu banyak tangga, kukira aku akan bisa melihat rumahku di kejauhan; aku tak menyangka sama sekali tak mengenali apa pun.

Dia naik dan berdiri di sampingku, dekat, tapi tanpa menyentuh. "Ini adalah tempat yang kuinginkan saat ini, ngengat kecil."

Aku menelan ludah. "Jelas kau sangat berkuasa. Mungkin... kau bisa membantu ayahku? Kau tahu tentang perang itu, kan?"

Aku mendongak menatapnya dan melihat otot rahangnya mengeras sebelum dia menjawab. "Ya."

"Jadi... mungkin kau dan dia bisa mencapai semacam kesepakatan. Pasti ada sesuatu yang kau inginkan, sesuatu yang bisa dia berikan, supaya bantuan itu setimpal bagimu. Kembalikan aku, tawarkan bantuanmu kepadanya, dan dia akan membuatmu kaya raya tak terbayangkan."

Dia berbalik menatap ke bawah, memelototiku, dan daun jendela di seluruh ruangan membanting menutup. Aku menjerit kecil dan melompat mundur mendengar bunyinya. "Aku harus pergi," dia mengumumkan, lalu melangkah menuruni tangga. "Sekarang kau sempat berperilaku baik, kau butuh sesuatu untuk mengisi waktu. Aku tak bisa menemanimu seharian, dan kau juga tak akan senang kalau aku di sini terus. Jadi tinggal di sini—kau bisa membaca?"

"B-bisa," aku tergagap, mengejarnya. "Tidak bisakah kau membiarkan jendelanya terbuka?"

"Tidak."

Aku berhenti dan melongo. *Kami di tengah-tengah pegunungan! Siapa yang mungkin melihat kami?* "Kau mau ke mana?"

"Kau tidak ingin tahu." Dia menatapku kasihan. "Aku akan kembali malam ini. Salah satu pintu menuju ke dapur. Makan sendiri, tapi jangan minum anggur apa pun."

"Tapi—" aku mulai bicara, masih mengejarnya, dan dia berbalik menghadapiku, mata gelap dan kehadirannya mengancam.

"Kau benar-benar ingin aku tinggal?" tanyanya, dengan kesungguhan penuh.

Aku membuka mulut tapi tidak ada kata-kata yang keluar.

"Sudah kuduga," geramnya. "Aku akan kembali," katanya, lalu memunculkan sebuah pintu begitu saja di hadapannya—dia membukanya, dan dia sudah lenyap.

4

Rhaim

Aku mengabaikan rasa tatapannya menempel di punggungku sampai pintu yang kuciptakan tertutup di belakangku. Lalu kubuka tangga menuju tingkat kastilku yang sekaligus laboratorium—pusat tempat aku meneliti sihir.

Meja dan kertas di sini sama banyaknya dengan ruangan tempat kutinggalkan gadis itu. Hanya saja, yang menahan tumpukan kertasnya berbeda: eksperimen yang masih berjalan, kajian anatomi yang menarik perhatianku, dan stoples-stoples asam keruh.

Tiga dinding di sekelilingnya tertutup buku—jurnal para penyihir yang sudah lama tiada—beserta peninggalan dari hidup mereka dan hidupku sendiri. Setelah hidup kira-kira delapan ratus tahun, tiap barang di ruangan ini punya cerita, dan kebanyakan adalah cerita yang hanya aku yang masih mengingatnya.

Aku... dan mungkin Finx, yang tersentak keluar dari sarang sutra besarnya di sudut ruangan—gumpalan bulu hitam berkaki bejibun—sambil meneriakkan namaku. "Rhaim!" Kedelapan mata kuningnya, mirip mata kucing, berkedip.

Aku mengangkat tangan untuk menghentikannya bicara. "Ya, aku akan pergi. Dan tidak, kau harus membiarkan dia sendiri."

Dia memantul ke sebuah meja kosong, tubuh berbulunya terkulai murung. "Aku nggak suka kalau kamu pergi."

"Apalagi kalau aku nggak ngebolehin kamu nyentuh barang-barang."

"Itu juga," keluhnya.

Aku mengusap titik di belakang sepasang matanya yang paling besar, di antara telinganya yang berbulu lebat, dan dia mendengkur. "Aku akan segera kembali. Awasi dia kalau kau mau, tapi jangan sampai dia melihatmu."

"Nggak akan." Dia melambaikan empat kakinya, membuat gerakan janji yang rumit.

Dinding terakhir laboratoriumku memuat pintu terkunci sihir dengan bingkai portalku di baliknya.

Aku sudah cukup lama menjadi penyihir hingga bisa membuka portal tanpa bingkai. Tapi kalau ada pilihan—dan saat harus keluar—aku lebih menyukai keamanan ruangan ini. Di sini, penyihir lain tak bisa mengintip lewat bingkai mereka ke dalam kastilku.

Bingkai portalku kubuat dari tulang-belulang dan gading, sisa-sisa hasil penelitianku, dan kubuat cukup besar agar bisa dengan mudah memuat wujud binatangku untuk jaga-jaga. Setelah mengunci pintu kembali ke laboratorium di belakangku, aku berdiri di hadapan bingkai itu. Kukumpulkan kekuatanku dan kupusatkan niat, sampai bingkai itu terisi gambaran tenda perang Raja Jaegar yang remang-remang di sisi seberang. Lalu aku melangkah masuk.

Penasihat terdekat Jaegar, putranya Helkin—yang usianya persis sama dengan Lisane—menoleh ke arahku dengan wajah masam. "Kau terlambat. Kami tidak membayar untuk keterlambatan." Dia mengenakan zirah ringan tapi mewah, lebih untuk pamer ketimbang menghadapi ancaman nyata.

Aku menatapnya suram. "Lucu sekali, aku tidak ingat pembayaranku akan kuambil dari kulitmu." Tangannya meraih pedang berhulu indah di pinggangnya, tapi tertahan entah oleh akal sehat atau keinginan kuat untuk tetap bernyawa hari ini. Aku melirik ayahnya; satu-satunya "zirah" yang dikenakannya tampak seperti selapis kelelahan tebal di atas jubah-jubah bulu binatang. Satu-satunya warna pada dirinya adalah batu permata hijau berpotongan tetes air mata—lambang negerinya—yang tergantung dari rantai berat. Dia menatap meja penuh rencana dengan mata berair. "Dan bagaimana aku bisa membantu hari ini, Yang Mulia?" tanyaku pada Jaegar—dan hanya pada Jaegar.

Jaegar membuka mulut hendak bicara, tapi kemudian Sibyi sang Pembuat Awan masuk. Aku dulu pernah bersahabat dekat dengan gurunya, jadi dia tampaknya memandangku dengan hangat. Dia pria jangkung dan kurus, bersudut-sudut tajam dan nyaris botak, dan dia selalu membawa beberapa kantung air yang disandang melintasi bahunya dengan sabuk kulit di atas jubah merah tuanya, selain sebuah tongkat untuk bersandar. "Sebuah celah sedang menganga di dataran Safia," lapornya kepada raja, dan Jaegar menghela napas lalu mengangguk, mengetuk titik baru di petanya.

"Pergilah ke sana. Coba cegat sebelum bertambah parah."

Aku meletakkan tangan dengan sopan di dada dan membungkuk singkat. "Serahkan padaku. Yang Mulia akan memakai jasaku selama tiga jam, sesuai perjanjian kita." Aku mengisyaratkan ke bingkai yang kulewati tadi di belakangku, dan gambaran dataran rendah Safia muncul di dalamnya. Sibyi melangkah masuk, percaya sepenuhnya pada sihirku, dan aku bersiap mengikutinya, tepat ketika kudengar Jaegar berdeham.

"Segala-Binatang, tunggu," katanya, dan aku berhenti. "Bagaimana keadaan Lisane?"

Aku berbalik menghadapnya. Itu pertama kalinya dia menanyakan tentang putrinya—dan barangkali juga pertama kalinya dia menatap langsung ke mataku sejak mempekerjakan jasaku. Kini setelah Lisane terjaga dan berada dalam cahaya kastilku, bukan kegelapan penjaraku, kemiripannya dengan keluarganya mudah terlihat. Dia dan saudaranya mewarisi kening dan hidung ayah mereka—hanya milik Lisane lebih halus, lebih feminin—dan mata cokelat Helkin adalah gaung yang lebih gelap dari mata ambar Lisane. Aku melihat Jaegar menelan ludah dengan tegang, dan rahang Helkin mengeras menahan amarah.

"Aku belum bosan dengannya," kataku, dengan nada yang tepat—bisa berarti apa saja, bisa juga bukan apa-apa—tapi terutama supaya dia menyesal setengah mati sudah menyerahkan putrinya padaku.

* * *

"Menurutmu berapa banyak waktu yang kita punya?" tanya Sibyi padaku, meneguk panjang air yang dibawanya.

Dia penyihir seperti diriku, tipe yang merintis jalannya sendiri di dunia dan tak berutang kesetiaan pada takhta mana pun—yang berarti dia memilih melayani Jaegar karena rasa ingin tahu yang aneh atau kehormatan, sepenuhnya atas kehendaknya sendiri; sesuatu yang menurutku konyol.

Aku mengamati padang rumput kosong di depan kami, penuh jejak yang memotong rumput-rumput yang terpangkas rapi. Kebanyakan binatang sudah merasakan terobosan yang datang dan menyingkir dengan bijak, tapi bukan berarti aku kehabisan akal. Aku berlutut dan mengambil segenggam tanah dari salah satu jejak—tanahnya gembur; itu mempermudah segalanya—dan berarti mungkin aku punya lebih banyak kawan.

"Beri aku waktu sebentar," kataku padanya, menempelkan tangan ke tanah, mencari. Dia mengangguk dan menunggu sementara aku memejamkan mata.

Serangga adalah satwa pertama yang kupelajari ketika aku mulai memiliki kemampuanku. Mereka mudah ditemukan, mudah dikendalikan, dan sangat mengerikan dalam jumlah besar. Dataran ini dipenuhi mereka, tepat di bawah rumput. Semut, kumbang, belalang, kalajengking—aku bisa merasakan kehidupan kecil dan energi mereka berdenyut menembus tanah, bergelombang-gelombang. Tak satu pun dari mereka tahu kenapa sebentar lagi segala sesuatu akan salah di sini, tapi semuanya, dengan cara kecil mereka masing-masing, bisa merasakannya mendekat—desakan para Tanpa-Mati yang akan menyembul dari bawah mereka. Aku melihat bayangan semut-semut saling mengoper anak-anak mereka yang putih mungil, setengah terbentuk, dari satu semut ke semut lainnya, meninggalkan sarang yang mereka bangun berumur-umur lamanya.

Aku berdiri. "Kalau bahkan serangga saja takut, berarti sudah dekat."

Sibyi menyeka mulut dengan lengannya. Dia sudah menghabiskan satu kantung air lagi, dan aku bisa bersumpah perutnya terlihat menggembung di balik jubahnya. Dia butuh cairan untuk mengakses sihir awannya, kupikir—semua sihir ada harganya, biasanya tergantung cara kerjanya. Mungkin bagi Sibyi, itu berarti harus terus terhidrasi. "Aku bisa memperlambat mereka dengan badai, lalu menyambar pakai petir."

"Bagus," kataku, sambil menepiskan debu dari tanganku ke pahaku. "Aku yang bereskan sisanya."

Dia mendengus, menyapukan telapak tangan ke kepala botaknya untuk menghapus keringat, lalu mengibaskan tangan itu ke langit. Wajahnya mengilat oleh konsentrasi dan tubuhnya menegang, tepat ketika belalang-belalang mulai menghantam kakiku—makhluk dungu itu akhirnya mencium bahaya dan berusaha kabur.

Aku mengikuti arah pandang Sibyi ke atas dan menyaksikan awan yang tadi belum ada mulai berkumpul, sekadar kabut setipis selaput yang perlahan memberi kami naungan. Sesudah itu, kudengar tanah sekitar tiga puluh meter di depan mulai seperti diayak, dan kurasakan getaran di bawah telapak kakiku.

Para Tanpa-Mati sebentar lagi akan merobek tanah itu hingga menganga seperti mulut, memaksa diri menembus dari dunia neraka mereka ke dunia kita.

Sibyi menancapkan tongkatnya cukup kuat ke tanah hingga berdiri tegak, lalu menepukkan kedua tangannya di atas kepala. Awan-awan di atas kami menggelap, dan hujan mulai turun.

Guyuran hujan menguat sesuai kehendaknya, dan aku melihat wajahnya menegang penuh konsentrasi ketika ia membuatnya jadi sederas-derasnya, menghantam kami dengan butir-butir hujan sekeras batu. Matahari lenyap di balik tirai awannya dan rasanya seperti malam jatuh. Kilat menyentak terang, menerangi gundukan yang menggembung di padang di depan kami, dan aku melihat Tanpa-Mati pertama akan mulai menyeret diri keluar dari sana kapan saja. Mereka makhluk setengah jadi yang terbentuk sembarangan—tanpa kelamin, tanpa telinga, tanpa mata—hanya mulut penuh gigi tajam dan tungkai-tungkai bercakar, dipenuhi cairan hitam busuk yang tampaknya menggerakkan mereka.

"Rhaim," Sibyi menggeram, matanya tertuju pada awan-awan di atas, mengandalkanku untuk melindunginya.

"Aku tahu," kataku padanya, menunduk menatap lumpur di sekitar kakiku, memusatkan kehendak sekaligus amarahku.

Aku bisa mendengar semut-semut itu tenggelam. Merasakan satu per satu detik terakhir kecil dari ketakutan mereka. Tak ada penghiburan bahwa mereka barangkali toh akan mati dengan cara yang keras juga, atau bahwa hidup mereka begitu singkat dan menyedihkan—kami sedang memusnahkan makhluk-makhluk sebanyak isi seluruh dunia—dan untuk apa, demi menyelamatkan manusia belaka?

Manusia, dan satu gadis yang sangat meresahkan?

"Rhaim!" Sibyi berteriak, dan aku mendongak. Para Tanpa-Mati sudah menyeret tubuh mereka keluar dari tanah, menyadari keberadaan kami—entah bagaimana wajah tanpa mata itu menemukan mangsanya—dan kini bergerak ke arah kami.

"Bah!" teriakku membalas, menghantamkan tangan ke tanah, dengan gambaran tajam di benakku tentang apa yang kuinginkan terjadi selanjutnya.

Setelah menguasai serangga, aku beralih ke reptil.

Mereka begitu asing bagiku sampai butuh satu abad untuk menuntaskannya, tapi ketika selesai, aku sudah cukup lama masuk ke dalam pikiran liar mereka sehingga aku tahu bagaimana mereka hidup, cara mereka bergerak, dan apa yang mereka rasakan. Aku sudah membongkar mereka dan merakitnya kembali, lalu kutuangkan pengetahuan itu—dipadukan dengan niat sihirku—ke dalam tanah di sekelilingku.

Lumpur buatan sihir Sibyi retak terbuka di kakiku, menyingkap pola-pola bersisik di bawahnya, dan aligator-aligator serta buaya-buaya yang kuciptakan dengan pikiranku mulai mengais-ngais diri mereka bebas, seolah tanah itu pecah dengan kekerasan. Mereka menyeret diri keluar dari kubangan dengan kaki-kaki kekar dan cakar-cakar kuat, berenang di dalam lumpur dengan tubuh pipih dan moncong seperti sekop. Kupaksakan kehendakku agar mereka meluncur ke banjir bandang kilat ciptaan Sibyi, kukatakan pada mereka bahwa mereka lapar, lalu kulepas.

Kini giliranku untuk menatap dan berkonsentrasi, mengabaikan bagaimana rasanya hujan menghantam, bagaimana air menempelkan rambutku ke tengkuk, lalu merayap masuk ke balik kemeja kulitku. Mataku hanya tertuju pada makhluk-makhluk yang telah kuberi nyawa, pikiranku dikuasai mereka—memberi mereka bentuk, menjaga mereka tetap utuh. Aku tahu persis setajam apa gigi-gigi mereka, meski setiap gigi mereka berbeda satu sama lain di dalam mulut masing-masing. Aku tahu kebencian keruh yang mengisi benak mereka yang terbatas, masing-masing hanya memiliki segelintir pikiran, sebagian besar berupa amarah.

Kurasakan apa yang mereka rasakan ketika akhirnya mencapai para Tanpa-Mati dan mulai bertarung. Bagaimana mereka mematahkan anggota-anggota tubuh yang mengembung dan basah kuyup dengan sentakan rahang, mendengar Tanpa-Mati melolong kesal, dan merasakan sapuan tangan-tangan tak berguna itu ketika mereka berusaha mencungkil rahang yang tak kenal lelah, kehilangan jari-jari dalam prosesnya. Kurasa ichor yang membuat para Tanpa-Mati tetap hidup—pahit di empat puluh lidah yang berbeda—sementara makhluk-makhluk yang merupakan bagian dariku, dan juga *bukan,* mengamuk, menyentak-nyentakkan leher berotot ke kiri dan kanan, menggigit, meremukkan, dan mencabik gelombang demi gelombang Tanpa-Mati yang terus menyeruak keluar.

Dan sepanjang waktu itu, aku merasakan naluri buas dalam diriku menarik-narikku, ingin bergabung dengan mereka.

Kurasakan ujung-ujung jariku nyeri ingin melahirkan cakar, rahangku sesak oleh gigi, dan rambut hitam baru yang kasar dan sekeras kawat meronta menekan kemeja kulit basah yang kini kukenakan. Itulah sebabnya aku hanya bisa menjanjikan Jaegar beberapa jam sehari—kalau kugunakan kekuatanku lebih lama dari itu, untuk sementara waktu aku takkan menjadi manusia.

Harga dari menguras sihirku, dari mengendalikan hewan-hewanku—baik yang nyata maupun yang kuciptakan—adalah berubah menjadi salah satunya.

Dan begitu aku berubah menjadi satwaku, godaan untuk menjadi satwa sepenuhnya—dalam segala makna kata itu—tak pernah berhenti.

Sibyi berdiri di sampingku, mengarahkan sambaran petir ke Tanpa-Mati yang luput dari makhluk-makhlukku. Kami berdua basah kuyup oleh air dan lumpur dari ujung kepala sampai ujung kaki, dan kemudian semuanya berakhir. Kehadiran yang diciptakan para Tanpa-Mati lenyap dan tanah yang mereka rangkak keluar dari sana kembali rata seperti semula, menutup pintu ke tempat busuk apa pun yang menampung mereka.

Begitu tekanan itu mereda—dan lenyapnya musuh secara tiba-tiba—pasukan kecil yang kuciptakan berbalik, delapan puluh mata liar berkilat-kilat saat sambaran petir lain menyambar di dekat mereka.

Aku mengepalkan tangan di udara dan memerintahkan makhluk-makhlukku kembali ke dalam lumpur, memutus ikatan sihirku dengan mereka. Aku menyempatkan diri menyaksikan mereka hancur lebur, lalu menoleh ke Sibyi, yang tampak gemetar, berpegangan pada tongkatnya. Perut yang tadi menggembung sudah lenyap dan, kalau bisa dibilang, dia tampak bahkan lebih kurus dari saat kami mulai.

"Steady," kataku, meraih bahunya untuk menopangnya. Kubuka ikatan salah satu kantung airnya dan kusodorkan. Dia menerimanya dengan tangan gemetar, dan tampak pulih setelah menenggak setengahnya—lalu dia sadar aku memperhatikannya, dan menyodorkannya kepadaku.

"Tidak, tapi terima kasih," kataku, merogoh ke dalam kemeja kulitku yang basah kuyup untuk mengambil sebuah botol kecil.

Dia tertawa, lalu mengulurkan kantung airnya untuk mengetuk botol minum logamku yang lebih kokoh—seakan kami sahabat lama yang baru berjumpa lagi setelah lama berpisah—sementara matahari mulai mengintip dari sela-sela awan.

5

Lisane

Aku—aku bahkan tidak tahu namanya, dan dia sudah meninggalkanku begitu saja.

Di sini.

Aku memandang sekeliling ruangan yang sangat besar itu. Langit-langitnya begitu tinggi, dan dinding-dindingnya menyimpan lebih banyak buku daripada yang pernah kulihat seumur hidup—lebih banyak daripada yang pernah kubayangkan bisa ada. Pajangan-pajangan aneh berupa kerangka yang berjajar di rak bersama buku-buku itu bisa kupikirkan nanti. Pasti ada hampir semua buku di dunia ini di sini, dan aku ingin membaca semuanya lebih dulu.

Tapi sebelum memulai itu, aku berlari ke jendela dan mencoba melihat keluar melalui kacanya. Daun jendela di luar terkunci rapat. Bahkan di bagian engsel pun tak ada celah.

Apa dia akan kembali sebelum gelap?

Apakah aku akan mendapat kesempatan mengintip lagi?

Apakah dia sengaja menyiksaku, atau ada alasan praktis yang tidak kupahami?

Ke mana dia pergi?

Dan... mengapa aku ada di sini?

Jika penculikku cukup kuat menciptakan pintu dari kehampaan, berarti dia juga cukup kuat membuka portal tanpa perlu bingkai—yang artinya, dia bisa pergi hampir ke mana saja.

Dia—tepatnya—alasan mengapa aku dikurung hampir sepanjang hidupku: agar penyihir musuh tidak bisa mencuriku untuk pemerasan, atau tebusan, atau yang lebih buruk...

Seolah itu ada gunanya.

Sekarang aku di sini, dicuri.

Apa aku takut padanya? *Ya.* Dia tampak kejam dan tak peduli. Selama aku di ruang bawah tanahnya, aku tahu dia tidak baik hati.

Tapi dia belum menyentuhku... dan dia benar-benar menguasai sihir.

Sihir yang lebih kuat dari apa pun yang pernah kulihat.

Aku cepat-cepat melepas kalung yang dia berikan kepadaku dan menahannya di tanganku. Benda-benda sihir bukanlah hal yang langka—Castillion selalu bilang lebih banyak sihir yang hilang dari dunia ini daripada yang bisa ditemukan kembali.

Apa penyihir aneh itu baru saja memberiku benda sihir?

Aku menyusurkan rantai halusnya di antara jari-jariku.

Kurasa tidak.

Aku hanya... berharap.

Karena aku menginginkan sihir milikku *sendiri,* lebih dari *apa pun.*

Sepanjang hidupku aku dikelilingi para penyihir, selalu memperhatikan mereka, memohon agar mereka mengajariku lebih dari mantra-mantra kecil yang boleh kupelajari di dalam kamarku. Sudah tak terhitung berapa kali aku dibilang bahwa suatu hari nanti, melahirkan anak sudah jadi "sihir yang cukup" buatku.

Tapi aku tidak sekadar menginginkan mata yang lebih tajam untuk menyulam, atau sihir-sihir kecil agar pipiku merona dan rambutku berkilau.

Aku menginginkan ini.

Kekuatan yang cukup untuk berjalan di luar dengan bebas tanpa penyihir di sisiku. Hidup di mana akulah yang menentukan takdirku sendiri.

Dan aku tidak takut terbakar untuk mendapatkannya.

Tapi tidak ada yang mau memberikannya kepadaku.

Aku terkagum, dan takut... dan lapar.

Seperti malam sebelumnya, hanya lebih parah, karena bukan hanya perutku yang kelaparan, tapi juga pikiranku yang haus.

Mendengar cerita tentang para penyihir yang melawan Sang Tanpa-Mati itu lain soal; menyaksikan kemampuan mereka dari dekat? Sama sekali berbeda.

Aku lahir jauh setelah masa-masa "baik," ketika sihir digunakan untuk memberkati panen, atau memanggil hujan. Ketika para penyihir sering membuat ledakan warna-warni di langit untuk perayaan, berkelana memburu monster, dan menjadi legenda.

Tidak. Pada saat aku dilahirkan—dan ibuku, dan ibu dari ibuku sebelumnya, selama siapa pun bisa mengingat—penyihir-penyihir tertentu sudah menjual kekuatan mereka kepada penawar tertinggi. Mereka disewa untuk berperang dan memata-matai. Itulah sebabnya kami, perempuan-perempuan berdarah bangsawan, harus disembunyikan di ruangan tanpa jendela, agar tak ada penyihir yang bisa melihat kami lalu membuka portal untuk mencuri kami.

Begitu aku menyadari bahwa para penyihir yang menjaga kami juga alasan kami terperangkap di sana, sulit untuk tidak membenci mereka semua tanpa pandang bulu—setidaknya sampai serangan Sang Tanpa-Mati dimulai.

Tapi setelah Sang Tanpa-Mati merangkak keluar dari tanah di ruang-ruang kami untuk membunuh ibuku pada Hari Tergelap, akhirnya aku mengakui mereka memang berguna. Dan sekarang ayahku sedang menjalani misi hidup-mati. Dia harus membuat setiap negeri di benua ini sepakat mengesampingkan perang mereka dan mengangkat senjata serta sihir bersama melawan ancaman baru yang luar biasa berbahaya ini.

Yang artinya para penyihir kembali menjadi pahlawan... sebagian dari mereka.

Bukan yang menculik putri raja tanpa alasan jelas.

Tapi jika ada cara bagiku untuk membantu ayahku dari sini, meskipun terperangkap, dan sekaligus menolong diriku sendiri... Aku berbalik menghadap rak buku lebar pertama yang melapisi dinding terdekat. Pendidikanku memang baik, meskipun aku terkurung, dan aku tahu cara tercepat untuk belajar adalah memulai dari awal.

Aku menyeret sebuah meja dan menaruh kursi di atasnya, supaya aku bisa menjangkau sudut paling atas dari rak tertinggi, mengambil sebuah buku, lalu mulai membaca.

6

Rhaim

Ketika aku kembali melalui portal, Finx sudah menunggu. "Aku jadi anak baik!" serunya begitu pintu mulai terbuka menuju laboratoriumku.

"Nggak percaya, ah," godaku, mengunci pintu rapat-rapat di belakangku.

Dia mendengus mencemooh, lalu kedelapan mata kuningnya menyorot padaku sementara telinganya berkedut. "Kamu dari mana? Kamu baik-baik saja?" Dia melompat ke lantai di dekat kakiku lalu menggaruk-garuk dengan kaki depannya. "Kenapa basah? Kenapa berlumpur?"

"Nanti kujelaskan. Tapi sementara ini, bisa kamu bersihkan jejak yang kutinggalkan?" pintaku. Aku yakin dia akan melakukannya. Sementara itu, aku menghentak melewati ruang kerjaku, meneteskan air dan lumpur, lalu menuju tangga.

Atap bergerigi kastilku hanya bisa diakses melalui satu pintu kalau aku tidak menggunakan portal, dan saat ini pintu itu terbuka ke pemandangan matahari yang nyaris tenggelam di antara dua gunung terjal yang menakjubkan.

Aku sudah membangun sebuah paviliun kecil di atap batu kastilku untuk menikmati pemandangan seperti ini dari bak mandiku, bak marmer tertanam yang mirip permata berwarna susu. Aku mengelilinginya dengan beberapa dinding rendah untuk menghalau angin, serta keranjang-keranjang penuh handuk besar. Udara di luar dingin menggigit, tapi sihirku selalu menjaga air tetap hangat. Kemeja kulitku yang basah menghantam tanah dengan bunyi *plok,* dan dingin yang tiba-tiba menerpa tubuhku justru menyegarkan—begitu pula saat aku menenggelamkan diri ke dalam kehangatan lembut bak itu sesudahnya, setelah sepatu bot dan celana kutanggalkan.

Air yang keruh itu diracik dengan rempah dan bubuk, susu dan madu yang diawetkan secara sihir. Ini bak penyembuh. Dan meski hari ini aku cuma butuh panasnya, bak ini tetap jadi salah satu dari sekian banyak pengingat di kastilku tentang kenapa aku harus tetap berwujud manusia—karena kalau aku benar-benar membiarkan buas dalam diriku menguasai, aku tak akan pernah bisa bergerak di dunia manusia lagi.

Meskipun aku membenci kebanyakan lelaki secara individu, aku menyukai hal-hal yang lelaki ciptakan. Aku menghargai tembakau pipa yang bermutu, tepi halaman kasar dari jurnal baru yang dijilid tangan, dan kristal-kristal besar nan indah yang dipotong bersegi. Aku suka makan daging layaknya manusia, dipanggang sekilas alih-alih mentah. Aku ingin ditakuti karena pikiranku, bukan dijauhi karena penampilanku. Dan pada kesempatan-kesempatan ketika aku memang bersetubuh, ukuran kontolku saja dan cara aku menindiknya sudah cukup merepotkan—belum lagi selubung dan simpul.

Dan yang tak kalah penting, apakah wujud buasku muat di bak rendamku?

Tidak, pikirku, sambil mendengus. *Tapi kalau dipikir lagi, andai aku pernah benar-benar menyerah pada sisi buasku, aku bahkan tidak akan ingat kastilku ada.*

Kubiarkan panas bak itu mengusir dingin hujan dan membersihkan lumpur, menarikku kembali ke wujud manusiaku—lalu aku merasakannya. Ngengat kecilku sudah melepas kalungnya.

Benda itu tidak lagi menyentuh kulitnya.

Itulah alasan sebenarnya aku mengalungkan kalung itu padanya: agar aku selalu punya bayangan samar di mana dia berada, dan apakah dia masih utuh.

Aku bergumam pelan penuh pertimbangan dan merosot lebih dalam ke air panas, pikiranku terpecah dua lagi—bukan antara buas dan manusia kali ini, melainkan antara kekecewaan dan kesenangan.

Aku lebih suka kalau dia tidak membangkangku... dia belum cukup mengenal kastilku, tempat ini benar-benar tidak aman untuknya.

Tapi pikiran tentang bagaimana aku akan menghukumnya karena membangkang... yah, kata *menggoda* terlalu lemah untuk menggambarkannya.

Aku berdiri, mengibas-kibaskan tubuhku hingga kering, dan membuka keranjang terdekat untuk mengambil handuk yang kulilitkan di pinggang, sebelum masuk kembali ke dalam.

* * *

Setelah kering dan kembali mengenakan kulit hitam, aku menemukannya di perpustakaanku, di dalam kubu segitiga yang dia buat dari meja-meja yang diseret-seret. Isi salah satu rak bukuku mengelilinginya dari dua sisi, dan dia sedang membuat catatan di atas meja yang ketiga. Kepalanya tertunduk penuh konsentrasi, dan kakinya terselip di bawah kursi.

Kalungnya memang sudah dilepas, tapi dia tidak mematahkan atau melemparnya ke seberang ruangan—dia hanya menyelipkannya di sebuah buku untuk menandai halaman.

"Apa yang sedang kamu lakukan?" tanyaku, dan dia terlonjak. Dia tidak tahu bahwa kehadirannya di sini hampir sama mengejutkanku seperti kehadiranku mengejutkannya.

Wajahnya merona, terkejut tertangkap basah—dan aku menyadari mungkin dia membentengi dirinya dengan meja-meja itu tanpa sadar.

"Kamu dari mana saja?" tuntutnya.

Aku mengamati seluruh keadaannya. Sepertinya dia tidak kesulitan menyibukkan diri. "Kenapa? Merindukanku?" tanyaku mengejek.

"Tidak," jawabnya, mengerutkan dahi.

"Kalau begitu, aku yang bertanya duluan." Aku mengisyaratkan kekacauan yang dia buat. "Apa alasan semua berantakan ini?"

Dia berdiri di tengah-tengah ketiga meja itu. Aku memperhatikannya menegakkan bahu dan menautkan kedua tangan di depan tubuhnya begitu erat sampai buku-buku jarinya memutih. "Kamu penyihir yang sangat hebat," mulainya. Sebelah alisku terangkat ketika dia mengumpulkan keberanian untuk melanjutkan. "Dan aku ingin belajar darimu."

Aku menatapnya tajam dan tertawa—aku tidak bisa menahan diri. Tapi begitu kulakukan, wajahnya langsung jatuh, sampai aku ingin menarik kembali tawaku.

Matanya menggelap, dan mendadak dia kembali menjadi perempuan pemarah yang baru saja merangkak di atas meja makanku. "Aku tidak takut terbakar."

"Ahh," kataku, setenang mungkin. "Bagaimana kalau aku yang takut?"

Itu hampir benar. Dia akan menjadi ajalku—entah bagaimana caranya. Tapi dia mengira aku hanya mengejeknya, lagi.

"A-aku rasa cerita-cerita itu cuma karangan," ujarnya, rahangnya mengencang, persis seperti saudaranya.

"Bisa jadi memang begitu," aku menyetujui. "Tapi kenapa aku harus mengajarimu?"

Dia menarik napas dalam-dalam dan memandang sekeliling ruangan, seolah semuanya sudah jelas dengan sendirinya. "Kita harus melakukan sesuatu untuk menghabiskan waktu. Kamu sendiri yang bilang tadi."

Aku sengaja menunggu lama sebelum menjawab, mengamati ketakutan dan kemarahannya silih berganti menyapu rona di wajahnya. "Atau," kataku, "aku bisa menghabiskan seluruh waktuku di sini, membereskan buku-buku, setelah mengikatmu lagi di bawah."

Tangannya naik untuk menggenggam pergelangan tangan yang berlawanan—yang belum sembuh—lalu mengusap-usapnya pelan. "Kamu tidak akan melakukan itu. Tidak selama aku berkelakuan baik." Ada pertanyaan dalam nadanya, menginginkan jaminan yang tak bisa kuberikan.

Aku memejamkan mata dan menggelengkan kepala, tetap dihantui warna matanya. "Jangan berpikiran baik tentangku, ngengat kecil."

"Kumohon," katanya, mungkin karena itu berhasil kemarin. "Aku sungguh-sungguh ingin belajar."

"Mungkin memang begitu. Tapi kamu sudah terlalu tua untuk itu."

"Umurku baru delapan belas," mohonnya.

"Guruku menjinakkanku saat aku dua belas," jelasku, berusaha sabar. "Sihir membutuhkan kelenturan jiwa tertentu, dan kesediaan untuk melepaskan seluruh kendali. Aku tak akan mengira seorang putri punya salah satu pun dari itu."

"Memangnya sudah berapa banyak putri yang pernah kamu temui?" tanyanya, nadanya nyaris angkuh sebelum dia menahannya, teringat di mana dia berada. "Kamu bisa mencoba, penyihir. Setidaknya."

Dan sekarang, upaya memberi perintah. *Kasihan ngengat kecilku, sampai harus nabrak-nabrakkan diri ke kaca begini.* "Gaya retorika begini lebih manjur buatmu di istana?" tanyaku sebelum berbalik. "Aku akan membuatkan kita makan malam. Kembalikan semuanya seperti semula, lalu temui aku di ruang makan." Aku sudah setengah jalan keluar pintu ketika dia berteriak memanggilku.

"Penyihir! Lihat! Aku sudah bisa sedikit!"

Dia merangkak keluar dari bawah meja tulis dan berdiri di depannya, mengulurkan satu tangan yang ditangkupkan. Ada cahaya berkilau di cekungan telapak tangannya. Sinarnya lebih terang daripada sihir remang yang kupakai untuk menerangi ruangan ini. Cahayanya menebarkan hangat di kulitnya, menyepuh rautnya dengan harapan keemasan.

Aku menarik napas dalam-dalam. Akan jauh lebih mudah untuk takut mati di dekatnya kalau dia tidak secantik ini.

"Lihat? Dan aku belum terbakar, penyihir," lanjutnya, berusaha membuktikan diri padaku.

Tapi tetap lebih aman bagiku untuk memadamkan harapannya. "Memangnya itu keahlian yang berguna, di gua-gua tempat mereka mengurungmu?"

Lubang hidungnya mengembang dan dadanya naik turun sebelum dia memuntahkan kata-kata. "Beraninya kamu mengejekku soal dunia yang kaummu ciptakan untukku."

"Sekadar informasi," kataku, menyertai dengan dengusan sebagai penekanan, "selama delapan ratus tahun hidupku, kamu orang pertama yang kuculik."

Aku melihat dia dikuasai gejolak emosinya. "Apa kamu membunuh Castillion?" Aku tidak cukup cepat menyangkalnya, dan dia melirik cahaya di tangannya. "Seandainya aku bisa melempar ini ke arahmu!" katanya, lalu hendak melakukannya.

Aku menangkap pergelangan tangannya dengan cepat tapi ringan, sangat sadar akan luka-luka mentah bekas tali-tali pengikatku di kulitnya. "Menciptakan cahaya itu mudah," kataku, mengambil nyala api dari tangannya untuk memadamkannya. Lebih baik ngengatku mengira Castillion mati di tanganku, daripada tahu bahwa lelaki itu telah mengkhianatinya—bersama semua orang yang pernah dikenalnya.

Aku tidak melepaskan pergelangan tangannya; aku menggunakannya untuk menahannya tetap dekat, bertanya-tanya apa yang akan terjadi seandainya kubiarkan dia melemparkan mantra sederhananya padaku. *Apa itu bisa membunuhku?* Dia tidak melawan, meskipun menatapku dengan jijik, bibirnya melengkung mencibir. "Kenapa kamu ingin belajar?" tanyaku.

Ekspresi halusnya berubah dihantui sesuatu, dan ketika menjawab, suaranya lembut. "Kalau kamu tahu siapa ayahku—kamu juga tahu siapa ibuku."

Aku mengangguk perlahan. Ibunya Lisane adalah Ratu Air Mata. Semua orang di Benua ini sudah tahu siapa dia sekarang, dan dengan bergabungnya Drelleth, tujuh negara asli mungkin sebaiknya disebut Delapan saja. Jaegar sudah berkeliling ke semua istana besar, memukul dada meratapi ancaman yang muncul dari bawah istananya, yang membunuh Ratunya sendiri. Dia menggunakan kisah tragedinya untuk memohon mereka memberikan uang dan penyihir-penyihir untuk melawan, dan anehnya, banyak yang mengabulkannya.

Aku menyipitkan mata memandangnya, bertanya-tanya apakah cerita-cerita yang kudengar itu benar; apakah dia mendengarkan detik-detik kematian ibunya sambil bersembunyi di balik pintu kayu yang tipis. "Kamu ingin mengalahkan para Tak Bermaut demi menyelamatkan dirimu dari nasib yang sama?"

Dia menggeleng cepat. "Bukan. Bukan hanya diriku. *Semua orang.* Seperti—ayahku—"

Aku langsung tahu apa maksudnya—di garis depan, tempat aku baru saja berada. Aku melepaskan pergelangan tangannya dan mundur selangkah. "Jangan menyebut-nyebut ayahmu padaku lagi," kataku, suaraku rendah dan mengancam. "Kamu terjebak di sini."

"Selamanya?" tanyanya, mengangkat dagunya. "Kamu benar-benar tidak akan pernah minta tebusan?"

"Tidak pernah," geramku.

Bibirnya mengatup rapat, terjepit di antara cemberut dan manyun, dan ada kengerian yang menekan pundaknya begitu dia mendengar kebenaran dalam kata-katuku.

Apa yang tersisa baginya di sini kalau aku tidak mengajarinya?

Andai saja visi Kenaikanku sedikit lebih jelas ketika itu terjadi, dan aku bisa melihat sesuatu di dalamnya selain wajahnya. Petunjuk tentang di mana dia akan membunuhku, bagaimana, atau kapan. Sejauh yang kutahu, kemungkinan dia mengakhiri hidupku dengan membuatku tersandung jatuh dari tangga sama besarnya dengan saat dia belajar melempar petir. Keduanya sangat tidak mungkin, tapi bahkan kematian tak disengaja pun tetap final.

Padahal sebenarnya, nasibku mungkin sudah tersegel sejak aku membawanya naik dari penjara bawah tanah, ketika aku memutuskan untuk bermain-main dengannya.

Menguji keberuntunganku.

Dan sekarang dia di sini, membalas.

Aku menyeret pandanganku naik-turun di tubuhnya seolah-olah dia tak pantas kulirik. "Perempuan tidak bisa menjadi penyihir," kataku, mengulang apa yang diajarkan guruku padaku—dan apa yang sudah diwariskan guru-guru sebelum dia, seribu tahun silam. Tapi aku takkan mengatakan apa-apa kalau aku tidak sedang mempertimbangkannya, dan aku tahu dia tahu itu ketika kulihat harapan berkobar di mata ambarnya.

"Begitu kata mereka," mulainya pelan-pelan. "Tapi bagaimana kamu tahu? Apa kamu pernah mencoba mengajari seorang perempuan?" Tatapannya mengikuti tatapanku, berusaha membacanya.

"Belum," jawabku jujur. Dan aku bisa saja berhenti di situ lalu pergi begitu saja, hanya saja sesuatu dalam diriku melarangku. Rasanya seperti alih-alih tanda-penyihir yang tercap di dadaku, tangan takdir kini mendorongku dari belakang—memabukkan, penuh tantangan, kebanggaan, dan keniscayaan.

Larangan mengajarkan sihir tingkat tinggi kepada perempuan berasal dari zaman dahulu kala, jauh sebelum masa kecilku sekalipun.

Dan meskipun aku sudah membaca seribu jurnal penyihir, dan semuanya membicarakan tentang perempuan yang terbakar jika mereka belajar terlalu banyak seolah itu sudah pasti, tak seorang pun yang bisa dipercaya pernah menulis kesaksian langsung bahwa hal itu benar-benar terjadi.

Besar kemungkinan, dorongan itu muncul dari keengganan untuk menyia-nyiakan waktu perempuan untuk sesuatu yang sangat mungkin hanya kesia-siaan. Untuk setiap penyihir dengan kekuatan sejati, seperti diriku, ada ratusan dengan kekuatan kecil-kecilan... penyihir-penyihir yang menyia-nyiakan hidup mereka dan mempertaruhkan bahaya Kenaikan, hanya untuk mendapati puncak kemampuan mereka cuma mengubah apel jadi biru, atau menumbuhkan bulu tanpa sanggup terbang.

Maka aku tidak membantahnya—termasuk kenyataan bahwa aturan-aturan itu mungkin juga melindungi gadis-gadis muda dari tangan penyihir-penyihir tua.

Tapi tanganku *tidak* meraihnya.

Dia yang dijatuhkan ke dalam tanganku.

Dan... apa bedanya kalau aku mengajarinya? Siapa yang akan menghukumku? Sedikit sekali penyihir yang setara denganku. Siapa yang berani?

Aku menyipitkan mata. "Kalau kamu memang memiliki sihir, dan itu 'kalau' yang sangat besar, kamu harus tahu bahwa penyihir tidak bisa punya anak." Itu satu-satunya bagian dari peringatan itu yang aku yakini kebenarannya, dan satu-satunya yang terpikirkan untuk mengurungkan niatnya.

"Jadi?" tantangnya. Dia menatapku seolah sedang berusaha mengendalikan pikiranku dengan hasratnya. *Aku bakal celaka kalau ternyata memang itu kekuatannya.*

Aku menarik napas dalam-dalam, menenangkan nuraniku. Kalau latihan yang dia mau, latihan yang akan dia dapat. "Kalau aku mengajarimu, ngengat kecil, kamu harus melakukan semua yang kuperintahkan. Termasuk hal-hal yang sangat tidak ingin kamu lakukan."

Dia menjilat bibirnya. "Aku mau."

"Kamu bahkan belum tahu apa yang kamu janjikan."

"Tidak masalah. Aku menginginkan ini." Dia menegakkan bahunya dan menatapku dengan kebanggaan yang tak bisa disembunyikan.

Namun kebanggaan saja tidak cukup untuk jadi penyihir. Aku menggeleng singkat. "Kamu cuma mengira begitu."

Bibirnya mengatup menjadi garis tipis, dan seperti ada sesuatu yang tersulut dalam dirinya. "Berhenti berpura-pura kamu mengenalku!" Kemarahannya membuat helai-helai cokelat kemerahan yang terlepas dari kepangannya tampak lebih liar, dan seolah-olah sesaat dia tampak membesar—lebih berani karena kejengkelannya. "Kamu tidak mengenalku!"

Aku menunggu sampai dia selesai, sampai keheningan di antara kami meregang terlalu lama, dan dia menciut lagi—kembali jadi kuncup bunga, bukan nyala api. "Kamu benar, ngengat," kataku. "Aku tidak. Tapi kalau aku mau mengajarimu, aku harus belajar." Aku melirik ke belakangnya, pada kehancuran yang dia buat di rak bukuku. "Untuk pelajaran pertamamu, aku mau kamu mengembalikan semua buku itu ke tempatnya, sesuai urutan."

Dia menoleh ke tumpukan di belakangnya, lalu kembali menatapku, tidak yakin apakah aku sedang bercanda.

"Dan aku ingin kamu melakukannya dalam keadaan telanjang, tanpa mengenakan apa pun selain rantaiku."

Kudengar tarikan napasnya yang tajam ketika matanya menoleh kembali kepadaku. Bibirnya terbuka, siap melontarkan protes—tapi lalu dia ingat peringatanku, dan aku nyaris bisa membaca pikirannya.

Dia tahu kalau dia mundur sekarang, aku takkan pernah mengizinkannya menyinggung soal pendidikan sihirnya lagi.

Bahwa alih-alih memiliki peluang—seberapa pun mustahilnya—untuk menjadi setara denganku, dia hanya akan menjadi hiasan di istanaku. Sepanjang sisa hidupku yang semoga masih panjang.

Aku melihatnya menelan ludah, lalu meletakkan kedua tangannya pada ikat pinggangnya sambil menatap lantai. "Aku belum pernah memperlihatkan tubuhku kepada laki-laki." Itu bukan penolakan, hanya permintaan belas kasih dariku—yang tidak kumiliki.

"Dan sekarang pun kamu tidak," kataku. "Aku bukan laki-laki biasa. Aku adalah Segala-Binatang."

Setelah sejenak lagi ragu-ragu, dia mulai melepaskan simpul ikat pinggangnya.

7

Lisane

"Lanjutkan," perintahnya, lalu ia berjalan pergi, menuju sebuah dinding yang sebelumnya—aku yakin betul—tidak ada pintunya.

Aku menatap ruang yang ditinggalkannya, bergolak oleh emosi yang kacau. Harga diriku berkecamuk—tercabik antara amarah dan rasa malu.

Aku baru melepas ikat pinggangku... dan dia sudah pergi?

Apa cukup hanya karena aku sudah memulai? Apa aku sudah mendapatkan sedikit kepercayaannya? Aku sengaja melipat ikat pinggang itu pelan-pelan dan meletakkannya sebelum...

Sebelum apa?

Aku melakukan apa yang diperintahkan?

Seperti yang sudah kujanjikan?

Apa yang kupikirkan, menyerahkan diriku pada kemauannya?

Aku masih berpikir seperti di duniaku yang dulu, di mana setidaknya di dalam istana, pria dan wanita berusaha bertindak dengan kehormatan.

Tapi tak ada acuan untuk itu di istananya ini—hanya dia dan aturan yang ia buat.

Aku takut membayangkan dia kembali dan mendapatiku telanjang. Aku tidak mau dia menatapku, mengetahui tubuhku, *seperti itu.*

Tapi aku juga takut dia kembali dan mendapatiku masih berpakaian, karena... lalu apa? Kalau aku mundur, walau sekali saja... apa lagi yang tersisa untukku di sini?

Kalau aku belajar sihir—kalau ini bukan semacam lelucon kejam, yang kemungkinan besar memang begitu—maka aku akan bisa bertempur melawan Yang-Tak-Bisa-Mati di sisi ayahku, dan juga melawan *dia.*

Aku meraih ujung kemejaku dan menariknya cepat-cepat ke atas, sebelum nyaliku keburu hilang, lalu melipatnya di samping ikat pinggangku. Aku menarik kalung rantainya dari sela-sela buku tempat aku menyelipkannya, mengalungkannya kembali ke leherku, membiarkan rantainya yang dingin menyentuh payudaraku. Aku mendengar dia kembali saat aku meraih sebuah buku dan menaiki kursi yang kutaruh di atas meja.

Dengan teguh kuselesaikan apa yang sedang kulakukan, membelakanginya, menaruh buku itu kembali ke tempat yang kutahu asalnya. Lalu aku turun dari kursi ke atas meja, dan berbalik, lengan menyilang di dada untuk menutupi diriku.

Dia sudah membawa kursinya sendiri, dan dia bahkan tidak sedang menatapku. Dia mengisi pipa—lalu dia menangkapku sedang memperhatikannya. Matanya tetap tenang menahan tatapanku, dan dia mengacungkan pipanya sedikit. "Karena kamu jelas tidak akan menikmati ini, aku mau memastikan kesenanganku berlipat ganda."

Rahangku mengeras dan gigiku bergemeretak. "Jadi ini cuma lelucon, kan?"

Dia menjentikkan jarinya, menyalakan apa pun yang mengisi pipanya, dan asap manis melayang naik ke udara. "Sama sekali bukan, ngengat kecil. Mengajarimu sihir berarti mempercayakan nyawaku padamu. Kepercayaan mutlak dan rasa malu tak bisa hidup berdampingan." Dia mengisap panjang, sampai isi pipanya membara, lalu mengembuskan asap yang tampak seperti kawanan rusa kecil berlari, berderap ke arahku. "Aku menganggap ini serius," katanya, memiringkan kepala ke arahku. "Kamu?"

Entah dia mengejekku atau tidak; itu di luar kendaliku. Yang ada di tanganku hanyalah perasaanku saat ini—dan kalau dia mau memanfaatkan seorang gadis culik yang malang, biarlah itu jadi beban nuraninya, bukan bebanku.

Kalau dia memang masih punya.

"Aku," kataku, lalu membungkuk mengambil kitab tebal berikutnya.

8

Rhaim

Dia tak menatapku lagi saat bekerja, jadi aku leluasa memandanginya.

Aku sudah tahu dia akan cantik, tapi betapa memuaskannya melihat seluruh dirinya bergerak. Garis tegang betisnya saat ia menjinjit meraih ke atas, lipatan halus perutnya saat membungkuk mengambil buku berikutnya. Payudaranya, sempurna dan kencang, dan cara bobotnya berayun mengikuti gerak tubuhnya, rantaiku menari-nari di atasnya. Tulang rusuknya yang mengerucut ke pinggang rampingnya, lalu cara pinggulnya merekah keluar lagi dengan lancangnya, memamerkan berat pantatnya yang menggoda.

Dan seluruh kulitnya berpendar, dalam nuansa merah muda yang berubah-ubah. Kulitnya pucat di mana-mana; tak ada satu pun yang pernah tersentuh matahari, dari lengkung putih bahunya sampai jemari tangannya yang ramping. Satu-satunya warna hanyalah semu merah di pipinya—karena tahu aku melihatnya—dua keping kembar putingnya yang kemerahan, lalu tepi merah jambu yang lembut, berkerut-kerut, dari bibir di antara kedua kakinya—yang sesekali kulihat saat ia membungkuk atau naik, betapapun keras ia berusaha menyembunyikannya dariku. Untuk seseorang dengan rambut sepanjang itu, bagian tubuhnya yang lain nyaris tak berbulu, dan itu membuat sisi hewani dalam diriku kecewa.

Aku mengisap pipaku dan mempelajari seluruh dirinya, setiap lekuk, setiap lipatan, setiap celah, dan saat ia selesai, tak ada lagi bagian tubuhnya yang luput dari mataku.

Dia berjongkok menyamping, jadi aku hanya bisa melihatnya dari samping, lalu ia meraih shift-nya. Aku mendecakkan lidah untuk menghentikannya. "Minta."

"Kenapa?" Dia menoleh padaku. Dia tak pernah menangkap tatapanku lagi sejak aku pertama kali menyalakan pipa, seolah ia bisa mempertahankan kesopanannya hanya dengan mengalihkan pandangan. Tubuhnya condong cukup ke depan hingga kalungku menggantung menjauhi kulitnya.

"Seperti yang sudah kukatakan, ngengat, untuk melatihmu, aku juga harus bisa memercayaimu. Bahwa kamu tidak akan bertindak sendiri tanpaku. Kita berdua tahu pakaianmu aman, tapi aku punya benda-benda di ruangan lain yang tidak ingin kamu sentuh."

Dia mengangguk samar, membuat kepangan rambutnya bergoyang. "Bolehkah aku memakai pakaianku kembali sekarang..." Dia mengeluh, lalu menambahkan, "Aku harus memanggilmu apa?"

"Sang Segala-Binatang, kalau kamu mau. Atau kalau tidak, kamu boleh memanggilku tuan." Aku mengedikkan dagu ke arah gaun yang menunggunya. "Jadi coba lagi."

"Bolehkah aku memakai pakaianku kembali sekarang, tuan?" tanyanya, dengan nada penuh dendam. Setiap kata terdengar seperti kekalahan baginya, aku bisa melihatnya. Terkurung di kamar perempuan di istana ayahnya, tak pernah sekalipun ada yang menundukkannya seumur hidup.

Hal itu membuat semua pikiran tentang apa yang bisa kulakukan padanya—apa yang *akan* kulakukan padanya, selama masih ada cukup waktu sebelum mati—menggila di benakku.

"Boleh," izinku.

Dia melompat turun dari meja dan membelakangiku, menyusup ke dalam kemejanya lalu mengikat pinggangnya, sebelum menoleh ke belakang. Aku tahu dia tidak merasa lebih aman memakainya, setelah sebanyak apa yang sudah kulihat.

"Duduk di meja, ngengat kecil," kataku, berdiri untuk menarik kursiku lebih dekat. Dia menurut, tapi mengawasiku dengan waspada, kedua lututnya rapat—mengecewakan. *Dia tidak tahu betapa aku bisa mencium aromanya.*

Aku bersandar, memegang mangkuk pipaku, dan menyodorkannya padanya, batangnya menghadap ke luar.

"Merokok itu menjijikkan," katanya, mengernyit padaku tanpa menerimanya. Keberaniannya sudah terkuras, dan kini nyaris menciut di hadapanku.

"Memang," aku menyetujui. "Tapi," lanjutku, lalu mengembuskan napas dalam-dalam, memusatkan pikiran pada ide yang baru terlintas. Sisa asap di dalam tubuhku meluncur keluar, membentuk naga kecil berwarna abu-abu. Naga itu berputar-putar mengelilingi kepalanya sebelum menghilang.

"Cuma trik murahan," keluhnya, mengibaskan ujung asap itu.

"Untuk saat ini, ya. Tapi apa bedanya mengendalikan asap di sini dengan memanggil badai?"

"Hujan?" tebaknya cepat sambil mengernyit. Dia masih gugup setelah memperlihatkan tubuhnya padaku, atau dia tidak percaya aku akan menepati janji.

"Bukan, ngengat," kataku singkat, menyuruhnya tenang. "Kekuatan."

Mata ambarnya menyelidiki mataku, khawatir aku sedang bercanda—jadi aku bisa melihat wajahnya saat ia sadar aku serius. Dia tercekat pelan, bibir merah mudanya terbuka, dan nadinya berdenyut kencang di lehernya. Lalu ia segera meraih pipa itu dan aku melepaskannya. Dia menahannya di depan dada, matanya berpindah cepat antara pipa dan aku. "Beritahu aku caranya," tuntutnya.

Aku memiringkan kepala dan memberinya tatapan.

"Beritahu aku caranya, tuan, tolong," ralat dia, sambil memasang tampang memelas, mengira ia punya semacam kuasa atasku. Dan mungkin memang ada—karena aku suka mendengar kata-kata itu dari mulutnya, persis dengan urutan itu. Aku menggigit bibir supaya tidak tersenyum.

"Hirup dulu. Jangan terlalu banyak."

Dia tidak mendengarkan. Dia melingkarkan bibirnya di batang pipa tepat di bekas bibirku tadi, bagai ciuman yang berpindah. Lalu ia menghirup dalam-dalam, membuat bara di mangkuk pipa berpijar merah pijar, sebelum terbatuk-batuk hebat. Aku menunggu sampai napasnya kembali.

"Lagi," perintahku, dan kali ini dia menghirup secukupnya, menatapku menunggu instruksi, napasnya ditahan, matanya berair, berusaha patuh.

Darahku mendidih di dalam tubuhku, lebih panas dari bara itu, sementara aku membayangkan bagaimana rasanya menempelkan bibirku ke bibirnya dan menghirup asapnya.

"Embuskan," perintahku, menahan pikiran-pikiran gelap itu agar tidak mengambil alih. "Pelan-pelan."

Dia menurut, dan asap itu melayang naik saat ia melepaskannya. Aku meraihnya dengan kehendak sihir, mengumpulkannya untuk menariknya kembali, sementara dia meletakkan pipa di sampingnya.

"Sekarang apa?" tanyanya, mengamati tanganku lekat-lekat.

"Sekarang, asap ini milikmu. Mau kamu jadikan apa?" Matanya menyala, dan aku menebak. "Kunci untuk keluar dari sini? Jerat di leherku?"

"Mungkin," akunya. "Tapi tidak sebelum aku tahu banyak hal."

"Ah, ya. Mungkin kamu akan membiarkanku hidup, selama aku masih ada gunanya. Harus kuingat itu," kataku kering, lalu menyodorkan gumpalan asap itu padanya, terentang di antara kedua tanganku. "Ambil dariku."

Dia mengulurkan kedua tangan seperti anak-anak yang saling mengoper permainan tali, menyelipkan tangannya tepat di dalam tanganku, hati-hati agar tidak bersentuhan. Lalu ia menariknya perlahan.

Asap itu seketika mulai lolos dari genggamannya. "Apa—bagaimana?" tanyanya padaku putus asa, jemarinya menyisir-nyisirnya.

"Waktu, latihan, dan fokus. Kamu harus tahu apa yang kamu inginkan darinya sebelum ia mau mendengarkan. Kekuatan tidak menunggumu sampai kamu menetapkan pilihan. Ia adalah perwujudan dari pilihan-pilihan halus yang kamu ambil lalu kamu paksa menjadi nyata. Tidak ada jeda baginya—atau bagimu—di sepanjang jalan." Aku mengambil pipa yang tadi diletakkannya. "Kamu menginginkan apa dari asapmu, ngengat kecil?"

Aku melingkarkan bibirku di batang pipa bekas bibirnya tadi, ciumannya yang dikembalikan padaku, dan menghirup sambil menatapnya, menunggu.

9

Lisane

Yang paling kuinginkan adalah kebebasan.

Bukan sekadar dari sini, tapi sesuatu yang berskala jauh lebih besar, begitu luas hingga aku takut mengakuinya. Di ruang bawah tanahnya dulu, aku sudah cukup senang kalau bisa kembali ke kehidupanku semula.

Tapi sekarang?

"Buatkan aku anak panah, tolong, tuan. Dan busurnya."

Dia tersenyum—senyum sinis—lalu mengembuskan napas, melepaskan asap ke udara di antara kami, dan asap itu membentuk persis seperti yang diperintahkan. Aku meraihnya, dan merasakan perpaduan mengusik antara ketiadaan dan kepadatan, seperti memasukkan tangan ke dalam tong berisi ikan-ikan hidup yang berdesakan, sisik-sisiknya berkilat-kilat, berusaha lolos dari perhatianku.

Aku memasang anak panah dan menarik tali busurnya, persis seperti pemanah-pemanah yang dilukis di dinding kamar bawah tanah, menariknya ke belakang dan membidiknya tepat ke arahnya. Aku melepaskannya, dan anak panah itu melesat melewati jarak pendek menuju dadanya, lalu menguap seketika.

"Kamu benar-benar mengira aku akan membiarkanmu melukaiku?" tanyanya, menatap titik di baju kulitnya tempat aku baru saja menembaknya.

"Tidak juga," aku mengaku. "Tapi aku juga tidak sepenuhnya yakin. Tuan," tambahku buru-buru, lalu menghirup dari pipa itu.

"Apa?" tanyanya.

"Aku cuma... ingin tahu apakah aku bisa." Bukan benar-benar melukai dia, tepatnya, meskipun setelah dia mengharuskan aku telanjang, itu pasti akan sangat memuaskan.

Tapi sekadar tahu bahwa aku bisa berbuat sesuatu terhadap dunia. Bahwa aku tidak setakucakar seperti yang takdir buat aku rasakan—atau tampak seperti itu.

Dia menganggguk khidmat. "Ambil pipanya. Hirup. Coba lagi, sekarang kamu sudah tahu apa yang kamu inginkan darinya, dan kita lihat."

* * *

Berjam-jam berlalu. Seluruh mulutku terasa seperti abu, dan paru-paruku terasa seperti habis terbakar oleh api unggun. Konsentrasiku mulai goyah—tapi bukan kesabarannya, yang patut diacungi jempol, meskipun dia jelas-jelas terhibur oleh kegagalanku. Yang kurasa kejam. Namun aku merasa hampir memahami apa yang seharusnya kulakukan.

Begitu dekat di dalam benakku.

Aku bisa merasakannya di sana. Menggelitikku.

Lalu dia mengambil pipanya dariku dengan tegas. "Cukup untuk hari ini."

Bahuku merosot. "Tapi, aku—"

"Sebenarnya tidak terlalu pandai dalam hal ini," potongnya. Aku mengembuskan napas kasar, alih-alih mengucapkan apa yang kurasakan, dan dia tertawa. "Nah, kalau saja kamu bisa mengarahkan itu saat kamu sedang berusaha. Kamu terlalu banyak berpikir dan momenmu keburu lewat."

Aku mengernyit. "Apa aku akan bisa?"

Dia menghela napas dan menggelengkan kepala padaku. "Tuan. 'Apa aku akan bisa, tuan,'" koreksinya. "Dan tidak—kalau kamu bahkan tidak bisa selalu mengingat satu hal yang kuminta, maka tidak, aku sangat meragukannya."

Memanggilnya tuan lebih pahit daripada rasa yang sudah menempel di lidahku. Aku ini putri raja, hanya layak direndahkan oleh saudaraku dan raja, bukan oleh sembarang penyihir, tak peduli seberapa kuatnya.

Tapi dia memang ada benarnya.

Kami sudah mencapai semacam kesepakatan. Dan meskipun tadi tatapannya menjelajahi tubuhku dengan rakus—saat aku telanjang—begitu dia mulai mengajariku, dia hanya menatap mataku.

Dan aku sudah berjanji padanya akan melakukan apa pun yang diperintahkannya.

"Maafkan aku, tuan," kataku sambil menelan ludah. "Besok aku akan lebih baik."

Dia mengetuk isi mangkuk pipanya ke telapak tangannya, lalu menghilangkannya, sebelum melirikku. "Semoga."

10

Rhaim

Kutinggalkan dia di perpustakaanku, lalu pergi menyiapkan makan malam untuk kami berdua. Dari persediaan makananku, aku bisa melihat apa yang tadi dia ambil untuk dimakan sendiri—serpihan-serpihan kecil keju dan seporsi daging. Dia memang tidak makan banyak, tapi besok dia akan lebih lapar. Menggunakan sihir menguras tenaga, dan dia sudah sempat berhasil sedikit.

Hanya saja belum bagus, belum.

Anehnya, kurangnya kepiawaian yang dia tunjukkan sekarang terasa mengecewakan. Mungkin inilah sebabnya perempuan tidak diajari sihir—barangkali mereka memang tidak bisa belajar sihir.

Tapi sebenarnya apa yang kuharapkan darinya? Bahwa murid pertama yang kuambil setelah berabad-abad akan cukup mumpuni?

Cukup mumpuni untuk membunuhku kelak.

Aku mendengus lalu mengipasi api.

"Sudah waktunya makan malam?" Finx menyelinap masuk, melompat naik lalu bertumpu dengan kaki belakangnya di salah satu meja dapurku; kedelapan kakinya entah bagaimana rapi terlipat di bawah tubuhnya. "Dan boleh aku lihat gadis itu sekarang?"

Aku mengibas tangan ke arahnya, membuatnya meloncat menjauh. Lalu kubersihkan tempat yang tadi dia duduki, supaya bisa kupakai memotong sayuran. "Tidak."

Monster serupa kucing itu—kini duduk di lantai—menyipitkan kedelapan mata emasnya ke arahku. "Kenapa tidak?" rengeknya.

Aku menghela napas dan menaruh pisauku. "Karena kamu akan menakut-nakutinya." Finx seketika lunglai, seolah-olah aku mencabut separuh tulangnya—yang barangkali juga tidak akan menyakitinya, mengingat tulangnya sebanyak itu. "Sudah. Jangan begitu. Nanti juga kamu ketemu dia."

"Tapi aku mau ketemu sekarang."

"Tidak malam ini," kataku, menghabiskan satu wortel. "Tapi sebentar lagi. Aku janji."

Finx langsung bersemangat, lalu melompat ke dinding dan merangkak keluar lewat pintu.

11

Lisane

Kami makan dalam diam, tapi kali ini aku punya piringku sendiri. Aku memang tidak bisa memilih mau makan apa, tapi semuanya sangat enak.

Setelah dia meninggalkan perpustakaan, aku mencoba membaca salah satu buku dari rak bawah, dan mendapati isinya tak bisa kupahami—begitu juga buku di sebelahnya, dan yang berikutnya. Tadi sebelumnya tidak begitu, aku yakin, dan aku bertanya-tanya apa yang sudah berubah.

"Apa Tuan tidak ingin saya membaca?" tanyaku, setelah aku sudah makan cukup banyak—jadi kalaupun aku membuatnya murka, setidaknya aku tidak akan kelaparan.

Dia mendongak dari piringnya sendiri; porsinya sudah dua kali lipat punyaku. "Tidak sampai kau pantas mendapatkannya."

"Bagaimana caranya, Tuan?" tanyaku.

"Dengan membuktikan bahwa kau sepadan dengan waktuku. Hari ini—" dia mulai, nadanya terdengar kecewa.

"Hari pertamaku!" protesku, lalu buru-buru menambahkan, "Tuan." Aku baru saja makan cukup untuk menghilangkan bau asap dari mulutku, tapi aku rela menghirup asap sampai lidahku gosong asal bisa mendapat secuil saja dari kemampuannya. Di suatu tempat di luar dinding kastil ini, ayah dan saudaraku sedang bertempur melawan para Tak Bermaut, dan seseorang sehebat dia malah duduk-duduk di sini tanpa berbuat apa-apa.

Lebih buruk lagi, *begitu pula aku.*

"Berapa lama saya harus belajar, Tuan?"

Dia mengunyah satu suapan lagi dengan tenang sebelum menjawab. "Aku tidak tahu, ngengat."

"Berapa lama waktu yang Anda butuhkan?"

Dia meletakkan alat makannya dan tampak memikirkan ini. "Aku masih belajar. Setiap hari aku tetap meluangkan waktu untuk mempelajari ilmuku. Jadi, delapan ratus tahun, kurang lebih."

Aku mengernyit. Itu bukan jawaban yang kuharapkan. "Berapa lama sampai Anda benar-benar mahir?"

Dia mengerang. "Mahir di bagian mana? Kau terlalu cepat, ngengat; simpan pertanyaan-pertanyaan itu sampai kita tahu apakah kau memang punya bakat."

Yang ingin kutanyakan selanjutnya adalah, *kalau begitu bagaimana kalau memang tidak ada?* Tapi aku tak mau mengakui ketakutan apa pun di depannya, apalagi ketika penilaiannya tentangku sudah tampak begitu rendah. Namun aku sempat bergumam, "Semoga sebelum aku selesai, para Tak Bermaut belum keburu menguasai seluruh benua." "Ayah saya—" aku mulai, tapi begitu kata-kata itu keluar, kulihat dia mendongak.

"Kau pikir ayahmu ingin kau belajar sihir, ngengat?" katanya tajam.

Aku mengatupkan bibir. Kenyataannya, aku yakin ayahku memang tidak menginginkannya.

"Ayahmu cukup senang berperang melawan negeri-negeri lain sebelum para Tak Bermaut," lanjutnya. "Dan aku curiga, begitu mereka kalah, dia akan menemukan alasan-alasan baru untuk mengulanginya. Menurutmu yang mengurungmu di kamar itu para penyihir, gadis? Atau ayahmu—dan, seperti dia, laki-laki lain—dengan ambisi yang tak terkendali?"

Aku menatapnya dari ujung meja. "Ayah saya," aku memulai lebih keras, untuk membela pria itu, dan kulihat dia menyambar serbet dari pangkuannya.

"Berani mengangkat tanganmu dan kau akan menyesal," dia memperingatkan, seraya melemparkan kain itu ke arahku. Serbet itu berubah bagai burung yang sedang terbang, melipat-lipat sendiri untuk mengepak ke arahku, melintasi seluruh panjang meja menuju wajahku.

Aku teringat peringatannya tepat waktu untuk tidak bereaksi; sebagai gantinya, kutekankan kedua tanganku yang terkepal ke meja saat benda itu menerjang wajahku. Aku menjerit—tak bisa kutahan—dan serbet itu memanfaatkan kesempatan itu untuk melilitku, kain kasarnya menyusup masuk menyumpal mulutku, sisanya melingkar di kepalaku, membungkamku bak kekang kuda.

Aku menatapnya dari ujung meja, rahangku dipaksa terbuka lebar. Simpul serbet itu mengencang di belakang kepalaku. "Kalau aku menginginkan pendapatmu, ngengat kecil, mulai sekarang aku yang akan bertanya. Dan kau tidak akan pernah lagi menyebut ayahmu, atau saudaramu, atau siapa pun yang kaukasihi di luar sini, di hadapanku. Apa kau mengerti?" tanyanya.

Aku ingin menolaknya. Aku ingin mengambil pisau di samping tangan kiriku, memotong kainnya dari wajahku, lalu menusukkannya menembus jantungnya.

Tapi aku masih di bawah kuasanya—dan kalau aku membunuhnya, tidak akan ada orang lain yang mau mencoba mengajariku.

Kurasakan wajahku memerah karena malu dan murka. Aku membenci kuasa yang dia pegang atas diriku lewat pengetahuannya, dan aku membenci kenyataan bahwa aku harus nyaris memohon kepadanya untuk setetes saja dari ilmunya, tapi aku mengangguk, sekali saja.

"Bagus. Kalau begitu sekarang kau boleh menggunakan tanganmu untuk melepasnya, dan kita bisa menyelesaikan makan dalam diam yang tenang."

Aku memastikan untuk menghabiskan semua yang ada di piringku dengan cepat, untuk jaga-jaga kalau aku membuatnya marah lagi.

Dia pergi tanpa bilang apa-apa; aku baru tahu karena dia membawa piringnya, dan dia tak kunjung kembali dari dapur setelah cukup lama. Aku membawa piringku dan piala ke dapur, dan dia tidak ada di sana.

Aku sudah diusir.

Aku meletakkan semuanya dan mencoba kembali ke perpustakaan, tapi pintunya tidak ada—bahkan satu-satunya pintu yang masih terbuka untukku, begitu aku meninggalkan dapur, hanyalah dua pintu di lantai bawah—satu ke kamar mandi, satunya lagi ke kamar tidurku.

Setidaknya malam ini mungkin aku bisa tidur di atasnya. Aku duduk dan merasakan kasur itu amblas di bawah tubuhku.

Semalam, aku menangis sampai tertidur. Tapi malam ini, diriku yang semalam itu terasa jauh.

Aku merindukan rumah dan keluargaku, dan aku memang ingin tahu bahwa mereka baik-baik saja.

Tapi hari ini aku telah merasakan secercah kecil kekuatan, dan itu sudah mengubahku. Aku tahu aku akan melakukan apa pun yang perlu kulakukan, berapa pun harganya, untuk mendapatkan lebih.

Ada sebuah cermin kecil yang kasar di atas meja riasku, dipasang sehingga aku bisa melihat bayangan diriku yang buram. Aku bangkit dan berjalan ke arahnya, dan entah kenapa itu terasa tepat. Aku bukan lagi diriku yang dulu, tapi mungkin aku sedang menjadi diriku yang seharusnya.

Saat aku melangkah mendekati bayanganku, pintu lemari pakaian terbuka seolah-olah merasakan kehadiranku. Di dalamnya ada sebuah gaun—tidak, sebuah kemben tidur. Bahannya jauh lebih tembus pandang dan lembut daripada apa pun yang pernah kulihat. Tipis melayang, seperti sutra paling langka, dengan renda mewah dan mahal di tepinya. Nilainya lebih dari kebanyakan pakaianku di rumah—dan rupanya, benda itu sudah menungguku di sini.

Itu terlalu tipis untuk dipakai sebagai pakaian, dan laki-laki mana pun yang melihatku memakainya mungkin tak akan beda jauh dengan melihat tubuh telanjangku; tapi untuk tidur malam... Aku cepat-cepat menanggalkan gaun kedodoran yang kupakai dan mengenakannya sebagai ganti. Rasanya sejuk dan licin, dan bahkan sebelum aku merayap masuk ke balik seprai, aku sudah tahu aku tak akan pernah ingin melepasnya.

* * *

Beberapa hari berikutnya berlalu dengan pola yang kurang lebih sama. Aku akan bangun dan makan sendirian, lalu sebuah pintu akan terbuka untukku, membawaku kembali ke perpustakaan. Kadang dia sudah ada di sana, kadang belum.

Tapi jendela-jendela selalu dibuka untuk sementara.

Aku akan berlari dan berdiri di depan jendela, satu tangan memegang rantai di leherku—buktiku bahwa aku sudah berhak melihat. Dan pemandangan di luar sana tak pernah berhenti membuatku terpana.

Sekadar melihat puncak-puncak gunung lain saja sudah cukup bagus—tapi kastil Sang Segala-Binatang bergerak.

Kastil itu pasti bergerak, entah bagaimana, kecuali kalau semua yang terlihat di balik kaca jendela hanyalah semacam ilusi aneh. Suatu pagi, jendela-jendela itu menampilkan dataran luas yang seolah menghampar ke segala arah. Aku bisa melihat kuda-kuda merumput di sana, meski tak satu pun mendekat.

Keesokannya, kami berada di lautan—sama sekali tidak masuk akal. Tapi ombak benar-benar ada tepat di luar; aku bisa melihat percikannya, dan memandangi cakrawala membuatku mual.

Hari ketiga, kami berada di semacam rawa atau tanah gambut, tempat yang cuma pernah kubaca dalam cerita-cerita. Rerimbunan di luar cukup dekat hingga terasa bikin sesak, dan ada makhluk-makhluk gelap berenang di air keruh yang mengitari tempat itu.

Aku akan punya saat-saat sendirian dengan pemandangan apa pun yang kastil berikan, lalu entah bagaimana, begitu aku sudah puas dan siap menyingkir, dia akan muncul—dia dan pipanya yang terkutuk. Dan setiap hari dia akan menutup rana jendela sambil menyerahkan pipanya kepadaku, katanya, "Jangan teralihkan."

Suasana hatinya lebih ringan di pagi hari, sebelum dia pergi melakukan entah apa, berjam-jam lamanya. Mungkin saat itulah dia melakukan studinya sendiri; aku tidak tahu, dan aku tahu dia tidak akan memberitahuku. Yang jelas, selalu ada waktu di siang hari ketika dia meninggalkanku dengan urusanku sendiri. Kadang dengan sebuah buku yang benar-benar bisa kubaca—bukan yang magis, hanya sejarah, kering dan membosankan—dan kadang tidak. Lalu dia akan kembali lagi. Beberapa malam dia membawa pipa; beberapa malam tidak. Dia hanya membaca di ruangan yang sama denganku, tapi dia tak pernah membuka daun jendela dua kali.

Kemampuanku meningkat... tapi cuma setahap demi setahap. Dan aku bisa melihat dia sama frustrasinya denganku. Aku memang berhasil menahan asapnya, tapi nyaris tak bisa. Terobosan apa pun yang kubutuhkan untuk bertambah kuat, aku tak mampu—sekeras apa pun aku mencoba.

Kami bersama lagi suatu malam, dan aku memperhatikannya menyisir rambut dengan tangannya di akhir sesi kami, sambil merenungkan diriku. Salah satu momen langka di mana dia tampak manusiawi, dan aku... aku tetap membencinya; tak berkurang sedikit pun. Akan selalu ada bagian diriku yang membencinya. Aku tahu itu di dalam jiwaku; kupoles perasaan itu hingga berkilau seperti permata.

Tapi aku juga ternyata ingin membuatnya senang.

Kalau pun hanya karena itu berarti aku bukan orang yang segagal itu.

Dia tidak menyuruhku menanggalkan pakaian atau merangkak lagi, tidak sejak beberapa hari pertama itu. Dan sememalukan apa pun momen-momen awal itu, entah bagaimana mengecewakannya—mengecewakan kami *berdua*—lagi dan lagi, saat kami berbagi pipa, terasa lebih buruk.

Dia tiba-tiba berdiri, melangkah ke meja tempat aku duduk, lalu memandangku dari atas. Aku tidak lagi takut mendongak menatapnya, jadi aku menatap terang-terangan.

Matanya menelusuri wajahku, seolah menghafalnya, lalu dia mengembuskan napas yang tadi ditahannya disertai gumaman pelan. "Kalau kau lebih muda, kita masih bisa pelan-pelan begini. Tapi kita tidak bisa."

Apakah dia menyerah padaku?

Pada ini semua?

Aku mencari-cari sisa asap apa pun yang masih tertinggal di paru-paruku untuk kuembuskan padanya, untuk menunjukkan bahwa aku masih layak diajari. Ketika aku tak menemukannya, aku bertanya, "Kenapa, Tuan?"—sudah takut pada jawabannya.

Matanya bertemu mataku. "Karena aku mungkin mati, ngengat kecil. Kapan saja sekarang."

Itu bukan jawaban yang kuharapkan. Aku menoleh ke sekeliling, bingung. "Apa yang mungkin bisa menyakitimu di sini?"

"Kau tidak tahu."

"Tapi—a-aku—aku—" aku mulai, tergagap sementara kepanikan membanjiri dadaku. "Aku tidak mengerti. Tuan."

"Aku tahu," katanya. "Dan itu bagian dari masalahnya." Dia mengamatiku lagi, cukup dekat sekarang sehingga aku bisa menghitung bintik-bintik zamrud di matanya. "Ceritakan padaku hal-hal terburuk yang pernah terjadi padamu, Lisane."

Itu pertama kalinya dia menyebut namaku, dan mendengar dia mengucapkannya membuat napasku tertahan. "Ibuku... meninggal," jawabku pelan. "Dan kemudian, berada di sini. Ini." Aku memandang sekeliling ruangan dengan cepat, berusaha memahami.

"Bersiaplah menambahkan yang ketiga," katanya. Dia mengeluarkan sebilah pisau entah dari mana, lalu meraih kelim rokku. Aku menjerit dan tersentak, tapi sudah terlambat. Dia menyayat garis lebar di sisi kain murahan itu dekat pahaku. "Nanti kau akan paham gunanya," katanya, lalu menatapku dan mendengus geram, "Lari."

Tiga pintu muncul, tertanam di antara rak-rak buku di dinding belakangnya. Masing-masing terbanting terbuka satu demi satu dengan debuman yang menakutkan—semuanya menampilkan kegelapan di baliknya. Aku menatapnya, takut ruang bawah tanah itu kembali.

"Apa, Tuan? Kenapa?" tanyaku, mundur beringsut di atas meja secara refleks. Lalu aku mengalihkan pandanganku padanya dan mendapati dia sedang berubah.

Sesuatu bergelombang di bawah kulitnya sementara aku menyaksikan dalam kengerian yang tak berdaya. Tulang-tulang bergeser, tulang pipinya terangkat, giginya menyembul jadi moncong pendek sementara rambut gelap menutupi kulitnya, dan aku menyadari dia sedang mengubah dirinya sendiri dengan sihir—bukan sekadar bermain-main dengan asap atau pemandangan. Pakaian yang dikenakannya sudah lenyap. Tubuhnya membesar hingga satu setengah kali dari sebelumnya; bahu, dada, lengan—semuanya melebar. Dia membungkuk ke depan, seolah berdiri tegak sudah tak nyaman di atas kaki bertulang barunya.

Kearifan di matanya lenyap, digantikan keliaran, ketika aku menjerit.

Dia mengaum membalas, suara seekor binatang, dan aku melompat dari meja, berlari melewatinya.

12

Rhaim

Aku pelan-pelan mengikuti ngengat kecilku, menahan laju dan kekuatanku—aku tahu semua pintu itu menuju lokasi akhir yang sama.

Aku sudah bersabar padanya hampir seminggu, menimbang-nimbang segala cara dia mungkin bisa jadi ancaman nyata bagiku, sampai akhirnya kusimpulkan bahwa dia bukan.

Bahwa terlepas dari ambisinya—yang kutahu memang ada; aku hampir bisa merasakannya menguar dari tubuhnya, setiap kali dia mencoba sihirnya—dia adalah kebalikanku.

Cantik, tapi tak berbakat.

Secara magis, biasa-biasa saja.

Dan bahwa sudah menjadi takdirku untuk mati di tangan orang yang bukan siapa-siapa—yang awalnya kuanggap ironis, tapi segera berubah jadi sesuatu yang tak tertahankan.

Siapa pun yang menjatuhkan Rhaim sang Segala-Binatang setidaknya harus legendaris. Kalau tidak, hidupku hanya akan jadi catatan kaki di jurnal orang lain, sama seperti begitu banyak jurnal yang kusimpan di laboratoriumku. Satu paragraf tentang diriku, tak lebih.

Sedangkan kalau aku berhasil melatihnya menjadi seseorang yang agung... yah... aku perlu tahu dulu apakah hal seperti itu memang mungkin.

Dan rasanya sepertinya tidak, hari demi hari di perpustakaanku.

Jadi inilah kami. Aku, menyusuri lorong batu di belakangnya, cakar-cakar tumbuh di ujung jari tangan dan kakiku, gigiku siap mengertak, hasrat mengerikan mencengkeramku.

Aku tidak mempermalukannya lagi setelah dua kali pertama itu, karena kupikir dia tak akan belajar sihir apa pun kalau ketakutan, tapi usahanya berkembang dalam bimbinganku bukan berarti aku jadi kurang tertarik padanya.

Bahkan, melihat dia berusaha begitu keras... sementara aku tahu dia belajar demi alasan-alasannya sendiri yang lebih polos, sulit untuk tidak membayangkan dia berjuang dengan cara lain semata-mata untuk menyenangkanku. Menahan cegukan saat melihat kepala kontolku yang ditindik. Bibir yang melingkari batang pipaku juga melingkari batang zakarku. Tangan yang memegang mangkuk pipaku, mengusap kantong pelirku. Mata amber yang berair oleh asap hingga berkaca-kaca, ketika aku memuaskan diri dengan mulutnya. Membayangkan simpulku membesar dalam genggamanku saat aku menumpahkan benih ke tenggorokannya, sekujur tubuhku berguncang, dihantam gelombang godaan.

Maka, aku baru sedikit berubah jadi binatangku. Cukup untuk menakutinya—tapi tidak cukup untuk menakuti diriku sendiri.

Kebanyakan laki-laki adalah monster, tapi mereka bisa hidup dalam penyangkalan atas kenyataan itu.

Aku tidak.

Aku tahu persis apa yang mengintai di kedalaman diriku, betapa kotor dan najisnya. Aku tahu rasanya merasakan kemanusiaanku surut dan membiarkan naluri dasarku mengambil alih, dan setiap kali kulakukan, aku merasakan panggilannya.

Ada sesuatu yang membebaskan di dalamnya—menanggalkan semua beban sebagai manusia, hanya mendengarkan sisi binatangmu—rasanya bersih.

Mengerikan—tapi jujur.

Dan sebagai binatangku, mudah sekali mengendus teror gadis itu di udara, di bawah aroma almond dan madunya, juga jejak bunga yang lembut dari sabun yang kuberikan padanya untuk mandi. Semua indra *dia* lebih tajam—dan kebutuhannya lebih besar, kontras yang kejam.

Dia kelaparan, dan itu adalah sesuatu yang merasuki seluruh tubuh: cakar-cakarnya ingin merobek, giginya ingin menancap ke daging, dan dia merasakan birahi seperti yang belum pernah kukenal. Apa pun yang kami ketahui tentang gadis itu dan pernah kami lihat sebelumnya hanya menajamkan seleranya—seleraku, karena tak bisa dipungkiri kami adalah satu dan sama. Menganggap semua itu sepenuhnya salahnya, demi membebaskan diriku dari hasrat yang sama, hanyalah delusi. Dan meski aku merasakan godaan untuk menyerah padanya, melepaskan kendali sepenuhnya... aku tahu kalau kulakukan, aku tak akan kembali. Rasanya seperti jiwaku dikuliti, menghapus kemanusiaanku, sampai hanya monsterku yang tersisa.

Jadi aku mengekang ketat wujud yang sihirku ciptakan dari diriku sendiri. Aku hanya butuh gadis itu ketakutan; dia harus percaya bahwa aku benar-benar berbahaya. Aku menghentak mengejarnya, bernapas keras, menggores dinding batu dengan cakar-cakarku.

"Aku datang menjemputmu, Lisane," kataku, tahu kata-kataku akan bergema di sepanjang lorong.

13

Lisane

Ini tidak mungkin terjadi.

Aku tersandung-sandung menyusuri lorong batu, berbelok demi berbelok, secepat yang kubisa, tahu betul aku tak akan sampai ke mana-mana. Aku melewati pintu-pintu dengan jarak yang tak beraturan, dan kalau saja aku berada di sebuah kota, aku pasti sudah melambat untuk menggedor pintu-pintu itu, memohon seseorang membukakan dan membiarkanku masuk, tapi di sini—hanya ada aku dan dia.

Dan dia... dia adalah binatang buas.

Dia sudah semacam mengatakannya—lebih dari sekali—tapi bukankah semua laki-laki merasa diri mereka kasar?

Tapi sekarang aku di sini, dan yang lebih buruk daripada terkurung sendirian di penjara bawah tanah adalah terkurung di mana pun—bersamanya.

Aku sungguh bodoh kalau membayangkan diriku bisa bebas sedikit pun, selama aku berada di dalam kastilnya.

Dan sekarang aku mendengar dia di belakangku, air liur menetes, mengeluarkan suara-suara makhluk liar saat mengejar mangsa tanpa ampun. Rasanya seperti aku bisa merasakan napas hangatnya semakin dekat, lalu aku mendengarnya memanggil namaku.

"Lissssssane."

Nama itu terdengar kasar di lidahnya, melewati deretan giginya yang terlalu banyak, dan aku tahu aku tak ingin melihatnya mengucapkannya—cara bibirnya menyeringai, cara taringnya akan beradu.

"Pergi!" teriakku, tanpa memperlambat langkah atau menoleh—lalu ternyata aku terjebak.

Aku berbalik, dan yang ada hanyalah dinding, bahkan tanpa satu pun pintu untuk kugedor percuma.

"Lisane," geramnya dari suatu tempat di belakangku. Aku menghempaskan diri ke batu, menghantamkan kepalan tanganku ke permukaannya, memohon-mohon seolah-olah ada pintu yang mau terbuka di tempat yang jelas-jelas tak punya pintu, sampai tepi tanganku memar. "Lisane yang malang, tak berdaya," ucapnya kejam, terengah-engah—begitu kira-kiraku—lalu aku sadar dia tertawa. *Menertawakan ketakutanku.* "Tak ada teman. Tak ada keluarga. Tak ada tebusan. Tak ada sihir." Aku mendengar ketak-cetak cakarnya saat dia melangkah makin dekat, seirama dengan tiap frasanya. Napasnya nyaris menempel padaku sekarang; aku bisa merasakan panasnya menjilat tengkukku, sementara aku membenamkan wajah ke dalam lipatan lenganku untuk bersembunyi, menangis dengan air mata panas, memalukan, dan marah. "Terjebak di sini, bersamaku," bisiknya, kata-katanya cacat oleh bentuk rahangnya. "Dan sebentar lagi dipaksa melakukan sesukaku."

Aku merasakan kehadirannya tepat sejajar di belakangku, bahkan saat aku berusaha lenyap. Aku tak bisa bernapas, perutku melilit, dan tubuhku menegang, menunggu kekerasan menimpaku—dan tangis putus asaku berubah menjadi getir.

Aku pernah punya kesempatan jadi hebat, tapi aku gagal, dan tak ada lagi yang tersisa untukku sekarang.

Aku mendengar suara-suara hewan yang dia keluarkan, mengendus keras-keras di belakang leherku. Lalu sebuah telapak—setidaknya begitulah yang kurasa; jari-jarinya yang kuat kini bersudut tajam dan kejam, tertutup bulu gelap, tiap ujung jari berujung cakar—mencengkeram pergelangan tanganku dan menariknya kasar ke atas, di atas kepalaku. Aku memejamkan mata lagi, rapat-rapat, dan memalingkan wajah darinya.

Jantungku berdebar begitu kencang sampai aku yakin dia bisa mendengarnya. Lalu rahangnya terbuka dengan suara basah, dan aku tahu itulah akhirnya bagiku. Persis seperti yang kuyakini di penjara bawah tanah.

Dan persis seperti yang kuyakini di kamar-kamar, mendengarkan tangisan ibuku.

Aku akan mati dengan kematian yang memalukan di sini.

Aku terlupakan, ditinggalkan, dan sendirian.

Lagi.

Dan kesadaran akan kenyataan itu lebih mengerikan daripada apa pun yang bisa dia lakukan padaku. Kalau dia memaksakan dirinya padaku, itu sudah cukup buruk, tapi mengetahui bahwa hidupku tak berubah dan aku akan mati sebagai pecundang sialan yang mengecewakan diriku sendiri, entah bagaimana terasa lebih menghancurkan—

"TIDAK!" teriakku, berputar, merenggut pergelangan tanganku lepas dari cakarnya dengan napas tersengal. Aku terkurung dalam sangkar lengannya, wajahnya yang mengerikan begitu dekat, tubuhnya yang masif mendesak. Tanda penyihirnya terbakar di bulu dadanya, tampak seperti cap telapak tangan korban terakhirnya. "KAU TIDAK AKAN—!"

Aku tak tahu apakah aku berteriak padanya atau pada diriku sendiri—tapi *sesuatu* seperti retak di kepalaku. Aku merasakan sekejap rasa sakit yang menyilaukan, tapi lalu rasanya seperti ada senjata di tanganku. Kubayangkan itu seperti gagang cambuk, dan yang harus kulakukan hanyalah *memakainya*—dan aku pun melakukannya: aku menyabet.

Dan satu goresan menoreh kulitnya yang berbulu pendek, dari sudut mata kirinya turun ke rahangnya. Aku menyaksikan dagingnya terbelah, bersih seolah kupotong dengan pisau. Dia mundur; ekspresi terkejut yang jelas terbaca muncul di wajahnya yang mengerikan saat lubang hidungnya melebar—lalu dia tertawa. Dia tertawa dan tertawa, mula-mula menyalak—sampai akhirnya dia kembali menjadi manusia dan aku mengenalinya lagi. Pakaiannya kembali, meski aku yakin dia tak mengenakan apa pun dalam wujud binatangnya—aku sempat melihat seluruh dirinya, bahkan hal-hal yang tak ingin kulihat—tapi luka yang kuberikan masih ada. Dia menatapku, darah mengucur bebas, dan saat aku menatapnya dengan ngeri, dia perlahan menjilat setetes merah di dekat bibirnya.

"Luar biasa," katanya, dan aku merasa dia sungguh-sungguh.

Seolah dia senang aku telah melukainya—tapi aku tak sempat bertanya.

Dia pergi setelah itu, tanpa mengucapkan sepatah kata pun, dan di hadapanku sekarang ada sebuah pintu yang sedikit terbuka.

Aku membukanya lebih lebar dan ternyata aku sudah kembali di kamar tidurku.

* * *

Keesokan paginya, aku tak tahu apa yang akan kuhadapi.

Aku berguling-guling gelisah sepanjang malam.

Pastilah dia marah, dan aku takut akan pembalasannya.

Tapi kalau memang begitu... kenapa dia tidak membunuhku?

Dan... bagaimana bisa aku melukainya?

Mungkin, barangkali, aku bisa memahami kalau aku mampu melukainya saat dia berwujud manusia... tapi saat dia menjadi binatangnya?

Bagaimana bisa?

Aku menghabiskan beberapa jam berikutnya di kamar tidur mencoba memanggil kekuatan itu, berusaha mengingat persisnya detik itu—baik terornya maupun rasa "senjata" itu—dan bagaimana rasanya saat sihir begitu mudah mengalir, tapi aku tak berhasil memunculkannya lagi.

Lalu aku menghabiskan sisa waktuku di ranjang, membayangkan apa yang menungguku besok, sampai akhirnya sudah saatnya. Cahaya di kamarku makin terang, dan aku tahu dia sedang menunggu.

* * *

Aku mandi dan berpakaian, mengenakan gaun yang sama yang telah dia sobek—satu-satunya gaun yang kumiliki—selain gaun-gaun malam yang anehnya bagus yang disediakan untukku. Lalu aku berjalan perlahan menaiki tangga. Dia tidak ada di ruang makan, dan aku memaksa diriku makan sesuatu di dapurnya, memaksa seiris keju melewati tenggorokanku dan meneguk segelas air.

Lalu aku kembali ke pintu terakhir, pintu yang kutahu akan membawaku ke perpustakaannya—dan ke dia.

Dia berdiri di undakan di depan jendela-jendela, memandang keluar, kedua tangannya bertautan di belakang punggung. Tak ada tempat bersembunyi, jadi aku menghampirinya, berdiri di sebelah kanannya, di luar jangkauan lengannya.

"Pemandangan hari ini indah, bukan?" tanyanya tanpa menoleh, tahu aku ada di sana.

Entah bagaimana aku mengalihkan pandangan darinya dan menyaksikan fajar yang memukau menyingsing. Langit seakan dilukis oleh awan dengan segala rona merah jambu dan jingga, dan di bawah kami... entah pada jam berapa di malam tadi, kami telah terbang melintasi tanah kelahiranku. Meski aku tak pernah berada di atasnya—tidak seperti tentara dan pedagang yang mengemudikan kapal udara ajaib sebagaimana Rhaim mengemudikan kastilnya—aku tahu itu tanahku di bawah sana. Aku pernah melihat Drelleth di peta, terbuai di antara rangkaian pegunungan ini, dengan ujungnya menjorok ke lautan. Bentuknya pun tercermin pada patung di ruang takhta ayahku, yang menitikkan Air Mata Cinta yang Hilang. Air mata itu dicungkil ayahku dari dinding setelah ibuku wafat, lalu dipakainya untuk menghormati beliau.

Di bawah kami, kami melewati ladang-ladang yang disekat pagar tanaman, beberapa penuh gandum, yang lain hijau subur, dan yang lainnya lagi bertabur domba-domba berbulu tebal. Aku tahu jika kami terus terbang cukup lama, kastil ayahku akan muncul sebelum kami melihat Laut Duka.

Aku melangkah maju, rasa takutku padanya sesaat terlupakan ketika rindu kampung halaman menghantamku, membuat hatiku perih oleh semua yang terasa begitu akrab.

"Ya," katanya. "Tanah ayahmu."

Aku menekankan kedua tanganku ke kaca, lalu menyandarkan seluruh tubuhku. Entah bagaimana kami masih melayang di atas segalanya, dan aku tahu tak ada gunung atau bukit yang menopang kastilnya—kami terbang?

Bisakah aku turun ke sana entah bagaimana?

Aku menoleh padanya untuk bertanya. Apakah ini cara barunya untuk menyiksaku?

Dan kemudian aku melihat goresan tipis yang kuberikan di pipi kirinya, garis merah tajam yang tak terduga di atas ekspresinya yang tak terbaca.

"Kenapa kita di sini, Tuan?" bisikku.

"Karena aku perlu tahu di mana posisimu, Lisane." Dia memandang keluar jendela, mata gelapnya menelusuri cakrawala. "Aku bisa mengembalikanmu kepadanya. Aku bisa membebaskanmu."

Aku menelan ludah, ada bagian dari diriku yang bergejolak senang, membayangkan sudah jauh dari sini. Merenggut rantainya dan meninggalkannya, tak pernah lagi menghirup asap busuk itu.

"Atau," lanjutnya, mengalihkan perhatiannya kembali kepadaku, "kau bisa memilih tetap tinggal dan membiarkanku mengajarimu."

Sudut bibirnya di sisi yang tergores terangkat membentuk seringai yang seolah menyimpan makna.

Goresanku mungkin akan meninggalkan bekas. Dia punya yang lain; aku pernah melihatnya—bahkan di balik bulunya saat dia menjadi makhluk itu.

Dia tidak kebal.

"Apakah ini ujian, Tuan?" tanyaku hati-hati.

"Bukan," katanya sambil menggeleng. "Tapi ini satu-satunya kesempatanmu untuk memilih jalanmu sendiri."

Aku menatap keluar jendela, membayangkan kota-kota dan desa-desa yang diperintah ayahku... dan yang tak akan pernah menjadi milikku, bahkan jika ayahku wafat. Tanganku sudah dijodohkan dengan Ker Vethys, seorang pria yang bahkan tak kukenal. Semuanya demi mengamankan bantuan ayahnya—nyaris sejak aku dilahirkan. Dan sekalipun itu tidak terjadi, sekalipun kami hidup damai, aku tetap akan diserahkan kepada seorang prajurit berbakat atau seorang ajudan tepercaya, dan anak-anak yang kulahirkan akan selalu sedikit kurang penting daripada saudaraku laki-laki.

Dan aku akan hampir selalu terkurung di kamar perempuan, di ruangan-ruangan tanpa jendela. Terlalu berharga untuk dilepaskan, tapi tak cukup berharga untuk layak mendapat kebebasan.

Sementara kalau aku tinggal di sini...

"Tentukan pilihanmu, ngengat kecil," katanya.

Aku menoleh dan mendapatinya sedang mengamatiku. "Siapa nama aslimu, Tuan?"

Dia memiringkan kepalanya, lalu menjawab. "Rhaim." Dan saat dia bicara, kulit di sekitar goresan yang kuberikan ikut tertarik sedikit.

Aku yang melakukan itu padanya. *Aku.* Terhadap seorang penyihir agung.

Ada kekuatan dalam diriku.

Aku pernah menemukannya sekali, dan aku akan menemukannya lagi.

"Aku tinggal."

Dia—*Rhaim*—mengeluarkan tawa puas dari dalam dadanya. "Aku akan mengambil pipanya."

Kami bekerja sepanjang pagi, dan terlepas dari kemampuan apa pun yang telah kutunjukkan malam sebelumnya, serta betapa jelasnya aku mengingat momen ketika senjata itu berderak dalam genggamanku, menjinakkan asap tetap di luar kemampuanku. Setidaknya Rhaim tampak tetap sabar, meski sobekan di sisi gaunku mengingatkanku bahwa dia bisa bersikap sebaliknya.

Sebelum dia pergi—untuk mengerjakan entah apa tanpaku—dia menarik sebuah buku dari rak untuk diserahkan padaku. "Mulai baca dari sini."

Aku mengambilnya dan membukanya. Itu sebuah jurnal, ditulis dalam aksara berhias.

"Ayazim adalah penyihir yang sangat disegani pada zamannya. Belum tentu kau akan menemukan jawaban di sana, karena tak ada dua jalan yang sama, tapi mungkin itu bisa membantumu untuk rileks."

Aku mengernyit. "Bagaimana aku bisa berkonsentrasi sekaligus rileks, Tuan?"

"Kita akan mencari caranya. Kau tak bisa mengejar kekuatanmu. Itu bukan kelinci, dan kau bukan serigala," katanya, mengosongkan pipanya lalu mengantonginya. "Kau perlu menjangkaunya, lalu menyalurkannya; dan memang ada konsentrasi dalam penyaluran itu saat kau melakukannya... tapi menemukan kekuatan itu pertama kali bukanlah semata kekuatan kehendak; kalau begitu, setiap penguasa kecil di tiap kota akan bisa melempar petir."

Aku menjilat bibirku, mendengarkan. Dia menyebut kami sebagai "kita."

Seolah *kita* suatu hari nanti bisa setara.

"Terima kasih, Tuan," kataku, mengangkat buku itu sedikit sebagai ganti membungkuk hormat.

Dia mengangguk. "Aku akan kembali," katanya, lalu pergi.

Tapi dia tidak kembali. Tidak hari itu, tidak keesokan harinya, dan tidak juga pagi sesudahnya.

14

Rhaim

"Jaegar cuma mengirim kalian berdua?"

Pria yang—entah atas dasar apa—dianggap sebagai wali kota pelabuhan yang kami datangi itu keluar dari rumahnya untuk menatap Sibyi dan aku dengan waspada.

"Dua penyihir sudah lebih dari cukup," kata Sibyi, memberikan senyum ramah yang memikat.

Aku tak repot-repot basa-basi. "Memangnya kau mau melawan Yang Tak Bisa Mati sendirian?"

Orang itu mengernyit padaku. Dia tampak sakitan, dan gerak-geriknya gelisah, seperti orang yang menyembunyikan sesuatu. "Kami punya komunitas yang berkembang di sini. Kami membayar pajak. Jaegar mengambil anak-anak laki-laki kami, dan untuk apa?"

"Sampaikan keluhanmu ke Jaegar," kataku, mengabaikannya. Beberapa penyihir Jaegar yang peka terhadap sihir sedang melacak Yang Tak Bisa Mati, sama seperti dulu mereka pernah melacakku. Kami diberi tahu bahwa Yang Tak Bisa Mati akan menyembul dari bawah Teluk Impresif, dan kami harus segera ke sana. Seharusnya kami tinggal membuka portal ke pantai, tapi kebijakan Jaegar mengharuskan penyihir-penyihirnya memakai portal yang sudah dia dirikan di seluruh benua jika memungkinkan, supaya "rakyat" tahu kami datang atas namanya.

Yang berarti kami berdiri lima belas meter di luar gerbang pelabuhan yang tertutup, dan sekarang harus berurusan dengan pemerintah setempat—tugas yang temperamenku sama sekali tidak cocok untuk itu, meskipun aku sudah berabad-abad mendalami ilmu sihir.

Aku menautkan tangan di belakang punggung—aku sudah cukup lama hidup untuk pernah bepergian ke hampir semua tempat, dan ingatanku luar biasa; harus begitu, untuk menggunakan sihirku sebagaimana mestinya. Aku pernah menghabiskan hari yang menyenangkan di sini bertahun-tahun lalu, di tepi pantai—membuka portal langsung ke dalam kota jauh lebih gampang daripada berurusan dengan orang-orang tolol.

"Jangan!" teriak sang walikota, berlari menghampiri kami bersama pengawalnya untuk menghentikan kami. Mereka kumpulan yang menyedihkan, dan geraman tertahan di tenggorokanku. Dalam sekejap aku sudah paham keadaannya.

"Satu-satunya alasan kau bisa *berkuasa* di sini," kataku, menghujamnya dengan tatapan, "karena Jaegar sudah mencuri anak-anak lelaki untuk dikirim berperang." Aku menyempatkan diri memandang rendah mereka semua. "Entah kalian bersembunyi dari wajib militer, atau kalian memang tak becus dalam hal tertentu—tebakanku yang kedua."

Para pria di belakang walikota menyilangkan senjata mereka, tombak-tombak panjang dengan kait kejam di ujungnya, yang biasa dipakai untuk menarik ikan-ikan raksasa dari kedalaman.

Sibyi tampak bingung. "Kalian... kalian tidak mau kami menjalankan tugas kami?" tanyanya kepada mereka, mengingatkanku bahwa dia masih cukup muda untuk terkejut menghadapi kebodohan.

"Kurasa kita punya kesamaan dalam hal itu," gumamku.

"Tapi kami seharusnya—" Sibyi melanjutkan, seolah dia bisa menjelaskan sampai mereka membiarkan kami masuk.

"Tidak," kata sang wali kota. "Kami tidak butuh kalian dan kaum kalian. Kembali ke Jaegar dan bilang padanya kami tahu dia berbohong. Kami sudah muak dengannya, kami sudah muak dengan Tujuh, dan kalau dia mau datang berbaris ke sini sendiri, akan kukatakan itu di depan mukanya." Dia mengacungkan jari kurusnya dan mengisyaratkan di antara kami. "Dan kalau kami melihat salah satu dari kalian di dalam gerbang—apalagi kalau sampai macam-macam—kami akan membunuh kalian."

Aku menyeringai buas, memamerkan seluruh gigiku yang saat ini masih sangat manusiawi, lalu mencari bagian jalan yang bersih untuk duduk. "Kematianku sudah diramalkan, dan itu bukan oleh tangan kalian," kataku padanya. Itu bukan sesuatu yang bisa kupastikan sepenuhnya, tapi aku punya firasat kuat. *Kalau tidak, buat apa takdir memberiku Lisane?* "Jadi kalau kau memang melihatku di dalam gerbangmu—besar kemungkinan aku sedang menyelamatkan nyawamu yang busuk dan menyedihkan," kataku, duduk santai di tanah, "lebih baik siapkan dua kantong apa pun yang kalian sebut tembakau terbaik sebagai bayaran saat aku selesai. Kalau tidak, aku sendiri yang akan menagihnya darimu."

Sang walikota meludah ke arahku, tapi ludahnya jatuh sebelum sampai. Wajahnya tertekuk—entah karena aku atau karena ludahnya yang meleset—dan para pengawal menghentakkan senjata mereka sebelum mereka semua mundur dengan cepat.

Sibyi memandang bergantian antara aku dan rombongan yang menjauh. "Aku tidak mengerti."

"Beri aku waktu sebentar." Aku membiarkan pandanganku mengabur, lalu merentangkan indra untuk merasakan sekeliling. Kota di depan kami berputar-putar oleh kehidupan, dan bersama kehidupan datang hewan—dari tikus-tikus pemakan sisa dan kutu yang menumpang pada mereka, sampai ayam, anjing, kambing, dan kuda—tapi aku menginginkan sesuatu yang lain.

Sesuatu yang lebih kuat, dan lebih berbahaya.

Sesuatu dari laut lepas di seberang sana.

Aku meraih pipaku, lalu benakku berdesir pelan, dan aku menyisihkannya. Kurasa aku tak akan punya cukup waktu untuk mengisapnya.

"Rhaim," Sibyi berdecak, jelas mulai gelisah.

Aku menarik napas tajam dari sela-sela gigi, merasa perlu menjelaskan diri kepada penyihir lain yang jauh, jauh lebih muda dariku. "Ke mana pun kau pergi dalam hidupmu, Sibyi, dan seberapa baik pun kau menjalankan sihirmu, akan selalu ada sekelompok orang yang siap untuk tidak mempercayaimu. Sihir yang pernah mereka lihat tidak terlalu mengesankan—atau, lebih buruk, ada orang yang memakainya untuk menipu mereka."

Aku bisa merasakan ikan-ikan di teluk mulai panik—tapi tidak seperti makhluk dari dataran, mereka relatif terperangkap. Setidaknya langit di atas gelap—itu akan menguntungkan Sibyi—kalau dia memang dibutuhkan.

"Dengan Jaegar pun hampir sama, itulah sebabnya mereka membencinya," kataku kepada Sibyi. *Sama seperti aku, meski dengan alasan berbeda.* "Dia terkutuk dari dua arah. Kalau dia mengambil para lelaki mereka dan perbekalan mereka, lalu melumat semuanya demi memenangkan perang melawan monster yang tak pernah mereka lihat, mereka merasa dibodohi karena membiarkannya. Tapi kalau dia membiarkan Yang Tak Bisa Mati menyerang pesisir mereka yang sederhana, memaksa mereka untuk percaya, dia berisiko membunuh anak-anak lelaki yang suatu hari bisa mengisi lagi barisannya—dan kehilangan akses pada ikan kering yang biasa mereka bawa."

Sibyi menghampiri dan memandangku dari atas. "Dan tepatnya apa yang sedang kita lakukan di sini?"

"Menunggu," kataku padanya. Seperti orang-orang yang bekerja di pelabuhan sana menjala ikan dengan jaring, aku menjala dengan pikiranku, menarik masuk persis apa yang kubutuhkan. "Sedikit lagi. Kau akan tahu kapan waktunya."

Sibyi menarik napas dalam-dalam. "Rhaim," katanya, mengucapkan namaku seperti sumpah serapah. Dari sekian banyak perjalanan kami bersama, aku menyadari bahwa Sibyi tipe yang taat prosedur. Sayang sekali, mengingat gurunya, Zabel sang Pembawa Maut, dulunya adalah orang yang paling tak kenal hormat. Tapi memang, gampang saja bercanda kalau kau bisa menjatuhkan orang dengan sihir dari jarak seratus langkah.

Aku mengabaikannya, sejenak memejamkan mata. Perairan teluk bergolak penuh aktivitas. Yang Tak Bisa Mati pasti sudah menembus di bawah ombak—aku merasakan setiap makhluk hidup yang bisa bergerak di dalamnya kini menuju laut lepas di sisi jauh—semuanya kecuali satu yang kuarahkan untuk menemui mereka.

"Sebentar lagi," kataku pada Sibyi—saat kami berdua mendengar teriakan-teriakan terkejut dari kejauhan.

Tak lama lagi, teriakan itu akan berubah menjadi jeritan ngeri.

"Apa itu karena...?" tanya Sibyi, matanya membelalak begitu paham apa yang kulakukan.

"Kemungkinan besar," kataku, bangkit duduk, lalu berdiri. Aku berjalan santai ke gerbang yang tertutup dan mengetuknya. "Kalian masih berniat membunuh kami?" seruku ke atas, iseng saja.

Sebelum siapa pun sempat menjawab, gerbang itu terbuka, dan orang-orang mulai berlarian keluar seperti orang kerasukan.

"Bangsat — Rhaim!" Sibyi menyentak.

Kali ini, dia ada benarnya. Aku tak bisa membuka portal dengan sebanyak ini orang mengerumuni kami; seseorang yang tak siap bisa saja berlari menembus dan terbelah dua. Aku menoleh ke arahnya, mengangkat satu lengan untuk menahan kami dari kekacauan di sekeliling.

"Merapat di belakangku," kataku padanya, lalu mulai meneroboskan tubuhku yang lebih besar melawan arus manusia.

Wajar kalau kau tak percaya pada Yang Tak Bisa Mati ketika kau belum pernah melihatnya.

Tapi rupanya lain lagi rasanya melihat salah satu dari mereka menyeret tubuh telanjang mereka yang aneh dan mengenaskan keluar dari perairan yang selama ini kaugunakan untuk memancing, berenang, dan berak seumur hidupmu.

Jeritan ketakutan warga pelabuhan menggema dari tenggorokan mereka dan memantul dari tembok-tembok saat mereka berlari menjauhi makhluk-makhluk yang menyeret diri keluar dari air di pesisir mereka.

Aku tak pernah berhasil mempelajari Yang Tak Bisa Mati — mereka tidak cukup lama "hidup" untuk itu — dan mereka tidak menjawab panggilan sihirku, juga aku tak pernah bisa merasakan pikiran mereka.

Dan setelah mereka mati — *lagi* — mereka tampaknya cepat terurai, hancur menjadi gumpalan daging dan cairan yang selama ini menghidupkan mereka.

Tapi mereka memang memiliki semacam kehidupan yang aneh, digerakkan oleh sisa-sisa tekad atau kebencian yang tak terbayangkan. Aku tahu karena kadang-kadang saat kau sedang melawan mereka, rasanya seolah mereka ingin berbicara padamu meski tak pernah sanggup membentuk kata-kata, hanya erangan yang terus-menerus, menyakitkan.

Tak seorang pun tahu dari mana asal mereka, atau apakah mereka punya tujuan yang lebih besar. Yang diketahui hanyalah: kalau kau tidak membunuh mereka semua, atau entah bagaimana menutup letusan tempat mereka muncul, mereka akan terus naik dari dalam tanah, tanpa henti. Lalu mereka mulai membunuh segala makhluk hidup di sekitar mereka, sebelum merambah ke pelosok.

Mereka mengincar makhluk hidup terlebih dahulu, tapi kalau letusan secara alami mengurung mereka, mereka mulai mencabik-cabik tanaman dengan gigi tajam mereka — Sibyi dan aku sudah menyaksikannya seminggu lalu, dikirim untuk menangani serangan di sebuah jurang. Dan tanah tempat letusan pernah terjadi menjadi mustahil bagi kehidupan sesudahnya, bekas luka di mana tak ada yang bisa tumbuh lagi.

Sejujurnya aku tidak sepenuhnya yakin apa yang akan terjadi di laut lepas setelah ini. Akankah ada zona mati di laut? Akankah airnya teracuni? Tapi mempelajari itu urusan para cendekiawan Jaegar nanti — untuk saat ini kami harus bertindak.

Kepadatan orang-orang yang ketakutan makin berkurang semakin dekat kami ke tepi air, dan anehnya tak ada penjaga yang datang menyerang kami — tapi ada beberapa warga pemberani di garis pantai, mengacungkan tongkat dan pisau.

Yang Tak Bisa Mati bergerak lambat, beringsut maju — kekuatan mereka ada pada jumlah dan kegigihan yang tak ada habisnya. Yang ini basah kuyup, bertekad merangkak naik ke bibir pantai dan menuju gubuk-gubuk terdekat; dua puluh tampak di depan mata, dan pasti lima puluh atau lebih masih merayap di dasar laut.

"Rencana?" tanya Sibyi, yakin aku punya satu.

Aku menjulurkan pikiranku. Makhluk yang kupanggil masih melesat mendekat. *Bagus.* "Beberapa menit lagi," kataku padanya, lalu bersiul keras untuk menarik perhatian mayat berjalan terdekat, terus berjalan menuju laut, sepatuku tenggelam ke dalam pasir berlumpur.

"Oh, ini sama sekali nggak kedengaran kayak rencana," gumam Sibyi, tidak persis menempel di sisiku, tapi cukup dekat.

"Aku cuma butuh waktu. Dan juga aku butuh kau melindungiku." Aku sudah tidak sepenuhnya jadi diriku sendiri lagi. Rasanya seperti aku cuma setengah berada di sini, dan setengahnya lagi berada di dalam tubuh lain sepenuhnya, tubuh yang luar biasa besar dan berurat otot.

Sibyi mengangkat tangan, lalu mendesis saat menurunkannya kembali. "Aku tidak bisa pakai petir kalau mereka sedekat ini, Rhaim."

Lebih cepat, bisikku dengan pikiran, memaksa peliharaan baruku untuk memacu. *Datanglah dan akan kuberikan begitu banyak mangsa untuk kaubunuh,* janjiku padanya, lalu menelan ludah, menyadari bahwa makhluk ini jauh, jauh lebih besar dari yang kuantisipasi.

"Pegang ini untukku," kataku, melepas botol minum dan pipaku, menyerahkannya pada Sibyi, yang menerimanya tapi tetap melongo saat Yang Tak Bisa Mati berbalik ke arah kami.

"Kenapa kau tidak pakai sihir saja? Pakai kerang di pasir buat menggigiti jari kaki mereka?" Suara Sibyi meninggi panik saat dia menyelipkan barang-barangku ke dalam jubahnya. Saat mayat-mayat itu mendekat, aku merasakan ketakutannya dan kekuatannya membuat udara di sekitar kami berubah, menegang, ketika dia bersiap untuk entah bagaimana menggunakan sihirnya tanpa peduli keselamatan kami.

Lalu terdengar percikan yang mengusik permukaan air, lima puluh kaki jauhnya. Pandanganku pecah menjadi dua — pemandangan dari kraken di bawah ombak, menyaksikan Yang Tak Bisa Mati memanjat keluar dari letusan tepat di lepas pantai, sementara kraken itu meminjam mataku untuk melihat mayat-mayat yang sudah berkeliaran di sekeliling kami.

Ya.

Makhluk-makhluk ini.

Bunuh mereka semua.

Sebuah tentakel sebesar paha orang dewasa menyambar keluar dari laut, mencengkeram Yang Tak Bisa Mati terdekat di depan Sibyi, lalu membantingnya ke tanah. Aku menyaksikannya hancur berkeping-keping, dan merasakan kepuasan makhluk itu saat menyaksikan semuanya lewat mataku, sementara Sibyi berteriak panik, "Apa—!"

"Lindungi punggungku," ulangku padanya, menyisir rambutku dengan kedua tangan, dan menyerahkan seluruh kendali pada binatang di bawah sana.

Kalau aku mengendalikan binatang di darat, aku dan dia akan setara, melihat hal yang sama, merasakan tanah yang sama di bawah kaki kami.

Tapi mengendalikan binatang dari laut membutuhkan lebih dariku — matanya tidak seperti mataku, jadi dia membutuhkan mataku untuk melihat. Dan makhluk sebesar ini... aku membutuhkan seluruh konsentrasiku, baik untuk mengendalikannya maupun untuk mencegahnya menguras habis seluruh kekuatanku.

Pikiranku mulai terdistorsi saat kraken itu menggunakanku — *sebagaimana aku menggunakannya* — untuk memandang berkeliling, melihat dunia yang belum pernah dilihatnya, dengan rasa ingin tahu yang tajam sekaligus menakutkan, dan sesuatu yang menyerupai kegembiraan, sementara aku berusaha mengarahkan minatnya pada membunuh.

Itu, pikirku, memusatkan kami pada mayat-mayat yang berjalan ke arah kami di pantai, air laut menjilat-jilat kaki kami. *Itu akan mencelakai kita.*

Bunuh untukku.

Dan yang mana pun yang kaulihat di bawah air juga.

Tentakel-tentakel menyambar ke atas lalu menghempas turun, menghantam Yang Tak Bisa Mati, memecah-belah mereka, melilit pinggang mereka dan meremas, mencengkeram pergelangan kaki mereka dan menyeret mereka ke bawah. Semua Yang Tak Bisa Mati tertarik pada kegaduhan kami.

Mayat-mayat itu tak punya akal sehat. Yang Tak Bisa Mati terus membanjir keluar dari letusan, dan aku bisa merasakan gigi mereka menggigit sia-sia kulit kenyal sang kraken, kuku-kuku mereka yang seperti cakar mengais-ngais pada tubuhnya. Sementara makhluk itu berputar-putar membentuk lingkaran di bawah ombak, membanting mereka ke dasar, menggilas mereka ke pesisir dengan girang. Air berubah keruh oleh campuran cairan busuk dan pasir.

"Gila," bisik Sibyi, menyaksikan.

Mengendalikan kraken itu menghanguskan sihirku seperti sumbu yang menyala, dan aku merasakan binatangku bergejolak di bawah kulit, berusaha menandingi kekuatan kraken dengan kekuatannya sendiri. Lengan demi lengan menyambar keluar—gelung-gelung otot raksasa—menghantam tanah di sekeliling Sibyi dan aku dengan tamparan basah yang menghancurkan mayat-mayat itu, memerciki kami berdua dengan isi perut mereka yang masih hangat. Sibyi terengah-engah, lagi dan lagi, sementara kami perlahan berputar; dia menjaga punggungku, dan aku berusaha menahan pikiranku yang kebanjiran.

"Rhaim?" tanya Sibyi, terdengar cemas.

Aku tak bisa menjawabnya.

Kraken itu kuat dan tua; dia menginginkan lebih dariku. Di sini aku sempat mengira dia akan jadi peliharaanku—ternyata aku tak tahu betapa penasarannya makhluk itu pada manusia, dan betapa besar hasratnya akan pengetahuan tentang "*yang kering*." Aku memindai lautan; sudut-sudut otakku yang tersembunyi tiba-tiba hidup, dibanjiri indera-indera asing miliknya. Aku mencari sisa-sisa Tanpa-Mati yang masih berkeliaran, mengirim kraken mengejar mereka, berusaha menuntaskan semuanya.

Lalu tekanan magis itu terlepas, baik di atas maupun di bawah—aku merasakan tanah bergetar lewat kedua telapak kakiku sendiri, pada saat yang sama kraken merasakan pasir bergeser. Makhluk itu menoleh ke sekeliling, kecewa karena tak ada lagi yang bisa dihancurkan, lalu memusatkan seluruh perhatiannya padaku, seolah berusaha merangkak masuk ke dalam pikiranku, seolah tengkorakku cuma cangkang kosong yang bisa ditinggalinya.

Aku berteriak, jatuh berlutut, dan Sibyi ikut berlutut di sampingku. Aku bisa merasakan kraken mengamati Sibyi dengan ketertarikan yang terang-terangan.

Kita sudah selesai! kataku pada makhluk itu.

*Tapi apakah kita *paruh-tertutup* benar sudah selesai?* dia bertanya balik, gambaran-gambaran menggantikan kata-kata sebagai pikiran.

Aku berlutut di pasir, melawannya, tahu makhluk itu tidak bermaksud jahat—dia tak punya konsep tentang kehidupan di permukaan, dan tak sepenuhnya paham apa yang dilakukannya padaku—hanya saja dia ingin melihat.

Menyentuh.

Bernapas.

"Rhaim?" tanya Sibyi, kedua tangannya di bahuku. "Kau baik-baik saja?"

Kraken itu euforia merasakan sentuhan *tentakel-pendek-menyedihkan* milik Sibyi padaku—dan satu lilitan otot raksasa menjulur keluar, melilit pinggang Sibyi, mengangkatnya untuk dirasa-sentuh oleh tentakel bercakram hisap, menariknya ke air untuk diamati lebih dekat. Aku merasakan Sibyi langsung menghimpun kekuatannya sendiri, siap melindungi diri.

"Tidak!" kataku—dan itu berubah jadi lolongan ketika aku kalah dalam pertarungan melawan wujud binatangku, menerjang ke air sambil tubuhku berubah, berusaha melindungi mereka berdua dari satu sama lain. "Jangan melawan!" kataku pada Sibyi lewat rahangku yang makin mengunci. "Cuma—penasaran—ingin—tahu," engahku, sementara di dalam kepalaku aku memohon pada kraken untuk menurunkan Sibyi kembali.

Kraken itu merasakan perbedaan dalam diriku—dia tidak mengerti apa yang telah terjadi, dan dalam keterkejutannya, jadi lebih mudah bagiku untuk melepaskan kesadaranku darinya saat dia menjatuhkan Sibyi. Penyihir satunya itu terbatuk-batuk di air tempat dia mendarat, lalu menatapku dengan panik luar biasa.

Aku meraih dia dari bawah ketiaknya dengan tangan yang kini bercakar, lalu menyeretnya kembali ke pantai.

Pulanglah! kataku pada sang kraken, merasakan sensasi dahsyatnya memudar, menutup diriku darinya, sedikit demi sedikit. *Kembali ke kedalaman sana!*

Tapi aku ingin melilit-merasa-mempelajari, katanya dengan bahasanya yang berbelit, dan aku merasakan dahaganya akan pengetahuan—sama seperti yang begitu sering kurasakan sepanjang hidupku. Aku menekan tangan bercakar dan berbulu ke kepalaku.

Ya. Aku janji. Kalau jalan kita bertemu lagi. Aku sungguh-sungguh—benar-benar sungguh-sungguh—tapi aku juga tak bisa membohongi kraken sekalipun aku mau, tidak selagi kami masih terjalin secara magis.

Dan karena dia mempercayaiku, aku merasakannya meluncur pergi dan meninggalkan kami. Aku ambruk di samping Sibyi, merasakan pasir basah bergesekan ke dalam bulu pendekku. Dia menoleh ke arahku, masih tercekat ngeri oleh apa yang nyaris terjadi.

Aku menebak kematian sejatinya, mengamatinya. "Kau mati tenggelam, kan?"

Dia mengerjap padaku, perlahan fokus kembali. "Ya. Tapi bukan seperti ini." Dia menatap langit, lalu mulai tertawa, agak seperti orang gila, sebelum menoleh kembali padaku. "Mantel yang bagus," katanya, bibirnya melebar jadi cengiran.

"Persetan kau," geramku padanya, lalu menyalak tertawa.

* * *

Sibyi tak terburu-buru berdiri dan membersihkan pasir dari tubuhnya, sementara aku cukup berdiri dan mengibaskan badan, sadar betul betapa raksasanya sosokku dalam wujud binatang dibanding dia.

Berubah karena kemauan sendiri itu beda jauh dengan berubah karena sihirku terkuras habis sampai aku tak punya pilihan. Aku tahu aku akan terjebak seperti ini selama berhari-hari sementara aku bergulat dengan binatangku di dalam diri, memaksa sisi manusiaku untuk muncul kembali—seolah aku berenang dalam lumpur pekat.

Dia bersuka ria dalam kendalinya atasku, merasakan angin meniup bulu-bulu halus di punggungnya, dan bulu yang lebih lebat di sekeliling lehernya. *Dia* bisa mencium isi perut ikan yang tertumpah di dermaga terdekat, dan aromanya membuatnya meneteskan liur. Kegaduhan orang-orang yang baru saja menyaksikan kami bertarung membuatnya senang sekaligus jengkel, karena itu membuktikan bahwa mereka takut, dan dia suka *kalau orang-orang takut padanya.*

Dan mungkin aku pun begitu.

Kami melangkah menyusuri pantai, jejak tapak kakiku berdampingan dengan jejak sepatu bot Sibyi di pasir. Kami menemui sang wali kota dan para pengawalnya di tempat pasir memadat menjadi batu jalanan; kerumunan di belakangnya mendadak hening.

Harus diakui, sang wali kota sudah menyiapkan dua kantong tembakau di tangan, yang diserahkannya pada seorang pengawal untuk diberikan padaku — aku mengarahkan pengawal itu ke Sibyi, yang melirikku, tapi tetap menerimanya.

Aku mengumpulkan cukup kendali atas diriku untuk bicara. "Lain kali kau menghina penyihir—ingat seberapa dekat makhluk itu dengan bibir pantai," geramku dengan suaraku yang kasar, lalu melangkah maju. Orang-orang di depan kami menyingkir, menyibak memberi jalan.

"Dan terus bayar pajakmu, ya?" Sibyi menambahkan, menyusulku. Aku mendengus padanya.

Aku bisa merasakan tatapan kerumunan itu padaku dan mendengar percakapan-percakapan pelan mereka. Beberapa dari mereka telah melihat apa yang terjadi, dan sedang menceritakan ulang kejadiannya pada yang lain—beberapa tampak ketakutan, dan yang lain tampak marah. Aku tahu laki-laki yang ketakutan biasanya harus melampiaskannya pada orang lain, agar rasa takut mereka tak kelihatan.

"Suap?" bisik Sibyi saat kami berjalan, menepuk saku jubahnya yang berisi tembakau milikku. Kulit-kulit yang kukenakan disihir agar bertahan melewati perubahanku—tapi benda-benda lain yang kubawa tidak, jadi lebih baik dia yang memegangnya untuk saat ini.

"Aku pernah menerima yang lebih buruk dari orang-orang yang lebih rendah," kataku, bibirku tertarik memperlihatkan gigi. Binatangku sedang memindai kerumunan, memandang rendah mereka. *Dia* ingin menjadi apa yang mereka bayangkan: bergerak dengan empat kaki, meludah-liur, menggertakkan *giginya. Dia* ingin *menakuti* lalu *mengejar* mereka saat mereka lari, lebih memilih mendengar jeritan ketakutan murni ketimbang teriakan gagah-gagahan. Nalurinya menarikku sama kuatnya dengan kraken tadi. Sudah lama sejak terakhir kali *dia* punya kendali sebesar ini atasku.

Aku mengangkat satu telapak cakar menutupi tanda-penyihirku, sekadar memastikan aku masih memilikinya. Tanda itu satu-satunya hal dalam wujud ini yang membuktikan aku pernah manusia—bukan semacam monster yang pantas dibunuh begitu terlihat.

Lalu kami sudah di luar, di depan portal Jaegar. Aku sepenuhnya yakin penduduk kota akan membongkar portal itu begitu kami pergi, dan mungkin membakar sisa-sisanya.

"Menurutmu nanti mereka bakal bikin cerita tentang siapa?" tanya Sibyi sambil melambaikan tangan untuk membuka portal menuju tenda Jaegar. "Yang Tanpa-Mati? Krakennya? Atau kau?"

"Aku tak peduli," kataku padanya, sementara kami melangkah menembus portal.

* * *

Kami mendapati diri kami di tengah konvokasi para penyihir perang saat kembali, kebanyakan kukenal sekilas: Pellian si Penerbang Batu, Megial si Lilin, Wyrval si Hijau, dan beberapa lainnya—lalu, terakhir, Castillion si Berduri, penyihir sumpah-takhta Jaegar. Pandangannya menyapu tubuhku, dan bibir atasnya terangkat dalam cibiran penuh penghakiman.

Dia satu-satunya yang tahu apa yang telah Jaegar korbankan untuk membawaku ke sini. Binatangku menerjang maju, menghancurkan semua kendali yang sudah susah payah kuraih, dan geraman rendah naik di tenggorokanku tanpa kuminta, saat terlintas bahwa dia pernah *menyentuh milikku.*

"Rhaim!" seru Wyrval, menghampiri begitu saja untuk menepuk punggung berbuluku, dan aku harus menahan diri agar tak menerkam untuk mematahkan lengannya. Ukurannya sama denganku saat aku berwujud manusia, tapi dengan kulit jauh lebih gelap, dan janggut serta rambutnya yang pendek bersemburat lumut. Dia bisa menyihir tumbuhan sebagaimana aku menyihir hewan—faktanya, dia mungkin orang paling berbahaya kedua di ruangan ini, dan kalau kami bertarung, hasilnya tergantung medan. "Aku tak sabar bekerja sama denganmu!"

Berbeda dengan penduduk kota yang baru kami tinggalkan, sesama penyihirku memandang wujud baruku dengan kehausan akan pengetahuan yang biasanya juga kurasakan.

Binatangku gelisah karena perhatian mereka—dia ingin pulang ke *Lisane yang cantik.*

Tidak, kataku padanya, dan itu membuatku ngeri. Aku tahu apa yang dia rasakan terhadap Lisane, karena semua itu hanyalah amplifikasi dari hasratku sendiri, tanpa kepatutan maupun batas.

Ya, binatangku membantah. *Dia milikku,* lanjutnya, mengepalkan jari-jari bercakarnya erat-erat. *Dan suatu hari, aku akan menandainya, mengikatnya, menjadikannya milikku.*

Dan yang lebih buruk dari terjebak di dalam binatangku—aku tak bisa menyangkal bahwa aku menginginkan semua itu. Juga tak bisa menyangkal getaran terlarang yang kurasakan saat *dia* mengakuinya.

Itulah mengapa aku tak boleh membiarkan *dia* keluar seperti ini, di dekat Lisane.

Para lelaki lain di ruangan itu akhirnya menangkap betapa berbahayanya aku dalam kondisi ini, saat aku menarik napas sambil menggeram dan setetes liur jatuh dari moncongku, menetes ke lantai berkarpet.

"Permisi," desisku dari balik deretan gigi yang terlalu banyak, bahuku naik-turun mengikuti napas. Aku harus pergi dari sini, menenangkan diri, menjernihkan pikiran, merebut kendali lagi. "Harus menunggu beberapa hari. Sampaikan pada Jaegar."

Hanya saja aku tak bisa pulang dalam keadaan seperti ini—aku akan pergi ke tempat lain, menunggu sihirku mereda, demi Lisane.

Sibyi menekan tangan ke sisi tubuhnya dan mengerang. "Kayaknya tulang rusukku retak—entah gara-gara makhluk itu atau gara-gara kau," katanya, melempar tatapan pura-pura kesal, berusaha mencairkan ketegangan. "Dia memanggil kraken sialan," keluhnya keras-keras kepada semua orang yang hadir. "Tanpa bilang padaku."

"Tampaknya itu pilihan paling cepat," kupaksakan untuk berkata, merasa seolah sedang berpura-pura jadi manusia. Aku mundur selangkah—dorongan untuk kabur begitu menyesakkan. Semua penyihir lain terlalu dekat di sini. Aku bisa mencium keringat mereka, beberapa minyak wangi, apa yang terakhir mereka makan—aku harus keluar.

"Dan bagaimana kalau kau tidak menemukan satu pun di lepas pantai?" tanya Sibyi.

"Kalau begitu aku akan membiarkanmu menyambar mereka semua dengan petir," jawabku pendek. "Tapi aku harus pergi sekarang." Aku bergerak mengayunkan telapak cakar ke belakang. Membuka portal di ruangan sepadat ini biasanya dianggap tidak sopan, tapi aku harus lolos. "Sampaikan pada raja."

"Sampaikan apa pada raja?" tanya sebuah suara keras saat kain pintu tenda terbuka, dan Helkin masuk bersama beberapa pengawalnya dan seorang laki-laki yang pasti berpangkat setara dengannya. Baju besinya sama mewahnya, dengan lambang palang ungu ditempa di pelindung dada. Helkin melihatku, menjulang kepala dan bahu di atas semua orang di ruangan, dan matanya terbelalak, sementara tangan anak buahnya meraih senjata.

Tak seorang pun di istana Jaegar pernah melihatku dalam wujud binatang—hanya beberapa penyihir yang hadir di sini yang pernah. Tak satu pun dari mereka terganggu, mereka sudah terbiasa dengan keanehan sihir... tapi mereka juga bukan orang yang membuat perjanjian denganku.

"Bahwa dia *memanggil* kraken," kata Sibyi, menggelengkan kepala. "Yang lalu mencoba memakanku!" Dia tertawa, dan meninju lenganku dengan ramah.

Aku tak merasakan pukulan itu, meskipun aku tahu Sibyi kuat. Aku terlalu sibuk mengikuti pikiran Helkin yang terbaca di wajahnya saat dia mengamatiku, sedikit demi sedikit. Ukuranku yang begitu raksasa, kenyataan bahwa tubuhku dipenuhi urat otot, lalu semua bagian tubuhku yang menyusunku: telinga, moncong, taring, cara leherku melandai ke bahu, dan sekian banyak bekas luka dari pertarungan-pertarungan dulu yang mengoyak bulu hitam pendekku. Kulihat dia menangkap selubung kemaluanku yang terlipat rapat ke perutku, caraku yang canggung menahan tubuh agar bisa berdiri seperti manusia, kibasan ekorku yang liar, dan seluruh dua puluh cakarku.

Aku tampak seperti sesuatu dari mimpi buruk yang kau ceritakan pada anak kecil yang tidak nurut. Dan aku tidak tahu mana yang lebih baik—melihatku dalam keremangan, seperti Lisane, di mana kau mungkin masih bisa meyakinkan diri bahwa aku tidak nyata, atau tidak seburuk yang kau takutkan; ataukah melihatku dalam terang hari seperti sekarang, di mana tak ada yang bisa menyangkal bahwa memang beginilah aku.

Ya, pangeran kecil, pikirku tapi tak kuucapkan, seraya aku melangkah mendekatinya. *Akulah binatang buas yang kauserahkan saudarimu kepadaku.*

Dia ingin bersamaku sekarang—dan aku takkan pernah mengembalikannya.

Kutantang dia membaca kebenarannya di mataku, sebelum mengulangi kata-kataku. "Jangan andalkan aku selama tiga atau empat hari." Aku bergerak melewati Sibyi dan menuju pintu.

Helkin menghalanginya dengan tubuhnya, rahang terkatup dan napas memburu. "Itu bukan perjanjian kita, Segala-Binatang."

Aku memandang rendah dari moncongku padanya, membayangkan mengangkat dan melemparnya ke seberang ruangan. Aku merunduk dan mengeram, "Aku mengubah aturannya. Mau apa kau?"

Dia bergeming, sementara para pengawalnya mendekat. "Ayahku dan aku—kami mempercayai kata-katamu."

Aku berkedip lalu tertawa—suara tawaku parau, nyaris seperti dengusan. "Oh? Senang tahu ternyata itu keputusan *keluarga*," kataku, merasakan sedikit kemanusiaanku kembali berkat olok-olokku sendiri. Kudorong dia ke samping dan keluar dari tenda—kalau aku tak bisa membuka portal, aku butuh lebih banyak udara.

Kudengar pedang-pedang ditarik dari sarungnya dan aku berbalik di jalan tanah di luar, menemukan rombongan pengawal Helkin siap bertempur. Castillion dengan bijak menempatkan diri di depan Helkin sebagai pelindung, meskipun aku bisa saja membunuh bocah itu sepuluh kali sebelum si Berduri sempat menghentikanku.

Para penyihir lain juga sudah keluar dan menasihati agar damai. "Kalian tidak dengar aku tadi? *Kraken*," Sibyi mengulanginya kepada seseorang, menekankan kata itu, berharap itu akan mengubah keputusan mereka.

Kutangkap dan kutahan tatapan Helkin, sengaja mengabaikan Castillion. "Kalau aku benar-benar tanpa kehormatan, *benda-anak*, aku takkan pernah bertarung untukmu sama sekali. Jadi kau harus percaya bahwa aku punya kehormatan dan bahwa aku tahu mana yang terbaik buat aku dan *keluargaku*." Kuamati matanya menyipit dan lubang hidungnya mengembang, memikirkan apa yang baru saja kuisyaratkan. "Empat hari, di luar," kataku kepada para penyihir yang berkumpul, lalu melangkah pergi.

Aku tidak akan membuka portal sekarang.

Biarkan mereka semua melihatku dan gentar.

Kupasang telinga, waspada kalau ada yang mengikutiku, sementara aku menuju pinggiran perkemahan, yang dijaga longgar oleh barisan penyihir yang kurang kuat—tugas satu-satunya menggunakan kemampuan mereka untuk menahan Yang Tanpa-Mati di luar. Lama tak kudengar siapa pun... lalu kudengar seseorang berlari mendekat dari belakang.

"Rhaim!" Sibyi memanggilku, berlari-lari kecil mendekat, satu tangan memegangi rusuknya. "Sekarang kupikir-pikir, mungkin ini yang mematahkan tulang rusukku," keluhnya, mengeluarkan botol minumku. Menyusul pipaku dan dua kantong tembakau sogokkanku.

Aku tergoda untuk menyuruhnya menyimpan semuanya saja—begitu aku tak terlihat, aku berniat jatuh bertumpu pada empat kaki dan berlari sejauh dan secepat yang kubisa, untuk melelahkan binatangku dan menguras tenaganya, agar lebih mudah bagiku mengendalikannya. Aku tak berminat membawa apa pun selama beberapa hari dengan jari-jari bercakar ini, atau di antara rahangku—lalu aku teringat terakhir kali melihat pipa itu: tergenggam dalam tangan Lisane, di pangkuannya. Bibir penuhnya merengut, matanya terpejam rapat, sementara dia mencari-cari sihir di dalam dirinya.

Andai saja aku bisa memberikan sebagian milikku padanya.

Andai saja aku bisa memberikan bagian mana pun dari diriku padanya.

Tubuhku menggigil, didera hasrat dan kebutuhan. Aku sudah begitu bodoh menolak kenikmatan kemanusiaan begitu lama, selalu mengira bahwa masih ada hari esok, dan mungkin itulah yang membuatku begitu lemah di hadapannya.

Tapi tentu saja, kematianku memang harus terasa istimewa bagiku. Lisane dan aku terjebak dalam sebuah tarian sekarang. Kami tak tahu langkahnya, tapi kami sudah terikat—mau tak mau. Kami berdua ditakdirkan untuk menyelesaikan lagunya, bersama-sama, dan entah bagaimana, begitu aku menyadari itu, binatangku sedikit mengendurkan cengkeramannya pada tubuhku, dan aku tak lagi merasa harus bertarung begitu sengit dari dalam.

Kuambil pipa dan satu kantong dari Sibyi, memutuskan untuk tetap berdiri tegak untuk sementara. "Simpan minumannya—aku yakin rasanya lebih enak daripada air di kantong kalian."

Dia tertawa, lalu memandangku dengan aneh. "Kenapa kau tidak membuka portal pulang?"

Ada sekelompok prajurit yang penasaran memperhatikan kami sekarang—bukan pengawal pribadi Helkin, tapi aku belum mencapai tepi perkemahan. Anak buah Jaegar wajar saja ingin tahu, dan beberapa dari mereka keluar dari tenda untuk menguping—dan untuk melihatku. Kabar sudah menyebar, dan mereka sama seperti kerumunan di pelabuhan: ingin tahu, marah, takut. Aku bisa mencium keringat kerja mereka, bau tajam-anyir ketakutan mereka, dan sedikit aroma ichor busuk yang membuat Yang Tanpa-Mati tetap hidup, dari saat mereka terciprat ketika bertarung.

Apakah ada di antara mereka yang datang dari Impressive Bay sewaktu kecil? Berapa banyak Yang Tanpa-Mati yang pernah mereka lihat? Apakah mereka dipaksa berperang oleh wajib militer, atau sejak dulu memang berharap mendapat kesempatan itu, dengan kenekatan seperti Lisane?

Kuangkat tangan, mengusap bekas luka yang dia torehkan di pipiku dengan ibu jari.

"Karena aku tidak ingin menakut-nakuti siapa pun," kataku pada Sibyi, cukup keras agar terdengar.

Kuisi pipa itu di depan mata para prajurit, kunyalakan, lalu kuselipkan di antara gigi-gigiku.

Biarkan mereka menceritakan kisah tentang binatang buas yang ini—yang berjalan, dan berbicara, dan merokok sambil termenung.

Kuanggukkan kepala pada Sibyi, lalu berbalik.

Aku akan berpura-pura jadi manusia lagi—sampai benar-benar jadi manusia.

15

Lisane

Daun jendelanya setidaknya tetap terbuka, dan pemandangannya tak berubah, kecuali matahari yang terus bergeser melintas dan domba-domba yang bergerak pelan saat merumput. Separuh waktuku kuhabiskan membaca buku yang ditinggalkan Rhaim untukku. Sisanya kupakai melamunkan kehidupan yang kutinggalkan—begitu dekat di bawah sana, tapi tetap begitu jauh.

Apa jangan-jangan terjadi sesuatu padanya?

Aku akan merasa lebih tenang soal ketidakhadirannya kalau dia meninggalkan petunjuk yang lebih jelas. Aku diberi keleluasaan kecil di istananya, pada semua pintu yang mau terbuka untukku: kamar tidur, kamar mandi, perpustakaan, dapur, tapi aku tetap merasa terjebak dan kesepian. Aku kesal karena dia sudah membuat janji-janji lalu pergi begitu saja, lalu kesal pada diriku sendiri karena berharap dia kembali. Sampai pagi itu aku menemukannya duduk di kursi yang sama yang kuseret ke dekat jendela untuk memandang keluar—sepatu botnya bertumpu di tepian jendela, pipa di mulutnya.

Aku nyaris berlari menghampirinya. "Kau sudah kembali!" seruku, menempelkan tangan ke dada. "Sir," tambahku buru-buru.

Dia menoleh—buku yang diberikannya padaku ada di pangkuannya. Dia mengambilnya dari kursi tempat kutinggalkan. "Memang," katanya, dengan sarkasme ringan.

"Ke mana kau pergi?"

"Tidak penting," katanya sambil mengangkat bahu.

"Tapi istananya tidak berpindah!" Aku menunjuk-nunjuk ke luar jendela.

"Dan kau tidak suka pemandangannya?" Nada suaranya berubah geli.

"Bukan, bukan itu," aku menghela napas, bergeser dari terkejut ke frustrasi. Aku bersumpah, sebagai seorang putri aku dulu jauh lebih bisa mengendalikan emosiku, tapi setiap kali berada di dekatnya, emosiku goyah seperti nyala lilin. "Kupikir kau mungkin sudah mati."

"Ah, dari segores luka langsung ke ambang mati." Dia berdecak. Bekas yang kubuat di pipinya nyaris sembuh—dan itu akan meninggalkan parut, pikirku, diam-diam agak bangga. Dia menegakkan diri, lebih serius, lalu menurunkan kakinya. "Aku minta maaf kalau ketidakhadiranku menakutimu, ngengat kecil."

Aku mengernyit padanya. "Takut mungkin bukan kata yang tepat," kataku kering. "Sir."

Rhaim tertawa mendengar itu. "Bagaimanapun," katanya, berdiri. "Berapa banyak yang sudah kaubaca?" tanyanya, menyodorkan buku itu padaku.

"Baru lebih dari setengah. Tapi aku tidak mengerti semuanya. Dan kadang, ada beberapa kata di dalamnya yang membuat otakku sakit."

"Bab-bab tertentu dijampi. Terus coba; nanti kau akan paham semuanya. Apa kau berhasil membuat sihir baru sejak kita terakhir bertemu?"

Sejujurnya, aku begitu takut gagal sampai tidak berani mencoba. Aku menggeleng, dan dia menghela napas pelan, sebelum menyerahkan buku tebal itu padaku. "Kalau begitu, pelatihanmu berlanjut. Bawa ini ke sana, ke meja itu."

Aku mengambil buku itu dari tangannya dan pergi melakukan apa yang diperintahkan. Dia sudah menata ulang sebagian perabot sejak aku meninggalkan ruangan ini semalam, dan salah satu meja didorong menempel ke dinding rak buku, kosong. Aku menelan ludah. Aku yakin semua ini ada maksudnya.

Jadi apa yang akan terjadi selanjutnya?

Aku berjalan ke sana, bertanya-tanya apakah aku harus bersiap berlari lagi, atau menanggalkan pakaian, atau merangkak, dihantui campuran aneh antara takut dan merasa begitu hidup saat aku menoleh padanya dengan hati-hati. "Di sini, Sir?" tanyaku, suaraku kecil.

"Ya," katanya. "Membungkuklah di atasnya, Lisane, dan sentuh buku-buku di sisi seberang meja."

Aku berdiri di sisi meja, menunggu perintahnya masuk akal. Permukaannya berupa lempengan kayu tebal, dan aku tidak yakin bagaimana—

"Apa aku memintanya dengan pelan?" gumamnya, seolah bertanya pada udara.

Aku menyisihkan buku itu, lalu melakukan apa yang diperintahkan. Meja itu menahan tubuhku di puncak paha, tepat sebelum sendinya melipat. Aku merebahkan tubuh di atas kayu itu—bertumpu pada tangan dulu, lalu siku, lalu dada—dan mengulurkan lengan sejauh yang kubisa, ujung jariku hanya nyaris menggesek punggung buku di sisi seberang.

Kudengar dia mendekat ke sampingku. "Dengan posisi tubuhmu tetap di situ, sekarang angkat rokmu," perintahnya.

Aku tahu perintah itu kudengar dengan benar. Kurasakan wajahku memanas dan perutku seperti jatuh. Di sini kukira kami akan sejajar—sebodoh apa aku ini? Jantungku berdentam di dada sementara napasku memburu pendek-pendek, mengembun di permukaan meja yang mengkilap.

Lalu dia menekan sebelah tangannya sekilas di punggung bawahku. Sensasinya membuatku tersentak, lalu membeku. "Tidak usah, Lisane," katanya.

Tangannya terangkat, dan saat aku memutar tubuh untuk melihat ke arahnya, dia sudah mengambil buku itu dan berjalan pergi.

Aku mengangkat tubuh, bertumpu pada lengan bawah, memandangnya pergi, berharap dia menoleh.

Apakah aku mengecewakannya? Apakah aku belum siap? Kenapa dia tidak bisa bicara lebih terus terang?

"Aku ingin belajar, Sir," seruku mengejarnya.

Dia berhenti dan memiringkan kepala, tanpa menoleh. "Aku juga menginginkan itu untukmu, ngengat. Tapi kau harus percaya dulu pada perintahku."

Aku bangkit berjinjit dan menggigit bibir, dirundung rasa malu sekaligus putus asa.

Aku ingin percaya padanya.

Tidak, aku menyadari, bahkan lebih buruk dari itu—aku membenamkan kepala ke telapak tangan, napas memburu—aku ingin dia percaya pada *diriku.*

"Tolong," pintaku, lalu kutempelkan pipi ke permukaan meja dan tanganku melesat ke bawah menyingkap rok sebelum sempat berpikir dua kali. Aku tidak memakai pakaian dalam—tak pernah, sejak pertama kali aku diberi gaun ini—jadi aku benar-benar terbuka, jauh lebih terbuka daripada saat aku merapikan rak. Tak ada tempat bersembunyi sekarang, dan aku tak bisa pura-pura dia tak bisa melihatku. "Sir," kataku lirih, lalu memejamkan mata rapat-rapat.

Dia akan kembali, atau tidak.

Dan kalau dia tidak—aku akan menunggu sampai dia kembali dan menemukan aku.

Ada jeda panjang, jeda yang membuatku yakin aku sudah kehilangan kesempatanku, bahwa aku memamerkan bokong di tengah perpustakaannya dengan percuma, lalu kudengar dia menghembuskan napas berat. "Apa kau siap berlatih sekarang, Lisane?"

"Ya," kataku padanya, meskipun mataku masih terpejam.

Kudengar dia mendekat dan kurasakan dia meletakkan buku itu kembali di meja. "Dan bolehkah aku menyentuhmu?"

Dia bertanya. Waktu dia menjadi monsternya, dia tidak pernah bertanya.

Ini lebih aman, kan?

Aku mengangguk, menekan pipiku ke meja sebagai ganti jawaban, lalu kupastikan wajahku berpaling darinya, ke arah yang tak bisa dia lihat. Darahku berdenging di telinga, dan aku tahu pipiku merah padam.

"Bagus, ngengat. Ini aku mulai," dia memperingatkan, dan perlahan kurasakan panas ujung jari-jarinya lalu telapak tangannya ketika dia meletakkan tangannya padaku. Aku mengencang, takut akan ada penyusupan, tapi begitu tangannya sudah di sana, yang dilakukannya hanya mengelusku—dari puncak bokongku, turun mengikuti lengkungannya, sampai pangkal pahaku—lalu mengangkat tangannya dan mengulanginya, menyentuh tempat-tempat yang tak pernah dilihat siapa pun selain ibuku, dayang-dayangku, dan aku sendiri. Di elusan ketiga, aku tak terlalu takut padanya—di elusan kesepuluh, aku sudah berhasil menarik napas.

Pada kali kelima belas... aku sudah tidak tahu harus berpikir apa lagi, jadi lebih mudah kalau aku tidak berpikir sama sekali.

Seolah merasakan itu, Rhaim mulai berbicara lagi, nada suaranya selembut tangannya. "Aku tidak bisa melatihmu, Lisane, kalau kau tidak memercayai caraku melatihmu. Tapi aku juga tidak bisa menjelaskan semua yang akan kulakukan padamu, karena kalau kujelaskan, itu tidak akan berhasil." Tangannya berhenti. "Ngengat kecil, lihat aku."

Aku memberanikan diri menoleh ke arahnya dan akhirnya membuka mata, mendapati tatapannya yang tajam tertuju padaku.

"Kalau aku sudah memberitahumu bahwa aku akan berubah jadi monsterku tempo hari, apakah kau akan setakut itu atau berusaha sekeras itu untuk melarikan diri dariku?" tanyanya.

Aku teringat kembali rasa takutku yang mentah malam itu—dan bagaimana ketakutan itu membuatku bisa mengakses cukup sihir untuk melukainya. Kalau aku tidak sungguh-sungguh percaya dia akan menyakitiku, apakah itu mungkin terjadi? "Tidak, Sir," aku mengaku.

"Benar sekali," dia menyetujui, menggosokkan ibu jarinya di puncak bokongku. "Jadi dengan mengetahui itu, ngengat kecil, apa kau ingin aku melanjutkan?"

Segala ketakutan yang sudah diusir oleh elusan lembutnya itu kembali menyerbu. "Apa kau akan menyakitiku?" Bibirku hanya bergerak tanpa suara, dan ngeri melihatnya mengangguk.

"Kalau kau mengizinkan." Tatapannya turun menyusuri tubuhku, ke tempat tangannya tadi berada. "Aku menyuruhmu mengangkat rokmu supaya aku bisa melihat bekasnya."

Seolah jiwaku terlepas dari ragaku. Apa pun yang kukira selama ini tentang *semua ini*—aku tidak bisa bernapas, tidak bisa berpikir. *Dia akan menyakitiku—dan dia memintaku untuk membiarkannya.* Pikiranku berputar dan pandanganku menggelap, sampai dia mengangkat tangannya dari bokongku, meletakkannya di pipiku, dan menepuknya pelan. "Kembali, ngengat kecil."

Aku tersentak karena sentuhan tak terduga itu. Apakah itu pukulan? Bukan, itu hanya caranya mengingatkan bahwa dia ada di sana—mungkin sisanya juga akan seperti itu? "Sesakit apa?" tanyaku, suaraku lirih dan tinggi.

Tatapan yang diberikannya padaku saat itu penuh kesungguhan. "Tidak lebih dari yang bisa kau tanggung."

"Bagaimana kau bisa tahu?"

Dia menggeleng pelan. "Aku tidak akan tahu; tidak sebelum kita cari tahu bersama."

"Dan apakah aku akan bisa melakukan sihir setelah itu?"

Bibirnya menipis sebelum dia menjawab. "Jujur, ngengat, aku tidak bisa bilang."

Aku menelan ludah, mulutku benar-benar kering. Kalau dia memberiku janji apa pun... aku pasti ingin mempercayainya, tapi aku juga tahu seharusnya tidak.

Yang berarti dia mengatakan yang sebenarnya. "Mau kita lanjutkan?" tanyanya.

Alih-alih menjawab, aku memejamkan mata dan melengkungkan tubuh ke kayu meja, menegang—dan dia meletakkan tangan di punggung bawahku lagi, menekanku ke bawah. "Rileks, Lisane. Bernapas."

Saat kurasakan tangannya terangkat, aku gemetar—lalu memekik kaget saat dia memukulku dengan buku itu.

Sensasinya sama sekali di luar dugaan. Aku melompat ke depan, kakiku tertahan tepi meja, naluriku bereaksi lebih cepat daripada otakku. Lalu dia menyentuhku lagi dengan tangannya, menenangkan titik yang baru saja dipukulnya, sementara aku berkedut dan menggigit bibir.

"Tenang," dia membimbingku. Lalu kurasakan tangannya terangkat, dan aku tahu pukulan berikutnya akan datang.

Satu pukulan telak lagi.

Kenapa dia seperti ini?

Dan kenapa aku membiarkan ini terjadi padaku?

Dia menarik tepi buku itu menyusuri salah satu titik yang baru saja dia pukul, dan aku mendesis.

"Merah adalah warna yang cantik di tubuhmu," katanya, lalu dia memukul lagi, kali ini mengayun ke atas, mengenai lengkungan bokongku dan membuat tubuhku bergoyang, sementara payudaraku membuat kalungnya bergeser di atas kayu gelap meja.

"Kenapa, Sir?" bisikku, bertanya-tanya apakah dia benar-benar akan menjawabku.

Dia berhenti sejenak. "Kendali. Kepercayaan. Melepaskan diri." Dia berpindah posisi ke sisi tubuhku yang lain, dan menyisir rambutku dari wajahku. Aku membuka mata perlahan untuk melihatnya, mengira akan mendapatinya dingin dan tanpa ekspresi, tapi sebaliknya, dia tampak cemas. "Dan meskipun apa yang kita lakukan mungkin membuatmu menangis, kau lebih dari Putri Air Mata, Lisane. Kau menyimpan jauh lebih banyak dari itu. Aku tahu itu."

Dia mengelus bokongku yang mulai berbekas dengan lembut sambil berbicara, dan aku tidak tahu apakah harus meringis atau malah menyandar ke sentuhannya seperti kucing.

Lalu dia memukulku lagi, kali ini dengan tangannya, menghasilkan bunyi tamparan dan membuat tubuhku bergoyang lagi. Panas merambat ke seluruh tubuhku, kurasakan darahku menderu, malu telanjang dan diperlakukan seperti ini.

Dia kembali mengelus bekas-bekas pukulannya yang masih perih dengan lembut, lalu menunduk di atas meja di sampingku.

"Apa kau tahu yang kupikirkan setiap malam saat aku tidak ada di sini, ngengat kecil?" tanyanya, dan aku cepat-cepat menggeleng. Begitu aneh rasanya bercakap-cakap dengannya sementara dia bersikap seolah semua yang terjadi ini normal—dan itu membuat kepalaku semakin berputar.

"Aku tidak peduli apa yang kaupikirkan, atau apakah kau takut atau marah padaku," katanya, sambil mengelus telapak tangannya di kulitku yang panas. "Yang kupikirkan hanya, 'akan jadi apa ngengat kecilku nanti?'" Dia mendekatkan wajahnya ke wajahku, sampai aku terpaksa menatap dalam ke matanya, dan semakin dekat dia, semakin jelas bintik-bintik hijau di matanya. "Kau tidak ingin tahu itu juga?"

Aku menelan ludah dan mengangguk. "Ya," bisikku, merosot pasrah, menyerahkan diri, sehingga pinggulku jadi bagian tubuhku yang paling terangkat.

Dia menatapku sejenak, menilai kesungguhanku, lalu menghembuskan napas puas. "Bagus, Lisane," katanya, dan memukulku. Wajahnya masih hanya beberapa senti dari wajahku, tubuh bagian atasnya berputar menghadapku. Matanya tetap menatap mataku, tak diragukan lagi sedang mencari sihir yang kami berdua harapkan ada di sana. Aku memejamkan mata agar tidak melihat diriku mengecewakannya; rasanya sudah terlalu banyak untuk kutanggung. "Cantik, Lisane," katanya, dan memukul lagi, pipi bokong yang satunya.

Aku merengek, tapi aku tidak bergerak. "Kuat, Lisane," dia mendengkur pelan, menyemangatiku, dan memukul lagi. Aku menggeliat dan merintih, sementara dia kembali menenangkanku. "Berani, Lisane," katanya, akhirnya, mengakhiri semuanya dengan satu elusan terakhir. Ada air mata di mataku tapi aku menahannya.

Aku terbaring di sana, pusing, napas terengah-engah, merasakan hal-hal yang belum pernah kurasakan sebelumnya. Malu—begitu banyak malu—karena aku ada di sini, diperlakukan seperti ini olehnya, dan kesadaran bahwa tanah kelahiranku membentang tepat di bawah kami membuatku ingin lari dan bersembunyi.

Tapi.

Apakah dia sungguh-sungguh dengan apa yang dikatakannya tentangku?

Lebih penting lagi... apakah aku percaya?

Aku sudah menanggung semuanya, bukan? Aku baru saja membuktikan bahwa aku kuat, dan berani... meskipun caranya tidak sedap dipandang. Aku menyedot ingus dan menahan air mata yang tak jadi kutumpahkan.

Aku membuka mata dan mendapatinya masih menatapku lekat-lekat. "Seberapa banyak lagi yang bisa kautahan?" tanyanya, tenang sekali.

Aku mencari jawabannya di dalam diriku, dan menemukannya. "Apa pun yang dibutuhkan sihir." Pupilnya melebar. Dia mengembuskan napas tersengal, lalu menjilat deretan gigi atasnya. Sepenuhnya manusia sekarang—tak ada satu taring pun di sana—tapi aku ingat apa dirinya sebenarnya, dan betapa dulu aku takut padanya. Kakiku gemetar, bokongku perih, dan harga diriku sudah habis. "Aku ingin belajar, Tuan. Tolong aku."

Salah satu alis gelapnya terangkat dan tatapan yang dia berikan padaku saat itu... bukan tatapan penuh kasih sayang. Aku rasa perasaan seperti itu memang tidak ada dalam dirinya. Tapi tatapan itu penuh ketertarikan, dan aku mendapat seluruh perhatiannya—yang entah bagaimana terasa hampir seberat menanggung pukulannya.

"Berani, Lisane," katanya, duduk tegak, menampar bokongku lagi, lalu bergerak untuk berdiri di belakangku.

Kali ini dia tidak berhenti dan tidak mengatakan apa pun; aku tinggal di atas kayu itu, hanya dengan pikiranku sendiri. Aku menyembunyikan wajah di lipatan lenganku, menyerah untuk menyentuh buku-buku itu, dan cuma menahan gempurannya—seolah aku menyelam ke dalam arus sensasi yang gagap. Pukulan-pukulan di bokongku: nyeri yang baru, tajam, mendadak; dan setiap tebasan berikutnya membuat perih yang lama kian menjadi. Dia mendorongku maju di atas ujung jari kaki sampai aku nyaris tak bisa menjejak lantai, goyah, nyaris jatuh. Tubuhku—payudaraku—terayun maju-mundur, ke depan dan ke atas, lalu jatuh kembali... hanya untuk dipukul lagi. Itu sakit. Aku menggigit bibir; kuku-kukuku menancap di telapak tangan. Aku marah, dan yang kuinginkan hanyalah *bebas.*

Dari sini.

Dari dia.

Dari segalanya.

Meja itu retak di bawahku, bersamaan dengan sensasi yang sama terjadi di dalam kepalaku. Letupan kekuatan yang tajam, meletup seperti ranting kering yang patah. Aku berteriak saat terjatuh ke depan, menahan diriku di cekungan kayu yang tiba-tiba terbentuk sebelum tubuhku menghantam lantai, lalu aku berputar, mendongak ke atas. Bokongku perih di mana bekas-bekas pukulannya menyentuh permukaan meja yang patah, dan dia menjulang di atasku, wajahnya penuh kemenangan.

"Itu kau, atau aku?" tanyanya, meskipun tawanya dan cengirannya menunjukkan bahwa dia tahu jawabannya.

Dia mengulurkan tangan padaku. Aku tidak menerimanya. Aku akan merangkak menjauh darinya kalau saja ada tempat lain untuk kutuju. Aku butuh bernapas, aku butuh ruang—dia adalah segalanya yang kubenci dan sumber kesakitanku—tapi entah bagaimana dia juga membuatku jadi punya sihir, dan aku tidak mengerti.

Rhaim berlutut di depanku, menyamakan posisi kami dalam sekejap. "Waktu aku empat belas tahun," katanya, "guruku menahanku di bawah air. Pilihanku: belajar bernapas seperti ikan, entah bagaimana menyibak air, atau tenggelam."

Aku mengerjap, mengusap air mata yang tak sempat jatuh dengan punggung sebelah tangan. Bokongku serasa terbakar sekarang, dan setiap sentuhan membuatnya makin panas. "Yang mana yang berhasil kaulakukan?" tanyaku entah bagaimana tanpa terisak.

"Bernapas seperti ikan. Yang ternyata lebih rumit dari yang mungkin kaubayangkan." Dia berdiri lagi dan mengulurkan tangannya sekali lagi. "Kau boleh membenciku nanti — tapi tunggu sampai kau belajar lebih banyak dulu."

Aku menatap tangannya. *Setidaknya tidak ada kebohongan di antara kami.* Aku menerimanya, membiarkannya menarikku berdiri. Tapi begitu aku tegak, aku langsung melepaskannya, buru-buru menarik turun rok gaunku. Matanya menyapu tubuhku, beralih ke meja, lalu kembali padaku—lalu dia meletakkan tangannya di bawah daguku dan mengangkat wajahku supaya aku mau tak mau menatapnya.

Aku kacau, berkeringat, berantakan. Aku kesakitan, aku marah, aku sedih, aku begitu malu sampai rasanya mau muntah. Seolah semua yang kupahami hilang begitu saja—mungkin bahkan *siapa diriku.*

Dan justru karena aku tak tahu harus berpegang pada apa, aku jadi lebih mudah fokus sepenuhnya padanya.

Aku masih membencinya — tapi rasanya lega bisa merasa yakin akan sesuatu.

"Tirukan aku, Lisane," katanya pelan. "Selama aku melatihmu, aku tidak akan pernah menyakitimu lebih dari yang sanggup kautanggung."

Ketika aku ragu, dia menggoyangkan kepalaku pelan. Aku menelan ludah, merasakan tenggorokanku menelan melawan tekanan buku-buku jarinya. "Kau tidak akan pernah menyakitiku lebih dari yang sanggup kutanggung," ulangku.

Matanya menelusuri mataku. "Apa kau benar-benar percaya itu, ngengat kecil?" tanyanya. Nada suara dan sikapnya sungguh-sungguh.

"Tidak, Sir," jawabku, dan kulihat dahinya berkerut dan bibirnya menekuk cemberut, sebelum aku membisikkan kebenaran di hatiku. "Tapi aku ingin percaya."

Rahangnya mengeras, tapi dia melepaskan daguku dan mengangguk. "Kalau begitu, tolong percayai aku. Kau jauh lebih kuat dari yang kausangka."

Aku menoleh ke meja di belakangku. "Aku tidak merasa kuat sekarang. Hanya sakit."

"Beri waktu," janjinya. "Kau akan merasakannya."

16

Rhaim

Tentu saja aku sudah merasakan kekuatan besar yang terkandung dalam dirinya. Setiap kali aku memukulnya, rasanya seperti gelegar petir dari badai yang kian mendekat. Awalnya aku mencondongkan tubuh di meja bersamanya, menilai seberapa banyak yang sanggup ia terima dariku. Tapi ketika aku berdiri dan melihat dua lengkungan oval bokongnya perlahan menyala merah, menanggung bilur dari *tanganku* seperti cap penyihir yang tak terhitung—kalau saja aku tidak terbiasa mengendalikan diri, segalanya bisa berakhir buruk.

Karena dari posisiku di belakangnya, aku bisa melihat bibir merah muda lembut celahnya, nyaris tersembunyi di antara kedua pahanya, dan lubang yang jauh lebih rapat di antara belahan bokongnya. Aku sangat tergoda untuk jatuh berlutut, membukanya lebar-lebar, dan mencicipinya.

Tapi dia belum pernah disentuh, dan kalau dengan ini saja dia sudah ketakutan, yang tadi itu bakal jauh lebih membuatnya ngeri.

Dan... dia sedang mempercayaiku.

Dia melakukan apa yang kusuruh — nyaris tanpa bertanya — meskipun dia tidak sepenuhnya mengerti.

Meskipun aku sudah menyakitinya.

Dia tidak memekik dan meronta menurunkan gaunnya, atau mulai meratap memelas—sebaliknya, dia berusaha tegar. Aku bisa membaca bahasa tubuhnya saat dia mencoba mengarungi rasa sakit itu, berusaha menampungnya di dalam diri, sampai dia tidak sanggup lagi dan meluap—

Dan saat itulah meja itu retak.

Seolah sihirnya langsung bertindak, membantunya meloloskan diri.

Kurasa seharusnya aku bersyukur sihir itu tidak memutuskan untuk melukaiku—tapi kalau kematian terakhirku adalah memukul bokong perempuan cantik sampai merah, aku rela mati. Cara mati yang memalukan, demi tujuan mulia.

Aku memperhatikannya merapikan diri, dan aku tahu dia kesakitan. "Aku punya obat yang bisa membantu meredakan bengkak dan nyerinya."

"Aku baik-baik saja," katanya cepat, menunduk menatap ke bawah. "Sir."

"Itu sebenarnya tidak benar. Dan aku tidak sekadar memberi saran." Aku menyodok hasil perbuatannya dengan ujung sepatu botku. "Kayu itu dari pohon kaorak. Setidaknya seribu tahun umurnya, tebalnya tiga inci, dan kau mematahkannya seolah bukan apa-apa. Jadi sekalipun kau tidak berbohong padaku soal bokongmu—yang kita berdua tahu kau bohong—kau kemungkinan besar akan pingsan sebentar lagi."

Dia masih berusaha mengatur napas, dan menahan rok gaunnya menjauh di belakang supaya tidak menyentuh kulitnya. "Kenapa?"

"Tubuhmu belum terbiasa menjadi perantara sihir. Untuk semua yang akhirnya sudah terjadi, masih ada bagian-bagian dari dirimu yang ingin melawannya. Dan perang batin sama melelahkannya dengan perang sungguhan." Aku ingin dia benar-benar mendengarkanku. "Tidak apa-apa merasa lelah, dan tidak apa-apa merasa lemah. Kita tidak sedang berseteru di sini, ngengat kecil, meskipun bilur-bilurmu mungkin tidak setuju."

"Kurasa..." dia memulai, dan aku bersiap mendengar kalimat penuh berkah "kau benar," tapi kemudian bola matanya memutih dan aku harus menangkapnya sebelum dia jatuh.

* * *

Aku mengangkatnya dalam pelukanku dan memunculkan pintu ke kamarnya. Wajahnya selemas hari dia tiba, ketika aku menaruhnya di ruang bawah tanahku, dan kali ini aku menggendongnya lagi, tapi hanya menuju tempat tidurnya. Aku merebahkannya di sana, lalu melihatnya meringis tidak nyaman, kesakitan bahkan dalam tidurnya.

"Sshh," aku menenangkannya, dan membalikkan tubuhnya ke samping, lalu mendapati Finx di sana. "Minggir," kataku padanya.

"Aku tahu aturannya — tapi dia sedang tidur!" protesnya, menatapnya dengan kedelapan matanya. Dia menyentuh kain kasar gaun Lisane dengan keempat kaki depannya. "Kau bisa memakaikannya sesuatu yang lebih bagus, tahu."

"Ini sudah cukup bagus."

Peliharaanku mendengus jijik. "Tidak sebagus punyaku," katanya, lalu bergegas masuk ke lemari pakaiannya sebelum kembali dengan sesuatu yang tampak seperti selembar sutra. Aku mengambilnya, dan ternyata itu gaun — variasi dari sekian banyak gaun lain yang bisa kulihat tergantung di dalamnya.

"Ini yang kaulakukan selama ini?"

"Iya," katanya, mengangguk-angguk. "Dan semuanya lebih bagus dari yang sudah kau berikan padanya untuk dipakai. Oh, tunggu, kau memang belum memberikan apa-apa."

Setidaknya ini akan lebih lembut di kulitnya. Aku melepaskan ikat pinggang Lisane dan menarik gaun lamanya, menekuk tubuhnya seperti boneka untuk melepaskannya dari gaun itu, sampai dia telanjang di atas ranjang di hadapanku, berbaring tenang menyamping.

Tentu saja aku sudah tegang sepanjang waktu aku memukul bokongnya—*bagaimana mungkin tidak?*—dan aku masih terasa nyeri.

Tapi sekarang bukan saat yang tepat.

Aku memakaikannya gaun baru itu, dan harus kuakui gaun itu lebih cocok di kulitnya yang lembut. Finx berderik penuh kemenangan. "Boleh aku berkenalan dengannya?" tanyanya, penuh harap.

Kalau dia benar-benar akan menjadi penyihir, maka aku perlu membiarkannya melihat sendiri kesalahan-kesalahanku.

Dan mungkin salah satunya adalah menahannya di sini. Aku bangkit dari sisi tempat tidurnya, dan berkata pada Finx, "Boleh."

17

Lisane

Saat aku terbangun, kamarku terang, cahayanya menyerupai siang hari, dan aku sudah mengenakan salah satu gaun sutra dari lemariku. Aku sama sekali tidak ingat kapan memakainya.

Aku bergerak, dan tubuhku sakit, yang berarti... semua itu benar-benar terjadi.

Aku nyaris membiarkan Rhaim memukuliku.

Tapi kemudian... aku sudah meretakkan mejanya—meja kayu berusia seribu tahun itu.

Dengan pikiranku. Dengan *kekuatanku.*

Aku menggigit bibir untuk menahan diri agar tidak memekik, dan itu keputusan yang tepat, karena sedetik kemudian pandanganku tertuju pada segumpal kegelapan di dekat bantal.

Apa... itu?

Sepasang mata keemasan terbuka, pupilnya menyipit seperti kucing, lalu sepasang lagi, dan sepasang lagi, melingkari kepalanya.

Saat itu, aku sudah menjerit, duduk tegak, lalu mendesis kesakitan.

"Halo, Putri!" seru makhluk itu, mengibaskan dua kaki lentiknya seolah itu bisa menenangkanku.

Aku meraih bantal dan memukulkannya ke makhluk itu — dia kabur dengan kecepatan yang mustahil.

"Putri," kudengar dia berkata dengan nada kecewa, dan aku berbalik. Dia duduk di atas lemariku, dan dari sana aku bisa melihat bahwa ada yang janggal dari wujudnya.

Aku lebih dekat ke pintu daripadanya—aku langsung melesat dan berlari naik tangga.

* * *

Aku tiba di ruang makan lebih dulu, seperti biasa, dan Rhaim sudah di sana di ujung mejanya, membaca buku sambil makan. Dia mendongak saat melihatku, lalu matanya menelusuri tubuhku dari atas ke bawah, dan aku teringat betapa tipisnya gaun ini.

"Ada — ada — sesuatu!" kataku sambil menunjuk ke belakang, ke arah aku datang tadi.

"Namanya Finx. Dia yang membuatkan itu untukmu," kata Rhaim, mengarahkan garpu ke arahku, lalu mengacung-acungkannya.

Aku berdiri di sana, gemetar. "Apa dia sebenarnya?"

"Persilangan antara laba-laba dan kucing. Dan kuberi dia suara anak laki-laki sepuluh tahun," kata Rhaim, lalu mendengus melihat kengerian di wajahku. "Dia aberasi. Sesuatu yang kubuat padahal seharusnya tidak pernah kubuat."

Aku menoleh ke belakang, dan melihat makhluk itu di sana, menunggu di kegelapan lorong, kedelapan matanya yang berkilau berkedip-kedip. "Jangan bilang begitu padanya," bisik makhluk itu.

"Kenapa tidak? Itu kenyataannya."

Laba-laba-kucing itu merayap keluar ke cahaya. Kaki-kakinya tidak begitu menjijikkan kalau aku bisa melihat cara kaki-kaki itu menempel di tubuhnya, apalagi saat dia mengangkat kaki ketiga di satu sisi untuk menggaruk telinganya.

"Tapi dia juga setia, bisa diandalkan, dan aku mempercayakan nyawaku padanya," Rhaim melanjutkan.

Finx mengeluarkan suara berderik yang aneh, seperti kucing yang melihat mangsa bercampur dengan suara lain yang jauh lebih asing. "Dan dia benar-benar membuatkan gaun itu untukmu. Juga semua gaun lain di lemarimu. Tanpa sepengetahuanku," kata Rhaim, melirik tajam ke makhluk itu. "Aku menyuruhnya untuk tidak mengganggumu sampai pagi ini."

Dia mengambil sepotong daging yang tampak seperti bacon dari piringnya, lalu melemparkannya ke seberang ruangan. Finx mengejarnya, melesat dengan kedelapan kakinya, menyabetnya hingga meluncur lebih jauh, lalu menerkam dan meremukkannya dengan kunyahan yang nyaring.

"Kenapa sekarang? Apa yang berubah?" tanyaku.

"Kita berdua tahu kau punya kekuatan," katanya, mengambil sepotong lagi untuk disobek dan dikunyah. "Sampai sekarang, aku mengira kau punya, dan kau berharap kau punya, tapi sekarang kita berdua yakin." Pandangannya mengikuti Finx. "Dia adalah hal pertama yang kubuat saat aku mencoba sendirian—bukan, maksudku—dia adalah hal pertama yang kubuat yang hidup. Jadi, jangan melatih kekuatanmu tanpa aku mulai sekarang. Belum tentu kau seberuntung aku, bisa membuat laba-laba-kucing yang lumayan menawan."

"Dengan... suara anak kecil," tambahku.

"Anak itu sedang sekarat. Aku tidak bisa menyelamatkannya. Aku hanya mencuri suaranya." Rhaim mengangkat bahu dan mengisyaratkan agar aku duduk dan makan.

Aku tidak tahu harus mencerna semua itu bagaimana, jadi aku menyerah. Aku berjalan ke kursiku dan menemukan bantal sudah menunggu di sana. Aku duduk pelan-pelan di atasnya. "Dan ini memang pagi?" tebakku, melirik piringku. Masa aku benar-benar tidur seharian?

"Benar, ngengat kecil. Bagaimana perasaanmu? Ceritakan," perintahnya.

Aku memandang ke ujung meja panjang ruang makan ke arahnya. "Sakit," jawabku.

Dia mengangguk singkat. "Aku ingin kau menghabiskan semua yang kuhidangkan hari ini. Dan minum habis semua yang ada di cangkir di sebelah kananmu." Aku mengintip ke dalamnya. Isinya cokelat dan baunya tidak sedap. "Itu akan membantu meredakan nyeri dan mempercepat penyembuhan," bujuknya.

"Tidak, terima kasih, Tuan," kataku, mendorongnya menjauh.

Dia melemparkan tatapan geli dan terkekeh. "Aku tidak sedang bertanya. Dan kalau kau tidak meminumnya, proses belajarmu cuma akan makin lambat. Aku tidak akan menyakitimu lagi sampai kau sembuh."

Aku menatap piringku dalam-dalam dan terdiam cukup lama, dan aku tahu dia menunggu jawaban. "Apakah ini satu-satunya cara untuk belajar, Tuan?"

Lalu giliran aku yang menunggu. Dia tidak berkata apa-apa sampai aku menatapnya lagi. "Ini yang ada. Tidak ada sungai untuk menenggelamkanmu di sini, sayangnya."

"Jadi hanya buku dan penyiksaan, Tuan?" bisikku.

Kepalanya miring dan bibir penuhnya mengerucut. "Benarkah begitu? Coba ingat-ingat lagi."

Aku menarik napas yang bergetar. "Penyiksaan... yang kutawarkan diri sendiri untuk menjalaninya."

"Berulang kali," katanya, satu alis terangkat. "Jadi itu membuatnya lebih buruk, atau lebih baik?" Saat aku tidak menjawab, dia berdiri dan berjalan ke arahku, berhenti untuk bersandar di meja di tengah-tengah. "Jangan menyerah sekarang, ngengat kecil, saat kita berdua tinggal selangkah lagi untuk tahu sedalam apa kemampuanmu."

Dan tiba-tiba aku tersadar betul akan situasiku saat ini. Aku berada di kastil asing, bersama pria asing, mengenakan gaun entah dari mana, dan duduk di atas bantal karena dia sudah memukul pantatku seperti anak kecil. "Kenapa kau peduli? Kenapa kau mau mengajariku? Apa aku cuma mainan bagimu?" Aku mencari-cari laba-laba-kucing itu dan tidak menemukannya. "Apa diam-diam kau berharap aku menumbuhkan lebih banyak kaki?"

Rhaim memejamkan mata dan keningnya berkerut. "Kau lebih penting bagiku dari yang kau tahu, Lisane."

Namaku di bibirnya lagi—saat dia ingin semuanya terasa personal. "Apa kau sungguh-sungguh dengan yang kau katakan padaku kemarin, *Rhaim*?" kataku, dengan nada sejengkel mungkin.

Dia mengeluarkan geraman dan menyipitkan mata, bahu menegang—peringatan bahwa aku sedang mendekati batas berbahaya—tapi lalu kulihat dia memaksa dirinya rileks lagi. "Maksudku, ya, saat aku mengatakannya. Tapi kekuatan, keberanian, dan kenekatan itu tipis bedanya. Kecantikanmu selalu tetap, ya, tapi yang lain berubah dari hari ke hari." Dia beranjak dari meja dan berjalan kembali ke piringnya. "Hanya kau yang bisa memutuskan apakah kau akan berani lagi. Aku takkan pernah memaksamu. Kecuali, mungkin, soal meminum obatmu." Dia duduk lagi dan memberiku senyum nakal. "Walau kurasa kau cukup berani untuk itu."

Aku meraih cangkir itu dengan tangan enggan. "Kenapa kau tidak marah padaku sekarang?" Aku sudah cukup berang tadi, dan lupa mengucapkan *Tuan* berkali-kali.

"Yang pertama memang selalu menguras emosi. Ini tidak sepenuhnya salahmu; kau masih manusia, dan aku tidak selalu sekejam yang kau kira. Jadi makan. Dan minum," katanya, lalu menambahkan dengan nada mengancam, "atau awas," tapi aku tahu dia hanya bergurau.

* * *

Aku menyelesaikan sarapanku sendirian setelah dia pergi; lalu dia kembali sebelum aku sempat ke perpustakaan, membawa setumpuk buku. "Ini untuk kau baca di kamarmu. Kurasa kau tak akan mau banyak duduk beberapa hari ke depan."

Aku senang mendapat buku, tapi... "Jendela-jendelanya?" tanyaku.

"Masih akan ada di sana kalau kau sudah merasa lebih baik." Dia mengisyaratkan aku menuju tangga ke kamar tidurku. "Yang kuperkirakan tak akan lama lagi."

Aku mengambil buku-buku itu dan menghela napas. Aku sedang tidak bisa melawannya, dan kalau kulakukan, dia mungkin malah akan menyiksaku sampai aku sendiri yang memohon dia menyakitiku lagi.

"Jangan cemberut, ngengat, atau kutarik kembali komentarku soal kecantikanmu," katanya sambil menyeringai. Aku memutar mata dengan sengaja, lalu bergegas menuruni tangga.

Pintu kamar tidurku terbuka, dan ruangan itu dipenuhi cahaya pagi. Sihirnya, kemungkinan besar—agar aku tidak bisa tidur lagi—aku dipaksa tetap terjaga dan membaca, meski masih lelah. Aku masuk ke kamar dengan wajah merengut, lalu tercekat.

Satu dinding utuh kamarku sekarang dipasangi jendela.

Dari lantai sampai langit-langit.

Dan kami berada di angkasa.

Aku bimbang—senang mendapat cahaya sebanyak ini, tapi ngeri membayangkan kami bisa jatuh.

Aku meletakkan buku-buku itu di tempat tidur lalu merayap mendekatinya, berlutut di ujung tempat tidur, merangkak pelan-pelan untuk mengintip ke bawah.

"Tinggi sekali!" kata makhluk laba-laba itu, tiba-tiba muncul di sampingku, wajahnya menempel ke kaca, jauh lebih berani dariku.

"Memang," kataku.

Dia menoleh, semua matanya berkedip satu per satu. "Boleh aku ikut melihat juga?" tanyanya. Aku bisa melihat mulut kecilnya yang mirip kucing bergerak seperti mulut manusia saat ia bicara. Di bawah hidung mungilnya yang segitiga, dua taring mencuat.

Aku ingin bilang *iya,* tapi aku memaksakan diri berkata, "Tidak," lalu menunjuk. "Lihat dari sana saja."

"Tentu," kata Finx.

* * *

Aku berbaring tengkurap membaca selama dua hari, naik hanya untuk makan sendirian, selalu dengan secangkir obat, dan aku mulai terbiasa dengan makhluk itu. Dia bukan teman ngobrol yang menyenangkan, tapi rasanya enak tidak sendirian.

Dan pada hari ketiga, Rhaim datang memeriksaku.

"Bagaimana perasaanmu?" tanyanya, dari luar pintu kamarku. "Finx bilang kau membaik, tapi kurasa lebih baik aku periksa sendiri."

Aku segera bangkit dari lantai ke posisi berlutut. "Aku punya pertanyaan, Tuan," kataku, lalu beranjak berdiri.

"Ya?" tanyanya.

Aku menegakkan bahu, menyadari apa yang mungkin kuminta. "Boleh aku menanyakannya di perpustakaan?"

Dia menatapku sejenak, menimbang-nimbang. "Kalau kau merasa sudah cukup kuat." Dia berbalik dan berjalan pergi.

Buku-buku yang ditinggalkannya untukku adalah campuran jurnal para penyihir, masing-masing menulis kisahnya sendiri. Setiap orang memiliki kekuatan sejati, melampaui sihir sederhana yang bisa dilakukan banyak orang, tapi semuanya terasa konyol.

Salah satunya jurnal penyihir yang bisa membuat siapa pun tertidur selama lima belas menit—tapi setelah itu dia sendiri juga harus tidur, jadi meskipun dia berusaha memakai kekuatannya untuk menjalani hidup kriminal, dia selalu tertangkap. Lalu ada penyihir lain yang kekuatannya tampak mukjizat, karena dia bisa melakukan sihir apa pun yang terpikir olehnya, tapi hanya satu kali—jadi dia tidak pernah melakukan apa-apa, berjaga-jaga kalau suatu hari dia membutuhkannya. Dan yang ketiga membangun istana pasir di tepi pantai setiap hari—sungguh, aku tidak tahu apa yang Rhaim ingin aku petik dari membacanya.

Jadi aku bertanya, "Kenapa kau memilih buku-buku ini?" begitu tiba di perpustakaan, sambil mengangkat buku-buku itu. Aku mengenakan tiga lapis gaun tipis lembut buatan Finx untuk menyembunyikan lekuk tubuhku, dan aku bisa merasakan kainnya saling bergesekan dan menyapu kulitku saat aku berjalan menaiki anak tangga podium, tempat dia duduk di paling atas. Jendela-jendela di belakangnya sudah tak lagi menggodaku, sekarang aku punya jendelaku sendiri.

"Apa yang kau perhatikan dari buku-buku itu?" tanyanya.

"Semuanya... aneh." Itu kata paling sopan yang bisa kuucapkan.

"Memang," dia menyetujui. "Tidak semua penyihir sama berbakat atau bergunanya, dan bahkan mereka yang memiliki kekuatan sejati sering kali terhambat karena imajinasinya kurang."

Aku menghela napas lega. "Ya! Kenapa Faladin terus membangun ulang rumahnya di pantai yang sama, yang tersapu setiap hari? Padahal dia bisa saja membangun rumah di pinggiran gurun?"

Rhaim tertawa. "Kurasa selain kekuatannya, dia juga berjiwa penyair. Ditambah, aku menduga dia takut pergi ke tempat yang belum pernah dikunjunginya."

"Kenapa?"

"Dia mungkin harus melewati hutan untuk sampai ke gurun. Dan kalau ada sesuatu yang menyerangnya, lalu apa?"

Aku mengerjap. "Pasti ada pasir di hutan juga, kan? Di dalam tanah?"

Rhaim mengangkat kedua tangannya. "Faladin tidak pernah cukup berani untuk memeriksanya, jadi kurasa kita takkan pernah tahu."

Aku merenungkan ini. "Apa itu pelajaran yang ingin kau sampaikan lewat buku-buku itu, Tuan?"

"Untuk saat ini," katanya, dan mengangguk samar. "Dan supaya kau terbiasa menulis dengan jujur, tidak peduli seberapa pun aneh atau memalukannya kisahmu nanti."

"Tapi kenapa, Tuan?"

"Karena kau harus segera memulai jurnalmu sendiri. Kau akan menjadi penyihir sekarang, bukan?" Dia menatapku dari ujung hidungnya yang anggun, dan aku merasakan jantungku berdebar karena bangga.

"Benar," kataku dengan tegas.

"Bagus," katanya, senyumnya melunak. "Kalau begitu, penggunaan pertama bakatmu hari ini adalah membantuku memperbaiki mejaku."

* * *

Kami berjalan bersama ke meja yang kupatahkan, dan kulihat dia sudah menyangga bagian bawahnya dengan buku-buku yang lebih besar, lalu merapatkan kembali sambungan belakangnya yang bergerigi.

Dia tidak berbohong. Kayunya tebal.

Aku yang melakukan itu.

"Seperti yang kuminta, selama memulihkan diri kau tidak berusaha menggunakan kekuatanmu, kan?" tanyanya.

Aku mengangguk cepat. Aku sempat tergoda—tapi jendela-jendelaku yang luar biasa terus menampilkan langit, dan kalau aku memecahkan salah satunya, seperti aku memecahkan meja ini...

"Bagus," katanya, mendengus geli seolah tahu persis—dan aku tahu dia memang tahu. Itulah alasan dia memberiku jendela-jendela itu. Bukan hadiah—cuma sangkar yang lebih cantik.

"Sekarang," katanya, melanjutkan, menyusuri tepi kasar sambungan yang berserpih itu dengan tangannya. "Menurutmu bagaimana cara kita memperbaiki ini? Pakai kekuatanku sebagai

Segala-Binatang—bukan kekuatanmu, mengingat kita belum sepenuhnya yakin apa yang bisa kau lakukan?"

Aku memandang dari kayu itu ke arahnya. "Apa artinya menjadi Segala-Binatang, Tuan?" Toh dia tidak memberiku *buku miliknya* untuk kubaca.

"Bahwa untuk setiap satwa yang sudah cukup kupelajari, aku memperoleh kemampuan untuk menciptakan, mengendalikan, dan kadang-kadang meniru keterampilannya." Dia menyentakkan dagu ke arah langit di luar. "Aku memahami cara terbang; jadi istanaku terbang." Saat mengucapkan kata-kata itu, dia juga mengamatiku—dan aku bertanya-tanya apakah aku cuma satwa lain baginya.

"Apa itu termasuk manusia juga?"

"Pertanyaan bagus, ngengat kecil. Dan tidak. Meskipun aku sudah mencoba, dulu, berkali-kali. Finx adalah pencapaianku yang paling besar—waktu itu aku masih mempelajari kemampuanku dan menguji sampai mana batasnya."

"Dan bagaimana persisnya caramu mempelajari?" Setiap penyihir dalam buku-buku yang kubaca menempuh jalannya sendiri yang aneh untuk meraih kekuatan.

"Pengamatan. Pembedahan. Eksperimen. Latihan."

Aku mengerjap. "Kupikir butuh waktu sangat lama untuk menguasai kemampuan satu hewan saja—berapa banyak yang kau miliki?"

"Pertanyaan bagus lagi. Beberapa ratus. Tapi umurku juga jauh lebih tua dari yang kaubayangkan." Dia meraih dan mengetuk permukaan meja. "Jadi. Coba tebak."

Aku menatap kayunya dan menggigit bibir. Aku rasa aku tidak mengenal beberapa ratus hewan, tapi aku pernah makan sarang lebah. "Bisakah kau memperbaikinya dengan lilin, seperti lebah membangun sarangnya?"

Alisnya terangkat kaget. "Dengan lilin? Mungkin tidak cukup kuat, tapi silakan, lanjutkan."

"Sutra laba-laba?" tebakku. "Atau... apa pun yang bikin kadal bisa nempel di dinding saat mereka lari memanjat. Apa itu semacam lem?"

Dia terkekeh. "Bukan. Tapi sekali lagi, tebakan yang cerdas."

"Bahan yang dipakai burung pipit membuat sarangnya?" Aku tahu mereka bersarang di teritis istana ayahku.

"Lumpur," katanya, menggeleng pelan.

"Yang bikin kerang bisa mengatup rapat?" Aku merapatkan kedua telapak tanganku sebagai contoh.

"Otot dan urat. Tapi selain Finx, sesuatu yang kubuat dari daging cepat mati, jadi aku tidak membuang waktu mencobanya lagi. Biasanya aku memakai bahan apa pun yang tersedia."

Aku memeras otak, berpikir keras, lalu menghela napas dan mendongak menatapnya. Dia tampak sangat terhibur. "Kalau aku menyerah, kau mau langsung memberitahuku?"

"Kali ini, ya," katanya. "Karena ini pertanyaan jebakan." Aku mengernyit, sementara dia melanjutkan. "Kadang kekuatanmu menghancurkan sesuatu, tapi bukan berarti kalau kau bisa menghancurkan sesuatu, kau juga bisa memperbaikinya lagi."

Aku mengerjap, lalu memonyongkan bibir. "Bagaimana kalau ternyata kekuatanku diam-diam adalah... tukang kayu?"

Dia tertawa lepas mendengar itu. "Kekuatan sejati jarang sesederhana itu—dan jarang pula seberguna itu."

Aku mengamati meja itu lagi. "Jadi maksudmu, aku harus berhati-hati dengan apa yang kuhancurkan?"

Rhaim mengangguk dalam, tatapannya seolah memohon agar aku mengerti sesuatu yang belum bisa kupahami. "Selalu, Lisane," katanya pelan.

Aku berdiri di sana berpikir. "Jadi kalau kekuatanku pernah melukaimu dan menghancurkan meja ini... apakah kekuatan sejatiku adalah kekerasan?" Aku menunjuk dadaku sendiri, berbalik menghadapnya.

"Kau harus memberitahuku sendiri, begitu kau menemukannya."

Aku menarik napas dalam-dalam, berusaha menemukannya di dalam diriku, sementara dia menunggu. Dan saat aku menghembuskan napas, menyerah, dia menatapku dengan lembut. "Aku akan mengambil pipanya."

* * *

Aku menghabiskan waktuku sendirian di perpustakaan dengan mondar-mandir. Apa kesamaan dari momen-momen itu? Kemarahanku, ketakutanku, dan malu bukan main. Aku belum menemukan jawaban apa pun saat dia kembali, dengan pipa yang sudah menyala.

Rhaim mengembuskan asap, menangkapnya, dan menyerahkannya padaku. Sekarang setidaknya aku bisa menangkapnya, tapi itu sudah tidak terasa istimewa lagi kalau dibandingkan. Mana pantas aku mengejek Faladin, kalau aku sendiri bahkan tidak bisa membentuk asap?

"Coba iris," sarannya, mundur menjauh.

Aku mengarahkan niatku pada asap yang kupegang, dan merasakan *sengatan* kecil—seperti awal sakit kepala di benakku—lalu asap itu terbelah dua.

Aku mencoba lagi, merasakan *jentikan* lain, kali ini menjalar lewat lenganku seperti seseorang mencubitku—tapi aku berhasil membaginya jadi empat. Aku terbelalak menatapnya dari balik asap di depanku. "Aku ini pemotong? Aku... perobek?"

"Seorang *peneror*, mungkin," katanya, memberi tekanan lain pada kata itu. Dia menghampiriku, lalu berdiri di sampingku, memandangi asap itu bersamaku.

"Semacam tukang jagal, atau penjahit?"

"Eh," gerutunya. "Berhenti mencari jawaban dalam hal-hal yang kau ketahui, dan biarkan dirimu terbuka pada yang belum kaukenal."

18

Rhaim

Aku mengisap pipa sementara dia mengutak-atik asapnya, mencoba cara yang berbeda-beda tanpa habisnya pada satu hal halus yang sama, mengumpulkannya hanya untuk membaginya lagi.

"Tukang roti," katanya, menunjukkan segenggam asap yang dibagi-bagi seperti potongan kue. Aku mendengus, dan matanya langsung membelalak. "Sir," tambahnya, bibir penuhnya mengerucut membentuk kerutan kecil. "Aku terus lupa menyebutnya," katanya, lalu meringis.

"Aku sudah menyadarinya. Tapi jangan khawatir, aku menghitung." Aku berhasil mengatakannya dengan wajah datar, yang membuatnya menatapku khawatir sampai aku tertawa. Aku tak akan jadi tukang ngotot soal formalitas sementara dia begitu antusias. Aku akan menunggu sampai dia mentok—lalu aku akan ada di sana lagi untuk mendorongnya melewati kebuntuan itu. Dia mendengus dan memutar mata ke arahku, lalu kembali berlatih, membentuk ulang asap menjadi gumpalan kecil, sebelum berkonsentrasi mati-matian pada sesuatu—mati-matian.

Aku menikmati mengawasinya berpikir, mata terangnya sesekali berkilat, caranya menjepit bibir bawah di antara gigi lalu perlahan, penuh pertimbangan, melepaskannya lagi. Tarikan napas tajam kecilnya, semua embusan dan desahan paling lembutnya. Bagian-bagian kecil dari asap yang dipegangnya mengalir pergi, seolah dia pemahat yang sedang mengikis bentuk.

Aku sudah memanfaatkan beberapa hari tenang yang lalu untuk menerima kenyataan bahwa aku akan mati di tangannya. Kukira aku akan lebih melawan, atau lebih kecewa karena waktuku sudah dekat, tapi ketika aku mencoba marah, amarah itu tak kunjung muncul, dan inilah alasannya: dia sedang berusaha.

Dia mengingatkanku pada diriku sendiri ketika masih muda, oh begitu lama yang lalu. Saat aku pun mendambakan penguasaan atas satu-hal-kecil-yang-sulit-ditangkap, *apa pun itu*. Saat aku belum tahu batas-batas sihirku, atau siapa aku kelak. Dia memulai dengan harapan yang lebih tipis dariku, dan aku memacunya jauh lebih cepat daripada guruku pernah memacuku.

Dia seperti asap yang menggulung naik dari pipaku. Tanpa bentuk, tapi penuh potensi.

Dan ketika dia memutar telapak tangannya yang terbuka ke arahku, selesai dengan apa yang sedang dikerjakannya, sebuah kata melayang di antara kami: *Sir*.

"Bagus sekali, ngengat kecil," kataku, benar-benar terpesona, dan cara dia menatapku saat itu—penuh sukacita dan gairah—sudah cukup untuk menebus sebagian dari apa pun yang kelak akan dia lakukan padaku. "Terus lanjutkan," aku menyemangatinya, lalu meninggalkan ruangan.

* * *

Aku membuka sebuah pintu ke laboratoriumku, tepat di luar garis pandangnya, dan Finx menyambutku di sana, melompat-lompat girang. "Dia berbakat!"

"Memang. Sejauh ini masih kecil, dan perlu dipupuk, tapi bakatnya ada." Aku menuju deretan buku di salah satu rak, menarik satu per satu dan membalik-balik halamannya. Pasti ada satu di sini yang masih kosong — ya, ini dia.

Sebuah jurnal yang indah dan tebal, dengan sampul kulit hijau tua, dan zamrud pipih yang tertanam di seluruh bagian depannya, berdempetan satu sama lain seperti seikat padi. Aku membelinya untuk diriku sendiri bertahun-tahun lalu, ketika kupikir kisahku akan lebih panjang, tapi sekarang, merasakan beratnya di tangan, rasanya tepat untuk menjadikannya miliknya. Biarkan kisah hidupnya yang mengisi halaman-halaman itu.

Setelah memutuskan itu, aku buru-buru membereskan mejaku yang paling kecil, memindahkan eksperimen-eksperimenku yang belum selesai ke tempat lain.

Ketika aku kembali, hampir semua asap sudah lenyap, dan dia tampak kelelahan. Bahunya merosot, dan dia sudah duduk. Tubuhnya condong ke depan, kedua tangannya bertumpu di lutut.

"Ngengat?" tanyaku, berjalan mendekat.

Dia mengangkat kepala saat mendengarku. "Sir," katanya, memberiku senyum tipis penuh sesal sementara aku mengerutkan dahi melihat kondisinya.

"Jangan memaksakan diri terlalu keras. Kau tidak bisa belajar dalam keadaan lelah."

Wajahnya muram sekilas, memikirkan masa depannya. "Tapi para Tanpa-Mati—"

"Memang abadi—itu sudah kodrat mereka," aku memotongnya. "Medan perang bisa menunggu. Dan aku akan sangat sedih kalau aku kembali dan mendapati kau terbakar."

Dia mengeluarkan suara antara tawa tertahan dan dengus, menutupi mulutnya dengan punggung tangan. "Itu pasti bohong."

"Sedihku, atau soal sihir perempuan yang berubah jadi api?" tanyaku, dengan dengusanku sendiri. Lisane menggelengkan kepala untuk mengalihkan topik daripada menjawab, dan ada lingkaran gelap di bawah matanya. "Kau sudah bekerja dengan baik hari ini, dan kelelahanmu ini hal yang biasa, ngengat."

"Benarkah?" tanyanya, dengan nada yang menyerupai kekecewaan.

"Ya. Dan itu akan berkurang seiring waktu. Saat kau makin terbiasa. Ayo," kataku, melambaikan tangan agar dia berdiri. "Ada sesuatu yang ingin kutunjukkan." Aku menunggu sementara dia berdiri, bertanya-tanya apakah aku perlu menangkapnya lagi. Dia mengenakan dua atau tiga gaun sutra buatan Finx bertumpuk entah kenapa; warna-warnanya yang saling bertabrakan membuatnya tampak bersinar, seperti sayap kupu-kupu atau burung kolibri. Mata cokelat keemasannya tetap mengingatkanku pada ngengat malam. "Lewat sini," kataku, memimpinnya.

Aku menciptakan pintu ke laboratoriumku dan menahannya terbuka sementara dia berjalan masuk.

Rahangnya sedikit ternganga, mungkin merasakan bahwa ruangan ini lebih pribadi dibandingkan perpustakaanku yang luas. "Kita di mana?"

"Laboratoriumku. Tempat aku melakukan semua penelitian dan perenunganku."

Aku mengawasinya berjalan ke satu dinding dan mulai menelusuri punggung buku-buku dengan jarinya, lalu berpindah menyentuh benda-benda yang kupajang di depan mereka—kristal dan cakar—aneka trofi dari delapan ratus tahun terakhir hidupku. Tangannya terhenti, dan dia menoleh padaku. "Tak ada yang disihir," kataku, dan dia mengangguk penuh pertimbangan.

"Inikah tempatmu pergi saat kau meninggalkanku?" tanyanya.

"Tidak selalu. Tapi ini tempat baru yang bisa kau datangi. Aku sudah menghubungkannya ke tangga utama, dan aku tidak akan pernah menutup pintunya." Aku berjalan ke meja yang sudah kubersihkan untuknya. "Ini milikmu, jadi jangan dirusak," godaku.

Wajahnya merona dan dia memberiku senyum kecil, berjalan menghampiri meja dan menyentuh buku yang kutinggalkan di atasnya.

"Dan itu akan jadi jurnalmu," lanjutku. "Mulai sekarang, kau harus menulis di dalamnya, setiap hari. Aku akan membawakanmu apa pun yang kau rasa dibutuhkan eksperimenmu, sampai kau paham bagaimana kekuatanmu bekerja." Dia menghembuskan napas melalui bibir yang mengerucut, sudah berkonsentrasi. "Tapi ini butuh waktu, ngengat kecil," aku memperingatkan. "Kurasa kau sudah cukup untuk hari ini."

"Lalu apa lagi yang akan kulakukan?"

"Istirahat, semoga. Membaca. Memandang keluar jendela. Kadang bermimpi membantu—atau kau bisa mulai menulis jurnalmu. Apa pun di rak-rak ini boleh kau sentuh—tapi jangan yang di meja-meja. Aku punya banyak gagasan yang masih dalam proses, dan aku tidak mau sihirmu—apa pun itu—memengaruhi semuanya."

"Aku mengerti," katanya, mengangguk dan menelan ludah cepat.

"Juga," kataku, berbalik ke dinding terakhir ruanganku, ke pintu menuju ruang portal. "Jangan sekali-kali melewati pintu ini. Aku akan langsung tahu kalau kau melakukannya."

Dia menatapku seolah aku mengada-ada. "Tentu saja kau sudah menguncinya, sir."

"Memang sudah. Tapi aku juga yakin kau pernah menghancurkan meja kayu kaorak, jadi jangan bicara padaku soal kunci." Dia menegakkan tubuh, baru menyadari apa maksud sebenarnya dari perkataanku, sementara aku mengisyaratkan tangan ke sekeliling ruangan. "Aku mempercayaimu sekarang, ngengat kecil—sebagaimana selama ini kau mempercayai arahanku. Jangan mengkhianatiku."

"Tidak akan, sir."

"Bagus. Karena sampai saat ini, meski kau mungkin merasa seolah-olah aku memperlakukanmu seperti itu karena marah," aku memulai. Mataku menilainya, memikirkan semua yang sudah kulakukan padanya selama ini. "Itu tidak pernah terjadi. Bahkan," aku merasa perlu menambahkan, "kalau aku *benar-benar* marah padamu, salah satu dari kita mungkin tak akan selamat."

Alisnya berkerut—lalu matanya membelalak, karena tentu saja dia mengira akulah yang akan membunuhnya.

Dia sama sekali tak tahu betapa keluguannya membuatku ceroboh—tapi aku tahu, karena aku meninggalkannya sendirian di sini.

"Aku harus pergi," lanjutku, "tapi kau boleh tinggal kalau mau." Aku melangkah ke pintu yang sudah kularang dia buka, tahu betul ayah dan saudara laki-lakinya menungguku.

"Salah satu buku ini milikmu, sir?" panggilnya dari belakang, jadi aku menoleh.

"Tidak. Jurnal para penyihir yang masih hidup itu urusan pribadi. Punyaku kusembunyikan darimu, dan punyamu mestinya kausembunyikan dariku. Aku akan kembali."

Aku membuka pintu itu dengan tubuhku menghalangi pandangannya, lalu masuk ke dalam.

19

Lisane

Aku duduk di meja yang Rhaim berikan padaku dengan rasa bangga yang bahkan aku sendiri tidak mengerti.

Aku terus berlatih dengan asap setelah dia pergi, tapi hasilnya makin payah. Aku terus melakukan hal yang sama persis seperti sebelumnya—*yang tadinya berhasil!*—tapi lalu itu berhenti begitu saja, dan aku jadi takut caraku salah.

Tapi begitu sampai di sini, semangatku pulih lagi.

Rhaim percaya padaku—*kalau tidak, aku tak akan ada di sini!*—dan memberiku sebuah jurnal untuk kutulisi. Aku memandangi sampulnya yang luar biasa: kulit hijau tua, dengan pola rumit dari serpihan zamrud bersegi yang tertanam di permukaannya. Aku membukanya dengan penuh semangat, merasakan kertasnya yang sedikit kasar di bawah bantalan jariku—siap menampung tinta. Aku menghirup aromanya—bau buku yang khas.

Seumur hidup aku membaca buku, dan sekarang akhirnya aku akan menulis satu? Tentang diriku sendiri, pula? Hatiku yang konyol ini penuh oleh rasa bangga.

Dan di atas semua itu... aku mengedarkan pandangan ke sekeliling ruangan aneh tempat dia meninggalkanku.

Rhaim benar-benar mempercayaiku.

Dalam semua cerita yang pernah kudengar tentang gadis-gadis yang diculik, tidak pernah ada yang menyebut bagian ini, di mana mereka diberi ruangan penuh buku untuk dibaca dan jendela-jendela dengan pemandangan menyejukkan untuk dinikmati setiap pagi.

Malah—kupikir itu bisa jadi kalimat pertama jurnal baruku. Aku tertawa sendiri, dan Finx melompat naik ke meja.

"Apa yang lucu?" tanyanya, mengedipkan semua matanya.

"Bukan apa-apa—cuma—semua ini," kataku, sama sekali tidak mampu mengungkapkan perasaanku padanya.

Aku merasa lebih bebas pada detik ini daripada kapan pun seumur hidupku.

Finx memiringkan kepala kecilnya ke sana kemari. "Boleh aku ikut tertawa?"

Alisku terangkat. "Kalau mau, kenapa tidak?"

Itu hampir terdengar menyeramkan—kalau saja, pada akhirnya, dia tidak berkata riang, "Aku berhasil!"

"Iya, iya, berhasil," kataku, nyengir padanya, lalu mengulurkan tangan untuk menepuk kepalanya seperti yang pernah kulihat Rhaim lakukan.

Makhluk itu kembali mendengkur seperti biasa—yang jauh lebih menenangkan—sementara aku berdiri untuk mengamati isi ruangan.

Tiga dinding dipenuhi buku-buku bersampul kulit dengan beragam ukuran dan warna. Ada yang hitam paling pekat, biru seterang langit, oranye seperti nyala api panas, dan ungu seperti matahari terbenam yang dulu dilukiskan di dinding kamar-kamar tempatku dibesarkan.

Aku menarik buku demi buku dan membuka halaman-halamannya, menemukan coretan tulisan tangan: ada yang rapi, ada yang nyaris tak terbaca, dalam beragam gaya. Beberapa pria langsung terjun ke dalam cerita mereka, sementara yang lain memulai pelan-pelan. Setiap buku di ruangan ini mewakili seorang pria yang telah diberi kekuatan sihir seumur hidup.

Dan sebagaimana sudah kulihat dari pelajaranku sejauh ini... kekuatan sering kali disia-siakan.

Ada penyihir yang jurnalnya memenuhi satu rak penuh, sementara salah satu buku hanya terisi dua halaman. Apakah penyihir itu langsung mati setelahnya, atau cuma meninggalkan bukunya di sebuah penginapan? Aku mendengus.

Kenapa mereka semua mendapat kekuatan dan aku tidak? Mereka tidak lebih baik dariku. Beberapa di antara mereka bahkan tidak sekeras kepala aku.

Apa yang membedakan kami?

Kenapa mereka menganggap perempuan tidak bisa belajar sihir?

Dan kenapa Rhaim berbeda?

Atau, mungkin pertanyaan yang lebih tepat—kenapa *aku* berbeda, baginya?

Entah bagaimana aku merasa jawabannya tidak ada di dalam buku mana pun.

Di depan semua buku itu terpajang lebih banyak lagi benda-benda aneh yang Rhaim kumpulkan dan pajang—hanya saja di sini penempatannya lebih santai, dan mungkin lebih pribadi. Pecahan tulang yang sudah memutih, cakar-cakar melengkung kejam sebesar telapak tanganku, dan gigi-gigi dalam ukuran dan jumlah yang mengkhawatirkan.

Ada sebuah belati dalam sarung berumbai, beberapa pipa tambahan seperti yang pernah kami hisap bersama—yang membuatku tersenyum—dan bermacam-macam cambuk serta senjata lain yang tidak kupahami fungsinya. Aku mengangkat salah satunya, mencoba memahami kegunaannya.

"Rhaim tidak suka kalau ada yang menyakiti binatang," kata Finx dari dekatku. Dia sedari tadi mengikutiku dari belakang, menepak benda-benda dari rak. Setiap benda yang jatuh dia jerat di udara dengan sutra aneh yang dia keluarkan, lalu ditariknya kembali ke atas dengan kaki belakangnya—hanya untuk mengulang rangkaian itu lagi.

"Dan tempat ini punyamu?" tanyaku, sampai di sudut yang dipenuhi sutra buatannya, ditempel ke rak di kedua sisi, menutupi punggung buku-buku di dekatnya. Aku mengulurkan tangan dan menyentuhnya, dan ternyata selembut gaun yang kukenakan.

"Iya!" Dia berlari ke sampingku, membuka satu sisi yang tidak kusadari ada di sana, dan menyelam masuk. Aku melihat selubung sutra itu sedikit bergerak saat dia mencari posisi nyaman di dalamnya.

"Boleh aku mengintip ke dalam?" tanyaku, dan sebagai jawaban, sisi itu terbuka lagi, didorong oleh satu kaki kecilnya.

"Di sini aku tidur," katanya, sementara aku membungkuk untuk mengintip ke dalam, menemukannya meringkuk di dasar kantong sutra yang dia pintal sendiri. "Dan juga tempat aku menunggu."

"Menunggu apa?" tanyaku.

"Menunggu Rhaim pulang."

Aku berbalik dan menyadari kami berada hampir tepat di seberang pintu yang Rhaim bilang tidak boleh kusentuh. "Ke mana dia pergi?" tanyaku pada makhluk itu.

"Aku nggak tahu," Finx mengeluh. "Dia nggak pernah mengajakku."

Aku tahu ruang portalnya pasti ada di balik pintu itu—dan kalau suatu hari aku menjadi penyihir yang cukup hebat, aku bisa menggunakannya sendiri. "Mungkin suatu hari kita berdua akan pergi."

Finx merangkak kembali ke dalam kantongnya untuk mengintip keluar dengan kedelapan matanya. "Benar?" tanyanya.

"Benar," janjiku.

"Aku mau itu!" serunya, sebelum nadanya berubah agak murung. "Tapi hanya kalau kita bisa kembali."

Itu... sesuatu yang kurasa belum bisa kujanjikan. Kalau aku sudah sekuat itu, untuk apa aku kembali ke sini? Tapi aku tetap memasukkan tangan ke sarangnya untuk mengelus bulu kasar anehnya lagi. "Kita lihat nanti."

* * *

Rhaim belum juga kembali saat aku memutuskan pergi ke kamar tidurku dan tidur siang—dia tidak bohong waktu bilang sihir itu melelahkan; tenagaku benar-benar terkuras.

Dan juga menyakitkan.

Tidak terlalu parah, sih, dan sakitnya juga sementara—hanya terasa selama sihirnya bekerja. Tapi tetap saja aku merasa itu aneh.

Dari jurnal-jurnal yang dia izinkan kubaca, aku tahu setiap sihir ada harganya, dan aku belum tahu apa harga sihirku. Aku bahkan tidak tahu apakah aku sudah cukup banyak menggunakan sihir sampai harus membayar harga apa pun.

Aku membawa setumpuk jurnal berbeda turun ke kamar tidurku, supaya bisa mempelajari harga sihir para penyihir lain, kalau-kalau itu membantu.

Aku hanya tidak ingin bertanya pada Rhaim.

Karena bagaimana kalau justru itu alasan tak ada yang mengajari perempuan sihir? Meskipun kadang dia memperlakukanku dengan hormat—*kadang-kadang*—aku tahu aku sama ganjilnya dengan Finx.

Jadi tidak ada gunanya memberitahunya apa pun, kecuali sakitnya bertambah parah, atau aku sudah benar-benar, benar-benar jago sihir dulu.

* * *

Finx turun untuk memanggilku makan malam, membangunkanku—dan ketika aku tiba di ruang makan dengan buku di tangan, aku mendapati Rhaim sudah duduk di meja, memegang bukunya sendiri. Mata gelapnya melirik tajam ke arahku, melihat apa yang kubawa, lalu sudut-sudut bibirnya sedikit terangkat. Tapi dia tidak berkata apa-apa, memilih mengembalikan pandangannya ke halaman buku dan makan.

Apa harga sihirnya?

Bahwa dia harus membaca sepanjang hidupnya?

"Apa kau selalu belajar, Sir?" tanyaku sambil meletakkan bukuku. Apa aku juga harus begitu, memegang buku pagi, siang, dan malam?

Kalau memang harus, akan kulakukan—aku bersedia melakukan apa pun yang diperlukan, asalkan aku tahu apa yang berhasil.

Rhaim memiringkan kepalanya. "Tidak malam ini," katanya, dan aku mengerutkan dahi ke arahnya, berharap bisa mengguncangnya sampai semua rahasianya tumpah. "Memangnya seorang pria tidak boleh membaca untuk kesenangan?" tanyanya.

"Tapi kau bukan pria, melainkan Sang Segala-Binatang," kataku, menirukan perkataannya sendiri dulu.

Dia terkekeh gelap, mengenali tepisanku yang tak bercakar untuk apa adanya. "Ini buku sejarah, ngengat, kalau kau memang harus tahu. Dari salah satu kerajaan yang ada beberapa abad lalu, tapi sudah lenyap sekarang."

"Khersa, Gellen, atau Xophor?" Ketiganya adalah negeri yang sudah terhapus dari muka bumi, tidak lagi tercantum di peta mana pun. Sebelum Yang Tanpa-Mati bangkit, itulah ketakutan terbesar ayahku untuk kami.

"Kau tahu tentang mereka?" tanya Rhaim agak terkejut.

"Aku tidak bisa menyanyi dan tidak bisa menari, jadi aku belajar membaca saja." Istana punya buku-buku, dan aku diajar dengan baik. "Aku ikut kelas bersama saudaraku, selama dia masih tinggal di kamar-kamar, sama sepertiku." Namun aku tetap menatap Rhaim di ujung meja, berpikir. "Tapi kenapa kau peduli soal sejarah, kalau kastilmu nyaris tak menyentuh daratan?"

"Aku tetap ingin tahu tentang dunia, meski kastilku melayang di atasnya." Dia menutup bukunya dan meletakkannya. "Apa lagi yang kau pelajari sebelum bersamaku?"

"Menyulam," kataku, memandangi ujung-ujung jariku, teringat berapa kali jariku tertusuk jarum. Ibuku memastikan aku punya keahlian untuk ditunjukkan kepada Vethys dan para perempuan yang akan berbagi kamar denganku di kastil keluarganya—ibunya dan saudari-saudari perempuannya. Dan sebesar apa pun rasa cinta dan rinduku pada ibuku... "Aku membencinya," aku mengaku.

Dia tampak geli. "Kalau begitu aku tidak akan memintamu untuk belajar ulang."

"Kurasa Finx akan kecewa kalau aku melakukannya."

Dia memberiku senyum santai, sebelum mendesak, "Apa lagi?"

"Cara bersikap yang semestinya."

"Dan bagaimana itu?"

"Anggun dan baik hati." *Seperti ibuku dulu.* "Jangan bicara terlalu keras. Jangan menginginkan terlalu banyak," kataku, mengulangi pelajaran yang dulu diajarkan ibuku. *Ingat, Lisane, kau bukan hanya akan menjadi Ratu bagi seorang pria, tapi bagi sebuah negeri.* Aku menghela napas sebelum melanjutkan. "Selalu beri ruang untuk orang lain. Tunggu diam-diam. Bersabarlah."

Rhaim setidaknya punya kepantasan untuk tampak ngeri demi diriku. "Kedengarannya mengerikan."

Aku menarik napas dan menahannya sebelum menjawab dengan jujur. "Memang."

Dia mengangguk. "Pantas kau cocok dengan ilmu sihir. Apa lagi?"

Aku mengerucutkan bibir ke satu sisi, berpikir. "Cara mengatur para dayang."

"Ah," katanya, dengan tawa pelan. "Yah, kau boleh mengatur Finx, tapi bukan aku." Dia mengacungkan pisaunya ke arahku. "Dan kau juga seorang pembaca. Apa buku-buku favoritmu?"

Buku-buku favoritku justru yang tidak boleh kubaca. Aku pernah menemukan semacam harta karun di perpustakaan kami—buku-buku yang disembunyikan di balik buku-buku lain, yang diselundupkan masuk oleh penghuni sebelumnya atau seorang dayang. Cerita-cerita yang bukan sekadar sejarah perang, tapi juga tentang cinta, dan sebagian isinya cabul. Aku membaca hal-hal di dalamnya yang belum pernah kupelajari sebelumnya... dan melihat keadaanku sekarang, mungkin tak akan pernah kupelajari.

Tapi anehnya... aku baik-baik saja dengan itu.

Karena di sinilah aku, sedang membuat jenis kisah yang baru—kisah yang akan mulai kutuliskan malam ini sebelum aku tidur.

Aku sudah cukup banyak membaca jurnal; aku merasa tahu harus mulai dari mana.

Rhaim menggaruk dagunya sambil menunggu jawabanku dengan sabar, dan aku tidak ingin memberitahunya.

"Yang paling awal kubaca, dan paling sering kubaca sewaktu kecil, adalah *Kisah Lirane yang Manis*," kataku mengelak. "Kurasa ibuku menamaiku dari nama tokoh itu, berharap aku akan mewarisi sifat-sifatnya."

Lirane tidak pernah mendapat masalah. Lirane selalu lembut dan manis. Kesulitan yang dihadapinya hanya yang paling sepele, dan selalu mudah diatasi.

"Apa berhasil?" tanya Rhaim.

"Kau sudah melihatku telanjang. Kau yang jawab."

Rhaim terbahak mendengar itu, lalu menutup mulutnya dengan tangan seolah malu sendiri. "Kutebak Lirane yang Manis tidak akan menyetujui pelajaranmu di sini?"

"*Lir*ane pasti sudah pingsan membayangkan memperlihatkan kehormatannya pada seorang pria—atau binatang." Itu benar. Lirane selalu pingsan. Hidupnya sangat tidak praktis.

"Dan apa yang lebih ingin dilakukan *Lisane* yang Tidak-Begitu-Manis?"

Aku merenungkan ini sejenak. "Menjadi kuat," jawabku lugas. "Sir," tambahku, lalu mengembalikan mataku ke halaman buku, agar aku bisa mewujudkannya lebih cepat.

Aku merasakan tatapannya yang penuh perhitungan tertuju padaku sesaat lagi, lalu dia pun kembali ke bukunya.

20

Rhaim

Aku membereskan meja untuk kami berdua setelah dia selesai makan. Aku juga tidak segengsi itu sampai menolak kerja "dayang", dan ngengat kecilku sudah menguap lebar-lebar. Aku membawa piring-piring kami ke dapur dan membersihkan semua sisa makan malam, sambil bertanya-tanya apakah itu alasan tak ada yang melatih perempuan dalam sihir. Mungkin secara fisik mereka memang tidak sanggup?

Tapi kemudian Lisane masuk ke ruangan bersamaku, membawa jurnal yang terbuka sambil mengerutkan dahi. "Rhaim, yang ini juga disihir."

Aku mengeringkan tangan, lalu mengambilnya darinya sambil berdecak. "Kau akan bisa membacanya nanti—kalau sudah waktunya."

"Tapi kenapa tidak sekarang?"

Aku mengangkat bahu seolah tidak tahu. "Mungkin kau belum siap."

Tapi kenyataannya, aku sudah menyembunyikan semua bagian yang menyebut soal Kenaikan seorang penyihir dari semua buku di perpustakaanku. Hanya sesama penyihir yang benar-benar tahu apa yang terjadi dalam upacara kami dan apa artinya bagi kami. Aku tak mau dia bertanya-tanya tentang upacaraku, karena aku tidak yakin bisa membohonginya dengan mulus kalau dia mulai mengorek.

Dia menahan buku itu tetap terbuka dan menyipitkan mata, dan dari jarak ini, aku bisa merasakan sihirnya sendiri mengepak-ngepak lemah melawan kekuatanku yang jauh lebih besar, seperti sayap kupu-kupu rapuh yang menggelitik batu. Kebanggaan sempat menyeruak—lalu aku menyadari mungkin itulah alasan dia sering kelelahan.

Karena dia keras kepala setengah mati.

Lisane mengerang pelan, lalu menutup buku itu dan memegangi kepalanya.

"Kau baik-baik saja?" tanyaku, dan kali ini giliranku mengerutkan dahi.

"Kepalaku pusing."

"Mau kubuatkan teh?"

Dia menggeleng, lalu meringis. "Tidak." Aku mengamatinya menimbang-nimbang; perasaannya terbaca jelas di wajahnya. "Waktu kau belajar dulu seperti apa, Sir?"

"Panjang dan melelahkan," kataku, jujur. Menahan diri untuk tidak menjadi binatang saja sudah cukup sulit sekarang. Apalagi ketika aku masih remaja—penuh amarah, hormon, dan hasrat. Sudah keajaiban guruku tidak membawaku ke hutan, mengubahku jadi es, lalu menghancurkanku berkeping-keping. "Pergilah istirahat, ngengat kecil," kataku, mengambil buku dari tangannya. "Jangan membaca lagi, tidak malam ini."

"Tapi—" protesnya lemah.

"Lakukan apa yang kuminta. Sekali-sekali nurut, kalau bukan untuk alasan lain," kataku, pura-pura tegas.

Ekspresinya melembut dan dia hampir tersenyum. "Baik," katanya. "Sir," tambahnya, terlambat.

"Bah. Aku sudah kehilangan hitungan semua *sir* yang masih kau berutang padaku."

Dia menutup mulutnya dengan tangan sambil terkikik. "Maaf, Sir."

"Kau bakal benar-benar menyesal kalau kau tidak pergi tidur sekarang juga, ngengat." Aku mengangkat buku itu dan mengusapkan ibu jari di atas halaman-halamannya dengan gaya dramatis, teringat terakhir kali aku mencuri sebuah buku darinya. Matanya membelalak, dan aku ingin melihat sesuatu di tatapan itu—sesuatu yang lebih dari sekadar ketakutan.

"Baik, Sir," bisiknya, matanya tiba-tiba berbinar.

Aku menawarkan jurnal itu kembali padanya. Dia mengambilnya dengan hati-hati, lalu berlari pergi—semoga benar untuk tidur seperti yang kusuruh.

21

Lisane

Malam itu aku berbaring di tempat tidur, berpikir, pikiranku akhirnya jernih.

Aku sudah cukup banyak tahu tentang cara kerja penyihir-penyihir dari zaman lain, harga yang mereka bayar untuk sihir mereka, dan jalan yang mereka tempuh—yang tersisa sekarang tinggal menemukan jalanku sendiri.

Dan aku takut aku sudah menemukannya.

Kupikir setiap kali aku memakai kekuatan yang tak kupahami, ada satu benang merah yang menghubungkan semuanya. Kupikir mungkin itu rasa malu—aku takut jadi tak berguna, di terowongan saat binatang Rhaim menghadangku, dan saat pantatku dipukul di atas meja Rhaim, tak bisa menyembunyikan diri darinya.

Tapi malam ini, saat dia menyerahkan jurnal Elzorbia si Cemerlang kepadaku di dapurnya—sambil menggoda, mengancam akan memukul pantatku lagi, dengan jurnal seorang penyihir yang satu-satunya kekuatan adalah mengendalikan pelangi—aku sadar momen-momen yang kubagi dengan Rhaim punya benang merah lain.

Rasa sakit.

Saat aku di terowongan, cakar Rhaim sempat menggores kasar pergelangan tanganku ketika aku berusaha kabur darinya—dan aku mampu mengiris wajahnya dari pipi sampai rahang.

Dan ketika dia memukul pantatku—aku berhasil mematahkan meja kayunya yang berat itu.

Seolah aku berhasil melakukan transmutasi sendiri—kecuali, alih-alih mengubah emas dari kerah menjadi rantai, aku mengambil penderitaan dan mengubahnya jadi sesuatu yang nyata.

Kalau aku benar, aku tidak yakin bagaimana perasaanku soal itu.

Aku juga tak mengerti bagaimana aku berhasil mengendalikan asap hari ini—apa aku mampu menyimpan sebagian sihir di dalam diriku untuk nanti, dipadatkan seperti pegas? Lalu membiarkannya merembes keluar, seperti air bertekanan, sampai tak ada lagi?

Apa begitu cara terbaik menggambarkannya? Bahwa saat dia memukulku, entah bagaimana itu memenuhi tubuhku dengan sihir—*bahkan ketika itu menyakitiku!*—dan memberiku kekuatan untuk kupakai belakangan, yang kusimpan sampai habis?

Aku tidak ingin itu benar.

Aku tidak mau bergantung pada orang lain agar bisa punya sihir—bahkan, itu rasanya lebih buruk lagi, mungkin, daripada tidak punya sihir sama sekali.

Tujuanku jadi penyihir adalah supaya bebas—bukan supaya terikat pada seseorang.

Jadi kalau memang benar, aku tidak akan pernah memberitahunya.

Tapi aku belum tahu apa-apa secara pasti.

Namun besok... aku harus mulai bereksperimen.

* * *

Saat aku sampai di laboratorium keesokan paginya—kali ini mengabaikan jendela-jendela sepenuhnya, karena aku sedang punya misi—ada sebuah nampan berisi tanah liat di atas mejaku.

Rhaim duduk memunggungiku, mengamati sebuah bola mata di atas nampan logam di salah satu mejanya. Benda itu hampir sebesar kepalaku.

"Itu dari makhluk apa?" bisikku, sama sekali tidak bisa menebak.

Pupil mata itu menyempit, memfokuskan pandangannya padaku.

"Kerjakan sihirmu sendiri," kata Rhaim, bahkan tanpa menoleh. "Coba ubah tanah liat yang kuberikan—ini akan lebih sulit daripada asap."

Aku menelan ludah dan mengangguk, mengambil tanah liat itu dengan kedua tangan lalu membangunnya menjadi bentuk kasar istana ayahku, kemudian berusaha memfokuskan sihirku padanya, mencoba membelah bata-bata imajiner.

Tidak terjadi apa-apa, selama berjam-jam rasanya.

Setidaknya Rhaim cukup baik untuk tidak berkomentar soal itu—kalau memang dia memperhatikan. Seluruh konsentrasinya tertuju pada bola mata raksasa di hadapannya. Lalu aku bergerak—dan kulihat pupil itu mengikuti gerakanku.

"Kau mengawasiku lewat benda itu?" tuduhku.

"Sedang berusaha."

"Kau bisa menghidupkan kembali yang mati?" tanyaku, suaraku meninggi karena takjub.

Dia berbalik dan menggeleng. "Tidak. Cuma memakai kekuatanku." Dia mengulurkan tangan dan menekan bola mata itu dengan satu tangan. Warnanya berubah seperti tanah, lalu dia meremukkannya—tanpa sihirnya, benda itu sama saja seperti tanah liat yang ada di depanku. "Aku baru-baru ini berurusan dengan seekor kraken. Aku sedang mempelajari cara dia melihat di bawah air."

"Oh," embusku. *Ya, hal biasa, tentu saja.* Rasa iri menyergapku, karena dia tahu persis bagaimana kekuatannya bekerja—lalu disusul rasa takut bahwa mungkin aku juga tahu bagaimana kekuatanku bekerja.

Dia salah membaca ekspresiku dan berkata, "Terus berusaha, ngengat kecil. Waktumu pasti datang, aku yakin itu," sebelum berbalik lagi.

Aku menghabiskan waktu lama memandangi punggungnya, sekarang karena dia tak bisa juga memperhatikanku. Dia duduk agak menyamping, memperlihatkan garis tegas hidung dan rahangnya. Dia sedang membentuk tanah liat menjadi bentuk lain sekarang, semacam tentakel, menggerakkannya pelan-pelan dengan jari-jari yang terampil.

Apakah aku juga seperti tanah liat baginya?

Apakah itu sebabnya dia tidak takut membentukku?

Akankah suatu hari aku bisa membentuk diriku sendiri?

Aku mengerutkan dahi menatap istana yang kubuat di hadapanku, membatin agar benda itu hancur lebur, atau meledak, atau pecah berkeping-keping, dan ketika tak satu pun dari itu terjadi, aku merobek dinding-dindingnya dengan jari-jariku, meratakannya dengan tanah... lalu mengumpulkan emosiku dan membangunnya kembali.

* * *

Tak lama setelah itu dia meninggalkanku, tanpa bicara, masuk ke ruangan terkunci melalui pintu samping. Aku menunggu untuk memastikan dia benar-benar pergi, lalu berjalan mengelilingi ruangan, mengambil sebuah cakar, sebuah taring, dan salah satu pisau, sebelum duduk kembali di depan tanah liatku.

Kalau mengakses sihirku sesederhana menyakiti diriku sendiri—aku lebih rela melakukannya sendiri, meskipun itu menakutiku.

Aku menarik pisau dari sarungnya—bilahnya tampak tajam, dan ujungnya runcing mengerikan. Aku menekankan ujungnya ke jariku, melihatnya menekan kulitku, lalu berusaha membujuk diriku sendiri untuk menekan lebih dalam. Sedikit lagi. Cukup untuk mendapat setetes darah.

Dan... aku tidak bisa.

Apakah karena aku takut menyakiti diriku sendiri?

Atau takut mendapati satu lagi jalan menuju kegagalan?

Lalu Finx muncul dari bawah mejaku dengan gerakan miring—jelas tadi dia menempel di kolong meja.

"Kau sudah di bawah sana dari tadi?" tanyaku, meletakkan pisau dengan bunyi klang—dan langsung merasa bersalah—saat dia beringsut mendekat dengan gerakannya yang tersendat-sendat.

"Ya," katanya, berhenti sejenak untuk menggaruk satu telinga dengan kaki belakang. "Ada serangga."

Mataku membelalak. "Kau dapat?"

"Tidak," katanya, frustrasi.

Aku menggeser kursiku menjauh dari meja dengan cepat. "Sebesar apa?"

Dia memperagakan ukurannya dengan menempelkan satu telapak kaki ke telapak yang lain. "Tidak sebesar itu!" keluhnya, jelas berharap serangganya lebih besar, padahal satu ujung telapak kakinya saja sudah terlalu besar buatku. "Tapi dia sangat cepat."

Itu sama sekali tidak membantu. "Ih, tidak," kataku, berdiri.

Lalu aku menyadari apa yang sedang kulakukan.

Lari dari serangga.

Penyihir macam apa aku ini.

Aku tidak sanggup menusuk jariku sendiri—dan aku takut serangga.

"Tolong tangkap, Finx?" pintaku pada si binatang.

Dia menganggukkan seluruh tubuhnya dengan riang, "Oke!" lalu menyelinap kembali ke bawah meja, menghilang di sisi seberangnya.

Aku menyambar pisau itu. Rhaim bisa kembali kapan saja—sekarang atau tidak sama sekali.

Aku mengarahkan ujung bilah ke ujung jariku, memejamkan mata, lalu menghujamkannya, menggigit bibir menahan pekikan.

Ketika aku membuka mata lagi, ada setetes darah kecil. Aku memeras jariku, memaksa darahnya keluar.

Memang sakit... tapi apakah cukup sakit?

Aku berkonsentrasi pada tanah liat itu, berusaha membuat penyok atau goresan sekecil apa pun dengan pikiranku—nihil.

Aku menusuk jari-jariku satu per satu dengan cakar yang kuambil, lalu dengan taring, dengan kesal, membuat semuanya ikut berdarah—seolah aku sedang menyulam needlepoint gaib.

Apakah ada ambang batas tertentu yang harus kucapai dulu sebelum kekuatanku bisa terasa?

Aku tidak tahu.

Aku menggeram dan menggoreskan ujung-ujung jariku yang berdarah ke dinding istana tanah liat, membuatnya tampak seperti habis diserang monster, sementara terdengar bunyi kresak-kresuk dari bawah meja.

"Aku dapat!" Finx mengumumkan, dari sekitar lututku.

Aku meraih istana itu, dan buru-buru menghapus bekas-bekas darah di dindingnya, bergumam, "Syukurlah salah satu dari kita berhasil."

* * *

Tiga hari berlalu persis sama, dan kegagalanku terasa seakan tak ada habisnya—seperti para Tanpa-Mati.

Rhaim tetap tak berkata apa-apa, hanya diam-diam bekerja di sekitarku, membiarkanku sendiri, masuk ke ruang portalnya dan muncul kembali di waktu-waktu yang tak menentu.

Tapi pada hari keempat, dia duduk di seberangku dan mengambil sebagian tanah liatku.

Aku sudah paham, lebih baik tidak bertanya apa yang sedang dilakukannya. Aku hanya memperhatikan—dan yang dia lakukan hanyalah membuat sebuah menara, sama seperti punyaku, hanya lebih bagus bentuknya.

"Kau tidak lucu," protesku.

"Aku tidak bermaksud begitu," katanya, telaten menyusun sebuah dinding dan menggoreskan tanda-tanda bata di atasnya dengan sebuah paku. "Kau terus memikirkan hasil akhirnya saja, tapi tidak pernah bagaimana kau sampai ke sana. Asap lebih mudah karena tidak padat, tapi aku bisa memikirkan setidaknya sepuluh cara sihir yang mungkin bisa membelah ini—mungkin lebih." Dia menepuk menaranya sekali lagi. "Apakah pikiranku pisau, sehingga kupotong seperti bilah? Atau kupisahkan dengan angin tanpa henti? Atau kubayangkan aku mengikisnya, seperti cangkang yang digerus pasang-surut? Atau kutarik esensinya hingga tercerai, pada tingkat yang terlalu kecil untuk dilihat?"

Aku mendorong kursiku ke belakang karena frustrasi. "Bagaimana cara Segala-Binatang melakukannya?" tanyaku.

Dia mengambil sepotong tanah liat lagi, memutarnya di antara ibu jari dan telunjuk, lalu meletakkannya. Tanah liat itu retak terbuka dan seekor kumbang kecil muncul, berkaki enam, dengan punggung hijau berkilau, dan mulai menuju pangkal menaranya. Kumbang itu menggerogoti tanah liat dengan rahangnya, perlahan-lahan mengunyah jalannya ke dalam.

Aku terkesiap, sementara dia melanjutkan. "Aku akan memanggil seratus kumbang yang lebih kecil untuk mengerjakan tugasku. Atau mungkin satu kumbang yang sangat besar, seukuran kuda."

Aku memperhatikan kumbang itu bekerja, lalu menoleh dan mendapati dia sedang memperhatikanku. "Kau bercanda?"

"Soal kumbang seukuran kuda? Ya," katanya, menyeringai lebar. "Kau tidak bisa mengubah ukuran sesuatu terlalu drastis. Ukurannya tidak bisa diubah sembarangan. Tapi seratus—atau seribu—kumbang bisa sangat efektif. Mungkin lebih baik daripada satu gajah, atau dua."

Bukan kali pertama aku berharap Rhaim bersumpah setia pada ayahku... tapi kalau begitu, dia tidak akan ada di sini, mengajariku, bukan?

Kumbang itu bekerja dan terus bekerja, membuat lubang yang cukup besar, tapi kemudian tampaknya mati, kembali menjadi tanah liat. "Apa yang terjadi?"

Dia mengangkat bahu, mengambil kembali gumpalan tanah liat itu untuk digilas di antara kedua telapak tangannya. "Bisa dibilang, harga sihirku adalah memberi benda-benda itu sebagian hidupku. Jadi sebaiknya aku berhati-hati setiap kali melakukannya."

Aku melongo menatapnya. Dan selama ini aku mengira sudah cukup buruk, bahwa sihirku mungkin bersumber dari rasa sakit. "Hidupmu sendiri?" tanyaku padanya.

Dia memiringkan kepalanya ke kiri dan kanan, jelas menahan sesuatu. "Bisa dibilang begitu," ulangnya, memandang ke mana saja kecuali ke arahku. "Sihir besar menuntut harga besar, dan aku lebih baik tidak menceritakan lebih banyak tentang milikku. Aku tidak ingin menakut-nakutimu."

Mulutku setengah menganga. Selama ketidakhadirannya beberapa hari terakhir ini, aku diam-diam menyakiti diriku sendiri dengan cara-cara konyol—tamparan, cubitan, tusukan—sambil ketakutan membayangkan apa yang mungkin harus kuminta darinya.

Tapi siapa yang lebih tepat kumintai untuk menyakitimu daripada seseorang yang sihirnya sendiri menakar sisa hidupnya?

"Kalau sihirmu membutuhkan sebagian dari hidupmu, Rhaim, apa kau tidak takut mati?"

Dia memberiku tatapan yang begitu aneh saat itu, entah bagaimana sedih dan lembut dan bingung sekaligus, lalu mengangkat bahu. "Ya," katanya lugas, dengan helaan napas. "Tapi aku sudah menunggu sangat lama sekarang, dan itu belum juga terjadi." Dia bersandar ke belakang di kursinya dan mengamatiku. "Jadi ceritakan padaku, ngengat kecil, pemotong monster, penghancur meja, dan pembelah asapku—menurutmu, bagaimana cara kerjamu? Dan apa ada yang bisa kulakukan untuk membantumu?"

Aku memandangi menara itu, lalu kedua tanganku yang berlumuran tanah liat.

Setiap malam aku menuliskan "eksperimen" yang kulakukan di jurnalku, sadar bahwa semuanya tak ada apa-apanya—bukan hanya dibandingkan eksperimen-eksperimen yang dia lakukan, tapi juga dibandingkan setiap penyihir lain yang pernah kubaca sejauh ini.

Setiap kali Elzorbia menciptakan pelangi, dia harus membayarnya dengan kebutaan untuk sementara waktu—tapi itu tidak pernah menghentikannya dari menciptakan pelangi untuk setiap anak yang ditemuinya di sepanjang perjalanan.

Dia hanya duduk sesudahnya untuk memulihkan diri, menunggu sampai bisa melihat lagi sebelum melanjutkan perjalanan.

Aku menarik napas dalam-dalam, memutuskan.

"Lisane?" tanyanya, menunggu, tapi aku tetap diam. Aku berdiri dan berjalan menyusuri dinding-dinding ruangan seperti yang sering kulakukan setelah dia pergi, menyapa potongan-potongan kecil tulang dan cakar seolah kami teman lama—benda-benda yang pernah kupakai untuk menusuk dan menggaruk diriku sendiri—sampai aku menemukan apa yang kupikir kubutuhkan.

Aku mengambilnya, dan membawanya kembali untuk kuserahkan padanya.

Dia memandangi benda itu, lalu mataku—memastikan aku yakin—lalu dia mengambilnya dan berdiri.

22

Rhaim

Lisane mengeluarkan sebuah cambuk berat untuk diberikan padaku. Cambuk itu bergagang pemberat, dengan tali kulit yang panjang dan tipis.

Aku pernah merebutnya dari seorang pria kejam yang sedang mengancam seekor kuda jantan. Dia memintaku membuatnya berhenti mengentak-entak, tapi sebaliknya kubuat kuda itu menendangnya tepat di dada—lalu aku dan kuda itu sama-sama mencarikan pemilik baru yang lebih baik baginya.

Aku mengambil cambuk itu sebagai semacam kenang-kenangan dari momen itu—dan kukira aku takkan pernah punya alasan untuk menggunakannya lagi, apalagi pada seorang wanita cantik.

Namun, ada semacam beban yang jatuh di pundak ngengat kecilku; dan meski aku ingin menekannya dan melontarkan pertanyaan—*apa yang ingin dicapainya, kenapa dia memilih ini, dan kenapa sekarang?*—aku juga tahu aku harus menghormati keputusannya, dan percaya itu tidak dibuat dengan ringan.

Aku meluangkan sejenak untuk menimbang-nimbang cambuk di tanganku, lalu berkata, "Ikuti aku," dan memberi isyarat agar dia masuk ke aula, untuk kemudian kupimpin naik tangga.

Aku tidak bisa mencambuknya di kamar tidurnya, laboratorium, atau perpustakaan. Aku tidak ingin memperparah traumanya—*lebih dari yang sudah ada*—di tempat dia beristirahat maupun bekerja, jadi aku membawanya ke tempat terakhir di kastilku yang kemungkinan besar takkan pernah dia datangi.

Kamar tidurku.

Kamar itu menempati seluruh lantai paling atas kastil, di ujung lorong pendek dari tangga, tapi ini adalah ruangan paling sederhana dari semua ruangan di sini, hanya ada perapian dengan sebuah kursi di depannya di atas permadani. Tempat tidurku besar dan kokoh, dirancang untuk menopang ukuran dan bobot wujud binatangku yang lebih besar, dengan tiang sebesar bisepku di setiap sudut, dan bagian kepalanya menempel ke salah satu dinding.

"Berdiri di sana," kataku padanya, menunjuk ke ujung kaki tempat tidur, "dan lepas semua pakaianmu."

Dia menuruti perintah dalam diam, dan aku sadar aku nyaris tak mendengar suaranya sama sekali sepanjang minggu ini. Aku ingin bisa mendengarnya sekarang, tapi aku tak mau memecah konsentrasinya.

Tidak sebelum aku mematahkannya—dari anggapan keliru apa pun yang dia miliki tentang kekuatannya sendiri.

Dia membutuhkan bantuanku untuk lepas dari segala pikiran dan tekanan yang membelenggunya.

Dia perlu menemukan ruang dalam dirinya di mana dia tidak lagi berjuang.

Tidak lagi berusaha.

Tidak lagi menjadi apa pun.

Bagian sunyi dalam dirinya, yang terpisah dari segalanya. Yang ada sekaligus tidak ada. Yang dia butuhkan untuk hidup, tapi tak berani dipikirkan—seperti mengambil napas.

Dia melepas tiga gaun sutra lembut buatan Finx, dan aku mengambil dua di antaranya, memilinnya menjadi tali untuk mengikatnya—dari pergelangan tangan ke tiang ranjang. Lalu aku mendorong kedua kakinya agar terbuka lebar, dengan punggung sepatu botku.

"Dan kau yakin, ngengat kecil?" tanyaku padanya.

Dia mengangguk, jadi aku menyibak rambutnya ke depan, menjuntai melewati bahu dan turun di dadanya, agar tidak tersangkut ujung kulit cambuk, lalu meluangkan waktu sejenak untuk menenangkan diriku.

* * *

Terentang seolah di jaring laba-laba, ngengat kecilku sungguh pemandangan. Lekuk tubuhnya sama anggunnya seperti yang diingat benakku pada malam-malam sepi, dan dia hanya sejengkal dari bantalku. Godaan untuk memotong ikatannya, mendorongnya ke depan, dan membuatnya menjerit untuk alasan lain bergejolak di dalam diriku bagai ular, membuat tindikan di ujung kemaluanku bergesekan perih dengan kulit celanaku.

Tapi kami di sini karena dia memercayaiku.

Untuk alasan apa, aku tidak tahu, karena pikiran-pikiranku tentangnya, bahkan saat kami hanya berdiam bersama di ruangan yang sama, seharusnya sudah cukup untuk membakar habis buku-bukuku.

Tapi aku akan berusaha mendapatkan kepercayaannya.

Entah bagaimana caranya.

Karena saat melangkah maju aku tahu, kalau aku bisa tidak sekadar menjinakkannya—melainkan *melatihnya*—itu akan jadi pencapaian terbesar sepanjang hidupku. Bahkan lebih besar daripada naga yang pernah berhasil kupanggil sekali.

Berapa banyak pria yang mendapat kesempatan bertemu ajalnya sendiri—lalu menundukkan ajal itu pada kehendaknya sendiri?

"Ini akan berat, tapi jangan tegang, Lisane," kataku, mengayun-ayunkan beban cambuk di tanganku. "Dan bernapas. Selalu bernapas."

Aku mendengarnya menelan ludah, dan melihatnya mengangguk saat aku menarik tangan kananku ke belakang.

* * *

Sabetan pertamaku mendarat di pantatnya, karena aku tahu dia sudah terbiasa dengan itu, dan dia berjinjit. Dia tidak menjerit, memilih untuk memalingkan kepala dan melawan. Aku menyabetnya lagi, dari arah berlawanan, dan dia hanya bergidik.

"Kau tidak perlu membuktikan apa pun," kataku padanya, menggoreskan satu bilur melintasi bahunya, menghindari pinggangnya yang lembut tempat semua organ berharganya. "Kau sudah ada di sini," kataku, meninggalkan bekas lagi. "Itu sudah cukup bagiku," kataku, dengan yang ketiga. "Dan seharusnya itu cukup bagimu juga."

Aku berhenti sejenak, melangkah maju untuk membelai hasil kerjaku, merasakan tubuhnya bergetar seperti kuda yang gelisah, lalu aku menunggu sampai dia tenang, sebelum mundur kembali.

Aku menggarapnya, dari atas ke bawah dan dari bawah ke atas, bergantian, tapi tak pernah kubiarkan dia menebak di mana aku akan menyabet berikutnya, dan dia menyerah untuk tetap diam, mulai menjerit. Dia menari untukku di bawah gempuranku, meringkik seperti kuda poni paling pongah, mengentak-entakkan kepala sementara pinggul dan pantatnya bergoyang indah.

Karena cambuk itu lebih kejam dari buku dan tanganku digabungkan, aku berhati-hati agar sabetan tidak saling tumpang tindih, selalu menandai kulit yang belum tersentuh... dan kemudian aku menyadari itu juga benar adanya: dia memang masih perawan, dan hal-hal yang sudah kami lakukan bersama sungguh bejat, dibandingkan kehidupan istananya sebelumnya.

Apa pun yang dipikirkan saudara laki-lakinya, aku takkan mengambil itu darinya... tapi ada alat-alat lain yang bisa kupakai.

Aku menjatuhkan cambuk dan menghampirinya dari belakang, menekankan dadaku ke kulit punggungnya yang panas. Dia mendesis dan aku merasakan tubuhnya menggeliat, memuntir melawan sutra-sutra pengikat dan tubuhku sekaligus. "Siapa yang mau memilikimu sekarang, Lisane, setelah semua ini?" desisku di telinganya, dan dia menarik napas panjang.

Kata-kata terkadang lebih menyakitkan daripada cambuk.

"Pria normal mana yang sanggup menerimamu, sekarang setelah tubuhmu penuh bekas begini?" lanjutku. Dia berjinjit seolah aku membakarnya, lalu menghempaskan kepalanya ke belakang menubruk bahuku. Rahangnya terkatup rapat, dan bulir-bulir air mata jatuh dari sudut matanya.

Sudahkah aku mendorongnya terlalu jauh, atau justru pas?

Aku merengkuh tubuhnya dengan satu lengan tepat di bawah payudaranya, menariknya ke arahku, lalu mengangkat—hingga ujung kakinya terlepas dari lantai dan telinganya sejajar dengan bibirku—membuatnya mengerang kesakitan ketika punggungnya yang mentah bergesekan dengan kulit pakaianku. "Persetan kenormalan, Lisane, dan persetan hidup lamamu," geramku. "Kau memang dilahirkan jadi penyihir."

Dia menggigil dalam dekapanku, mengeluarkan suara-suara tinggi dan tajam, dan aku meraup rambutnya dengan tangan yang bebas lalu memuntirnya supaya dia fokus padaku. "Jangan hancurkan ranjangku tanpa aku di dalamnya, perempuan. Apa pun yang kaupikirkan sekarang, ke mana pun pikiranmu melayang, ikat itu pada dirimu," kataku, mengguncangnya sekali. "Tahan itu dan jadikan milikmu."

Napasnya memburu, panas dan cepat; putingnya mengeras; dan matanya terbalik, tapi yang bisa kulihat—pupilnya—melebar, lalu dia ambruk sepenuhnya.

23

Lisane

Saat aku terbangun, aku masih terikat... dan berada di dalam bak mandi, dalam gelap; satu-satunya penerangan adalah lilin di dekatku.

Aku tersentak bangun, berusaha memahami aku ada di mana, bertanya-tanya apakah apa yang kupertaruhkan berhasil.

"Nah, kau sudah sadar," kata suara yang kukenal saat mataku mengerjap terbuka, dan yang kulihat... bintang-bintang.

Tak terhitung jumlahnya, memenuhi langit tanpa batas, dan sesaat, mengapung di dalam bak, aku merasa seolah-olah aku salah satu dari mereka.

Aku menghela napas pelan.

"Kau merasa bagaimana?" tanya Rhaim, menghampiri sisi bak dan berlutut dengan satu kaki, dengan langit terbentang luas di belakangnya.

Aku mengedarkan pandangan ke bak yang kutempati—permukaannya rata dengan lantai—tapi jelas tak ada langit-langit di atas sini. "Bingung," jawabku padanya.

"Bingung, *Tuan*," katanya dengan dengusan, lalu bergerak duduk bersila di tepi bak di sampingku.

Ada tali yang diikat tepat di bawah payudaraku, dan di bawah lenganku, lalu terhubung lagi pada sesuatu di belakang punggungku. Aku menegakkan badan sedikit untuk melihat sekeliling—lalu sadar aku telanjang dan segera mencebur turun lagi. Kurasa maluku sudah tak banyak tersisa kalau menyangkut Rhaim, tapi udara malam dingin, jadi mudah bagiku bertahan di dalam kehangatan air yang menenangkan ini. "Kita di mana, Tuan?" tanyaku.

"Kau punya bak mandimu di bawah—nah, ini punyaku. Kita di puncak kastil, di bawah bintang-bintang, dan airnya mengandung sihir, jadi bisa menyembuhkanmu."

Itu menjelaskan kenapa air tempatku berendam tampak keruh—meski aku masih bisa melihat pantulan lilin yang beriak di permukaannya. Aku memang merasa lebih baik dibanding saat dia mencambukiku—apa itu sihir bak ini, atau sihirku sendiri? *Aku tak berani berharap.* "Seberapa jauh bisa menyembuhkan? Apa bisa memperpanjang umurmu?"

Dia menjulurkan tangan dan mengaduk air di sampingku. "Tidak. Tak ada yang bisa melakukan itu untukku. Umur para penyihir sudah ditentukan, apa pun yang kami lakukan." Dia menarik tangannya keluar, mengibaskannya, lalu meraih ke belakangku. Tali yang melilit dadaku terlepas, dan salah satu gaun cantik buatan Finx mengapung keluar di atas permukaan air yang putih susu. "Aku khawatir kau bisa tenggelam. Seberapa banyak yang kau ingat?"

Aku melorot makin dalam ke dalam air, sekarang aku sudah bisa mengendalikan diri. "Aku ingat kau memukuliku." Semakin keras aku berkonsentrasi, semakin tajam ingatanku. Rasa malu menanggalkan pakaian di hadapannya—*lagi*—dan kali ini membiarkannya mengikatku, seperti aku ini binatang.

Dan kemudian... pencambukan itu.

Aku mengingat semuanya.

Rasanya saat sabetan pertama menghantam—tak ada cara untuk mempersiapkan diri menghadapi sengatan tajam itu; tak ada bandingannya dalam hidupku sebelumnya. Rasanya seperti ditampar, lalu dibakar, lalu aku mendengar kulit cambuk bersiul membelah udara dan tahu itu datang lagi untukku, dan entah bagaimana, menunggu sabetan berikutnya nyaris sama menyiksanya dengan rasa sakit saat ia mendarat.

Aku bahkan tidak mencoba untuk berani kali ini; tak ada gunanya. Aku menjerit, dan aku menangis, dan aku hancur lebur. Semua keberanianku sudah habis kupakai saat aku menyerahkan diriku padanya, membiarkannya menorehkan cambuknya ke tubuhku seperti aku menorehkan pena ke kertas, berharap bahwa pada akhirnya semua ini tidak sia-sia.

Dan kemudian dia merengkuhku ke tubuhnya dan...

"Kau mengatakan sesuatu," bisikku. Wajahku terasa lebih panas dari air sekelilingku, mengingat kata-katanya.

"Ah," kata Rhaim, berbaring di atas lantai dan meregangkan tubuh. Dia menyelipkan satu lengan di bawah kepalanya, merenungi bintang-bintang, dan aku membiarkan diriku mengapung naik, sehingga kami seolah berbaring berdampingan, aku di dalam air dan dia di atas atapnya. "Dan menurutmu bagaimana soal itu?" tanyanya padaku.

"Menurutku," aku memulai perlahan, lalu berhenti. Sekalipun air ini menyembuhkan bekas-bekas cambukku... ia takkan menyentuh luka batinku.

Melarikan diri dari kehidupan yang pernah kukenal itu satu hal.

Mengetahui bahwa kehidupan itu takkan pernah mau menerimaku kembali itu hal yang lain sama sekali.

Aku menenggelamkan diri lebih dalam ke air, supaya lebih mudah menyembunyikan air mataku.

"Kurasa aku belum ingin berpikir dulu, Tuan," kataku lirih.

Dia bergumam pelan, seperti sedang berpikir, lalu mengangguk. Aku bisa melihat profil wajahnya dari cahaya lilin. Bulu mata gelapnya, garis janggut tipis di sepanjang pipi dan rahangnya. Jarang sekali aku sedekat ini dengannya tanpa dia menatapku, dan rasa aman pada momen ini membuatku sulit mengalihkan pandangan.

"Aku sungguh-sungguh dengan semua yang kukatakan, Lisane. Aku tidak pernah berbohong padamu."

Aku mendengus, meniupkan riak-riak kecil di permukaan air. "Hanya soal kumbang sebesar kuda."

Aku melihat sudut bibirnya melengkung menjadi senyuman. "Itu cuma sebentar."

Memandangnya, setelah semua yang baru kulewati, aku merasa lemah. Aku mendambakan kebaikan hatinya yang tulus. Bukan sekadar telapak tangannya, atau bayangan bahwa dia bisa kapan saja menyakitiku.

Air ini... air ini baik, kurasa.

Tapi itu bukan hal yang sama dengan rasa aman, atau relaks—meski dia sering mengatakan aku seharusnya bersantai. Aku punya makanan, ya, dan tempat berteduh, tapi masih ada yang kurang dalam hidupku.

Persahabatan.

Satu hal yang tak akan pernah bisa benar-benar dia berikan.

Dia adalah mentorku sekaligus sipir penjaraku, yang berarti aku adalah muridnya sekaligus tahanannya. Meski mungkin dia menaruh sedikit rasa padaku, itu pun hanya sebatas peran kami, karena aku takkan pernah menjadi setaranya. Dan aku tidak yakin dia akan pernah sekadar ingin mendengar tentang hariku... kecuali karena suatu alasan dia bertanya lebih dulu.

Rhaim menoleh ke arahku saat itu, memergoki aku memandangnya, tapi jelas tak bisa membaca pikiranku. "Apa ada yang pernah mengajarimu tentang bintang-bintang?"

Aku menggeleng, hanya wajahku yang muncul di atas air. "Tidak, Tuan." Aku hampir tak pernah sempat melihat bintang sebelumnya, apalagi sebanyak ini.

"Mau belajar?" tanyanya. Aku mengangguk, dan dia mengembalikan tatapannya ke atas. "Kalau begitu, ayo kita mulai."

24

Rhaim

Aku bercerita kepadanya tentang bintang-bintang—kisah-kisah yang sama seperti yang dulu dituturkan guruku. Tentang Ollachi si Kejam yang mengejar Brayen si Nyala melintasi langit musim dingin demi mencari hangat, lalu bagaimana keduanya bersembunyi dari matahari saat musim panas. Tentang saat-saat bulan tampak seolah sedang dimakan, padahal tidak. Dan tentang bagaimana hanya mereka yang penglihatannya paling tajam yang bisa menangkap semua mutiara yang tersulam di Pundi Sang Ular.

Dia mendengarkan dan memiringkan kepala mengikuti arah tanganku saat aku menunjuk, tapi tak lama kemudian kulihat dia mengucek mata. Aku berdiri, membuka keranjang, lalu mengambil handuk untuk kusodorkan padanya—dan kudapati dia sedang manyun.

"Tapi aku masih mau belajar lagi," protesnya.

"Masih banyak malam berbintang menunggumu, ngengat kecil, aku janji," kataku, mengalihkan pandangan. Kurasa dia mengambil handuk dari tanganku, lalu kudengar dia melangkah naik dari air.

"Kau boleh berbalik," katanya singkat, dan saat aku melakukannya, dia sudah melilitkan handuk menutupi tubuhnya. Rambut basahnya melekat di bahu dan punggungnya, dan dia tampak begitu kecil dan rapuh saat itu sampai dadaku terasa nyeri.

Aku mengambil lilin yang tadi kusediakan untuk kami, dan memandang nyalanya berkilat pada rantai di lehernya. "Aku ingin melihat punggungmu, ngengat."

Dia mengernyit dan kepalanya tertunduk. "Aku lebih suka tidak, Tuan."

Aku tahu aku bisa memerintahnya untuk memperlihatkannya, dan dia akan menurut... tapi ada sesuatu dalam dirinya sekarang yang terasa rapuh. "Baiklah," kataku, lalu berjalan duluan menuju pintu di dinding benteng yang mengarah turun ke dalam kastilku.

Dia berhenti dan menoleh ke belakang begitu kami sampai. "Boleh aku kembali ke sini lagi, Tuan?"

"Tidak." Aku tak pernah menyangka dia lebih suka memakai bak mandiku ketimbang bak mandinya sendiri—tapi seharusnya aku bisa menebak, mengingat betapa dia merindukan udara terbuka. Tapi aku butuh akses bebas ke sana setiap saat, kalau-kalau aku pulang terluka.

Aku memandangnya menggigil dalam gelap. "Karena kau khawatir penyihir lain akan mencuriku?"

"Bukan. Karena itu bak mandiku—kau punya bak mandimu sendiri." Aku memberi isyarat lagi agar dia melewati pintu yang sudah kubukakan untuknya, tapi dia tidak bergerak.

"Kenapa kau tidak membawaku ke sini untuk menyembuhkanku setelah kau memukul pantatku, Tuan?"

Aku mengeluarkan geraman rendah, jengkel, ingin dia segera masuk demi kebaikannya sendiri. "Karena aku tidak ingin kau meremehkan luka-lukamu, ngengat kecil. Dan aku juga tidak ingin kau mengira aku meremehkannya."

Dia melemparkan tatapan liar padaku saat itu, terpukul, seolah semua kemajuan beberapa minggu terakhir ini runtuh begitu saja, dan dia kembali terjebak di tempat semula.

"Lisane—ada apa?" tanyaku, sambil menggiringnya masuk ke dalam, mau dia suka atau tidak.

Dia mengelak menjauh dariku, berlari menuruni tangga sampai pertengahan, lalu berbalik, terengah-engah sejenak. Tapi dia tidak mengatakan apa-apa lagi—dia hanya mencengkeram handuknya, lalu kembali berlari menjauhiku.

* * *

Aku menghabiskan sisa malam itu mondar-mandir di depan perapian di kamar tidurku. Apa aku sudah menyakitinya? *Ya.* Apa aku sudah kejam? *Sudah pasti.* Bilur-bilur di punggungnya saja sudah jadi buktinya.

Tapi kali ini kekejaman itu adalah idenya, bukan ideku, meski aku tidak melawannya. Tidak, aku setuju untuk mendorongnya, karena dia memang perlu didorong.

Aku merasakan gejolak sihir dalam dirinya lagi saat aku mencambuknya, tapi setelah dia pingsan, semuanya hening kembali, dan ketika dia sadar, kami kembali ke pola yang sudah biasa di antara kami: aku menginginkannya, dan dia membenciku sampai tingkat tertentu.

Aku bisa mengajarinya segala yang ada di perpustakaan dan laboratorium kastilku, memberinya akses ke hampir semua yang ada di dalam pikiranku, tapi satu-satunya hal yang dia inginkan justru yang tak bisa kuberikan—sihirnya sendiri.

Aku mulai benar-benar mengkhawatirkannya—demi dirinya sendiri.

Aku tentu akan kecewa kalau aku tak bisa membangkitkan kekuatannya... tapi dialah yang harus menanggung kenyataan itu.

Dengan tekad seperti miliknya... sanggupkah dia menanggungnya?

Mungkin inilah alasan mengapa tak ada yang mengajarkan sihir kepada perempuan—menyadari bahwa mereka tak mampu melakukannya terlalu menyakitkan untuk diterima.

Dan ketika akhirnya aku pergi tidur, aku menemukan salah satu gaun buatan Finx tergulung di atas ranjangku, dari saat aku menurunkannya tadi. Kain berkilaunya kini hancur tercabik-cabik; tak ada gunanya mengembalikannya. Aku mengangkatnya, memandang bara perapian berpendar di baliknya, merasakan sutranya, selembut kulitnya.

Tanpa berpikir, aku mendekatkan kain itu ke wajahku, menghirupnya seperti binatang, dengan mulut sedikit terbuka—seolah aku bisa mengecapnya, bukan cuma menghirupnya. Binatang dalam diriku melesat ke permukaan, memohon untuk dilepaskan, menusuk-nusukku dari dalam dengan *cakarnya,* mendesak *gigi-giginya* ke atas, saat *dia* berusaha mengambil alih.

Dia begitu dekat, hanya beberapa lantai tangga di bawah, yang kutahu rasanya sama saja sejauh satu benua—tapi binatangku tak bisa dibujuk.

Yang dia inginkan hanyalah menguasaiku... supaya aku tak lagi punya kendali sama sekali.

Aku memalingkan kepala dan memaksa binatangku turun, membiarkan sutra tipis itu menyapu kulit pipiku, berharap itu adalah tangannya.

25

Lisane

Apakah Rhaim tahu apa yang sedang dia lakukan padaku?

Aku bahkan tak pernah mempertimbangkan kemungkinan itu, sampai dia melontarkan komentarnya bahwa aku tak boleh menganggap remeh luka-lukaku; lalu pikiran bahwa dia *tahu* inilah cara kerjanya—bahwa sihirku cuma akan sebesar rasa sakit yang dia bagi tanpa pikir panjang—membuat perutku jungkir balik karena ngeri.

Tapi—aku bahkan tidak tahu apakah itu memang *berhasil.*

Aku sangat tergoda untuk mampir dulu, sebelum turun ke kamar tidurku—mendobrak masuk ke laboratoriumnya dan mencoba melakukan *sesuatu* dengan tanah liat itu—tapi aku tahu aku tidak seharusnya, tidak selagi dia masih dekat.

Kalau aku memang memiliki sihir sekarang, kalau entah bagaimana kekerasannya telah membuatku punya sihir, aku ingin kesempatan untuk bereksperimen dengan hati-hati… yang artinya menunggu sampai dia pergi lagi.

Aku menjatuhkan handukku ke lantai, lalu mengenakan salah satu gaun cantik Finx untuk tidur—dan ketika punggungku menyentuh kasur, aku tahu semua lukaku sudah sembuh.

* * *

Keesokan harinya aku menemuinya di laboratorium, setelah aku puas memandangi jendela-jendela itu—aku sudah begitu dimanjakan; cahaya matahari biasa saja tak lagi cukup untuk menarikku ke sana. Tapi kastil Rhaim sedang berada di tengah tempat yang bersalju; pusaran-pusaran salju liar berputar-putar di luar, dan itu sempat membuatku terpukau cukup lama.

Dia tidak menoleh ketika aku masuk; dia hanya berkata, "Ngengat," sebagai tanda dia tahu aku ada di sana. Kastel tanah liat itu masih seperti terakhir kutinggalkan, tak beraturan dan cacat. Aku duduk di belakang mejaku dan menyembunyikan tangan di pangkuan, berkubang dalam amarahku.

Satu jam berlalu. Rhaim terus mengerjakan sesuatu yang bahkan tidak bisa kulihat, terhalang tubuhnya yang besar, tapi akhirnya dia berbalik juga.

"Kau baik-baik saja?" tanyanya, dahinya berkerut entah karena khawatir atau bingung.

Aku curiga yang lebih ke yang kedua, dan aku menggigit lidah agar tidak meneriakkan yang sebenarnya padanya. "Aku baik-baik saja."

Dia memiringkan kepalanya seolah tidak percaya. "Setelah kemarin, Lisane—" dia memulai.

"Aku baik-baik saja, Tuan," balasku ketus, memotong ucapannya.

Matanya menyipit dan salah satu alisnya terangkat. "Mungkin aku harus memukul pantatmu gara-gara mulutmu itu."

"Kau pasti senang, kan?" tanyaku, menantangnya untuk menyangkalnya.

Wajahnya mengeras. "Hanya kalau kau memohon lebih dulu," geramnya.

Aku menggertakkan gigi dan berdiri. Dan itulah alasan dia selalu membuatku meminta duluan. Supaya aku yang selalu kelihatan salah dalam—*apa pun ini namanya.*

Penyiksaan yang disamarkan sebagai latihan?

Supaya aku terikat padanya.

"Ini sihirmu," kataku, menghantamkan kedua tanganku ke tanah liat di depanku, membuat potongan-potongannya berterbangan ke mana-mana.

Dia berdiri menghadapku, mengamatiku. Pisau kecilnya dia letakkan di meja di belakangnya, lalu dia menyeka tangannya dengan handuk. Saat dia berputar, aku bisa melihat sesuatu yang mengerikan di atas nampan logam di depannya: sebuah telapak yang terpenggal, kulitnya ditarik ke belakang, dan cakar-cakarnya dikeluarkan.

Aku sadar aku bodoh karena dulu mengira dia melihatku sebagai tanah liat yang perlu dibentuk. Sekarang jelas aku lebih mirip potongan daging yang dia bedah untuk dipelajari.

Karena dia juga telah mengulitiku.

Dia menghela napas, mengernyit dan menggeleng, memandangi tanah liat yang kuhamburkan ke mana-mana di sisi laboratoriumku, dan aku menyiapkan diri menghadapi semburan amarahnya. "Ngengat kecil," dia memulai, dan aku mengepalkan tangan yang berlumur tanah liat ketika dia terus bicara, siap mencoba memakai kekuatan apa pun yang kumiliki padanya kalau dia menekanku. "Sudah berapa kali kubilang, kau tidak bisa memaksakan sihir?"

Aku berkedip, mundur selangkah saat dia melanjutkan.

"Aku tahu aku pernah menyakitimu, lebih dari sekali," akunya, menatapku lurus. "Tapi aku bertanya-tanya apakah ambisimu tidak menyakitimu lebih parah." Dia menyentuh dadanya dengan gerakan dramatis. "Yang pernah kumiliki hanyalah rasa penasaran yang membara. Aku belajar demi belajar itu sendiri, karena aku bisa—tanpa tujuan. Tapi kau, ngengat kecil..." katanya, membiarkan suaranya meredup. "Ambisimu menyiksamu lebih kejam daripada yang pernah kulakukan. Itu membuatku khawatir padamu. Aku bisa membantumu menyembuhkan tubuhmu—tapi hanya kau yang bisa menyembuhkan pikiranmu." Dia menyeberangi ruangan, berdiri di depanku, dan meletakkan kedua tangannya yang ternoda merah di atas bahuku. "Kadang aku berharap bisa merenggut ambisi itu darimu, demi kebaikanmu sendiri."

Aku menelan ludah dan menutup mata, merasakan gelombang rasa malu karena telah meragukannya—mungkin untuk pertama kalinya selama berada di kastilnya, dan kali ini dengan pakaian yang layak. "Tidak salah menginginkan sesuatu dengan sepenuh hati," kataku padanya.

Tatapan yang dia berikan ketika aku membuka mata lagi begitu dalam dan sedih. "Tidak, memang tidak salah, ngengat kecil. Tapi aku sudah cukup lama hidup untuk tahu bahwa hidup ini sering kali keras."

Aku tertawa kecil dengan getir. "Aku juga tahu itu—meski hidupku masih singkat." Terkurung di tempat tanpa jendela, dilarang dari matahari, tak seorang pun pernah berusaha mengajariku bintang-bintang, hal yang—aku yakin sekarang—sudah diketahui setiap gadis petani jauh sebelumku.

Dipaksa mendengarkan ibuku sendiri meninggal dari balik pintu tertutup, dan selalu hidup dalam kesadaran bahwa aku bisa jadi yang berikutnya.

"Aku tahu," ulangnya padaku, nadanya berat. Aku merasakan jari-jarinya menegang di kulitku, lalu dia melepaskanku dengan lembut. "Aku harus pergi sekarang, ngengat kecil." Pandangannya menyapu ruangan. "Finx atau aku akan membersihkan ini nanti. Naiklah dan lihat keluar jendela kalau kau mau; akan kubiarkan terbuka sampai aku kembali."

Aku menggigit bibirku saat dia berbalik menuju ruangan tempat portalnya berada. Telapak yang ditinggalkannya di meja begitu besar—seberapa besar makhluk asalnya? Apakah ke sana dia pergi saat meninggalkan kastil? Bergulat dengan makhluk-makhluk yang lebih buas dariku?

Sekarang, setelah kemarahanku agak mereda, untuk pertama kalinya aku mengkhawatirkannya. "Sang Segala-Binatang," panggilku; dia pun berhenti. "Ke mana pun kau pergi, apa kau akan aman?"

Dia berbalik sebentar padaku. "Aku lebih aman di sana daripada di sini," katanya. Nada suaranya tidak menggoda, saat menutup pintu di belakangnya.

26

Rhaim

Ketika aku muncul dari portal di tenda perang Jaegar, aku mendapati Helkin sendirian. Bibirnya menyungging jijik saat melihatku—terutama tanganku yang belum kucuci. Aku bertanya-tanya apakah aku meninggalkan noda darah di gaun Lisane ketika tadi menyentuhnya.

"Segala-Binatang," kata Helkin ketus.

"Kau mau mengirimku ke mana hari ini?" tanyaku, wajahku datar.

Mata Helkin menyala dan lubang hidungnya mengembang. "Kau tidak akan suka jawaban jujurnya, makhluk menjijikkan."

"Apa penyihir lain juga menjijikkan? Atau cuma yang menyentuh saudarimu?" Aku tak repot-repot menyembunyikan rasa hinaku padanya.

"Aku tidak terlibat dalam kesepakatan itu."

"Hmm. Tapi toh, kesepakatan itu tetap terjadi." Aku menggaruk dagu, pura-pura berpikir. "Jadi mungkin kau tidak sepenting yang kau kira."

Kulihat emosinya mulai meledak—dia punya temperamen yang sama dengan Lisane. "Aku akan membunuhmu kalau aku bisa," janjinya.

"Dan aku juga akan membunuhmu—kalau saja dia tidak begitu menyayangimu." Dia tampak terkejut mendengar itu.

"Kadang-kadang dia bicara padaku," lanjutku, melangkah perlahan mengincarnya. "Sesudah tiap malam dia membuka kakinya untukku."

Dia menggeram tak karuan, suara yang membuat binatang dalam diriku meronta ingin keluar dan membalas, tapi aku menahan diri, hanya memberinya seringai kejam. Aku tidak peduli kalau kebohonganku menyakitinya—dia toh tetap akan menjual Lisane, hanya kepada orang lain, dengan harga yang berbeda.

"Kau bukan sejenisku, bocah tanpa sihir," jelasku padanya pelan-pelan, seolah dia cuma anak kecil, "dan aku bukan orang yang bersumpah pada takhtamu—kalau bukan demi saudarimu, aku tidak akan ada di sini. Jadi terimalah saja nuranimu yang munafik itu, dan katakan padaku harus bertarung di mana."

Helkin mencondongkan badan ke depan, dan aku bertanya-tanya apakah dia benar-benar akan mencoba memukulku. Tapi lalu kami diinterupsi oleh ayahnya—yang langsung paham apa yang nyaris terjadi hanya dari satu lirikan. "Berhenti menyiksa salah satu keturunanku lagi, dan pergilah ke gua-gua di bawah Singalor, Sang Segala-Binatang. Sibyi dan Megial sudah berangkat duluan."

Aku melempar senyum sinis pada Helkin. "Sesuai kehendakmu, Rajaku," kataku pada ayahnya dengan sarkasme yang kental, lalu kupanggil sihirku untuk membuka portal.

27

Lisane

Aku menunggu sambil mendekap tubuhku sendiri, memastikan bahwa ke mana pun Rhaim pergi, dia tidak akan kembali.

Tapi... tubuhku serasa bergetar penuh energi.

Semacam antisipasi yang kalut, perasaan seolah aku sangat, sangat penuh dengan... sesuatu yang tidak bisa kujelaskan dengan tepat.

Kehidupan terasa terlalu muluk, dan *kekuatan* terasa terlalu lancang, dan mungkin bukan itu yang kuinginkan.

Bukan—yang kuinginkan adalah menjadi berarti.

Mengubah diriku menjadi apa pun yang diperlukan agar aku bisa benar-benar hadir, benar-benar berarti di tempatku berpijak.

Mengubah diriku dari ngengat menjadi naga.

Meskipun itu berarti aku akan jatuh ke dalam kuasa Rhaim lagi, pikirku sambil mendengus.

"Oh, biarkan aku—*kumohon,*" bisikku, menghadap gumpalan-gumpalan tanah liat yang masih tersisa di mejaku. "Lakukanlah sesuatu," bisikku padanya, melemparkan seluruh kekuatan pikiranku ke dinding-dinding sangkar kenyataanku.

Aku menahan napas, bisa bersumpah kurasakan sesuatu bergeser di dalam diriku, seperti jilatan api pertama yang menyambar ranting kering... lalu apinya padam, ketika energi apa pun yang kukira kumiliki memudar.

Aku mencoba lagi, dan lagi, dan lagi, lalu menyerah, merosot ke belakang.

Aku sudah dipukuli... dan untuk apa?

Aku tidak akan pernah menjadi lebih dari ini.

Finx masuk ke kamar, memanjat setengah dinding menuju sarangnya. Dia berhenti dan menunduk-nunduk memandangi percikan tanah liat yang berserakan. "Apa yang terjadi?" tanyanya.

Apa yang terjadi, memang.

"Tidak ada," jawabku jujur, lalu membungkuk untuk mulai membersihkan.

* * *

Setelah selesai, aku mencuci tangan dan mengambil makanan dari dapur kecil Rhaim. Di sana ada sebuah kotak yang selalu dingin, dan dia memanaskan makanan kami dengan api sihirnya sendiri.

Aku bahkan tidak bisa memasak makanan di sini.

Apa gunanya aku?

Aku makan tanpa merasakan apa pun, kembali ke kamar, dan mengeluarkan jurnalku.

Aku hanya menyembunyikannya di bawah bantal—aku merasa tidak ada tempat di kastil ini yang benar-benar bisa menyembunyikan apa pun dari Rhaim, jadi aku tidak berusaha keras.

Tubuhku sendiri saja tidak bisa kusembunyikan darinya; apalagi sebuah buku?

Lagipula apa bedanya? Aku akan menulis lagi di dalamnya malam ini, mencatat kegagalanku, seperti semua kegagalan lain yang sudah kutulis di halaman-halamannya—dan semua itu adalah hal-hal yang sudah dia ketahui.

Rasa kasihan pada diriku sendiri kini terasa sia-sia.

Aku sudah terbiasa dengan ketidakadilan tertentu dalam hidup—bukan berarti itu tidak menyesakkan, tapi setidaknya aku sudah terbiasa.

Tapi sekarang, aku sudah berani berharap, menyerahkan diri sepenuhnya pada sebuah mimpi, hanya untuk mendapati mimpi itu direnggut dari genggamanku. Dan kemungkinan besar, sejak awal itu memang mustahil.

Mungkin inilah alasan tidak ada yang mengajari perempuan sihir—karena membayangkan dipaksa kembali ke kehidupan biasa setelah sempat punya harapan terasa terlalu menyiksa.

Aku berbaring di tempat tidur, mata terpejam, bergantian antara marah dan kelelahan, perlahan-lahan meringkuk seperti bola, penuh frustrasi. Apa yang akan terjadi kalau Rhaim menyadari aku tidak berguna? Aku tahu dia tidak akan meminta tebusan... tapi bukan berarti dia tidak akan mengembalikanku ke rumah begitu dia bosan mengajariku.

Aku tidak bisa membayangkan pulang sekarang, meskipun aku mencoba.

Membayangkan hidup di lubang gelap—betapa pun elegan perabotannya, dengan banyak lilin sebagai penerangan—membuat jantungku mencelos, dan tenggorokanku terasa perih membayangkan jeritanku sendiri.

Waktu aku kecil, ayahku sering menceritakan kisah-kisah tentang dunia luar untuk menghiburku... tapi seiring bertambahnya usiaku, ketika Helkin boleh keluar dan mulai menjalani kisah-kisah itu—meninggalkan aku dan ibuku—pengetahuan itu berubah menjadi siksaan, bahkan sebelum ibuku meninggal.

Dan sesudahnya? Setelah tanah terbelah dan ibuku berteriak memanggil pelayan untuk mencari pertolongan, lalu mendorongku masuk ke kamarku dan mengunci pintu dari luar?

Aku tahu ayahku tidak bermaksud menyakiti kami—dia pikir dia melindungi kami selama ini—tapi tindakannya tetap melukaiku.

Sama buruknya dengan apa pun yang pernah Rhaim lakukan padaku.

Tidak—*sebenarnya*—jauh, jauh lebih buruk.

Karena meskipun dia kasar—Rhaim bersumpah dia tidak akan pernah mendorongku melampaui batas kemampuanku.

Dan semua hukumannya punya akhir.

Kalau aku kembali ke kehidupan lamaku, selesai sudah.

Tidak akan ada jalan kembali ke kehidupan ini.

Aku menyambar jurnalku dan duduk di meja rias kecil yang kupakai sebagai meja tulis, di depan cermin buram yang memantulkan bayangan murungku. Aku membukanya dan mengorek-ngorek perasaanku mencari kata-kata yang tepat untuk menggambarkan kegagalan baruku ini, berharap bisa menggambar peta—sebuah jalur menuju kehidupan baru yang ajaib—untuk benar-benar lepas dari yang lama.

Tapi aku tidak tahu caranya.

Air mataku menggenang karena frustrasi, dan aku marah pada diriku sendiri karena menangis.

Aku benci disebut Sang Putri Air Mata. Rasanya seperti mengejekku, dan lewat aku, mengejek ibuku.

Tapi tidak ada hal lain yang bisa kulakukan saat ini.

Aku meletakkan penaku; tinta yang kubiarkan begitu saja merembes di halaman. Dalam amarah yang membabi buta atas ketidakberdayaanku, aku menangkupkan kepala dengan kedua tangan dan menangis. Air mata menghantam genangan tinta dari penaku, mengencerkannya, lalu membuatnya kian melebar. Aku terisak begitu keras sampai kepalaku nyeri. Rasanya seperti ada yang menempelkan bara membara pada bagian-bagian pikiranku, dan sakit itu justru membuatku makin menangis—aku dipenuhi derita atas nasib yang menantiku, kesengsaraan yang kualami sekarang, dan perasaan bahwa aku sudah begitu dekat pada kebebasan, seandainya saja aku bisa menggenggamnya.

Rhaim akan segera pulang.

Aku harus menenangkan diri—kalau dia melihat keadaanku yang berantakan ini, dia akan mempersingkat sisa waktu yang kumiliki di sini.

Aku mengerjap, mengusap mata seraya mengangkat kepala—dan cermin di depanku tidak lagi memantulkan bayanganku.

"Ayah?" Kata itu meluncur dari mulutku sebelum sempat kutahan, dan itu membuatku takut, karena sosoknya begitu jelas seolah dia bisa mendengarku. Dia berada di suatu ruangan, dengan kain gelap tebal sebagai dinding, dan dia sedang bertengkar—dengan Helkin! Rasanya seolah mereka cukup dekat untuk disentuh.

Aku mencondongkan tubuh lebih dekat, meskipun rasa sakit mulai muncul di dalam tengkorakku, seperti ada sesuatu yang mendesak keluar.

Tapi apa peduliku, ketika aku memiliki ini?

Aku melihat sesuatu yang nyata. Aku tidak ragu. Ini bukan sekadar khayalan dari pikiranku. Ini adalah sihir, dan akulah sumbernya, dan aku tidak peduli meski itu membakar habis diriku.

Aku membaca namaku di bibir saudaraku—mereka pasti sedang bertengkar soal aku?

Kenapa?

Apakah mereka mengkhawatirkanku?

Sudah berapa lama aku pergi?

Aku bahkan tidak pernah mencoba menghitung hari.

Aku menggertakkan gigi saat rasa sakitnya jadi tak tertahankan. Aku menyusupkan tangan ke rambutku dan menjambaknya, berusaha memunculkan sensasi lain untuk kupegang—tapi tetap saja tidak berhasil. Lalu bayangan itu mulai bergetar, makin kabur, sampai akhirnya menetes dari permukaan cermin, persis seperti tinta dari penaku, sebelum lenyap sepenuhnya.

Sakit kepalaku ikut sirna, meninggalkanku limbung di depan kaca yang kini buram—tapi—*aku berhasil melakukannya.*

Aku tidak tahu persis bagaimana caranya... tapi aku berhasil.

"Finx!" teriakku, bangkit berdiri dan menari-nari. "FINX!"

Si kucing-laba-laba itu bergegas masuk menyusuri langit-langit. "Ada apa? Kau baik-baik saja?" ocehnya dari atas, berputar-putar dengan semangat sambil melongok ke segala arah.

"Rhaim sudah pulang belum?" tanyaku padanya.

"Belum." Dia berputar dengan lincah di udara, mendarat dengan posisi tegak di atas tempat tidurku. "Memangnya kenapa?"

"Karena!" teriakku padanya, tertawa. Aku memegangi kepalaku lagi.

Berhasil!

Aku harus mencari tahu semuanya—dan aku harus memberitahu Rhaim—dan entah bagaimana pandangannya tentangku setelah ini, tapi aku yakin semuanya akan baik-baik saja.

Dia ingin aku belajar.

Tidak seperti... semua orang lain yang pernah ada di hidupku.

Aku menjatuhkan diri ke tempat tidur di samping Finx. Aku memang pernah punya guru-guru, tentu saja, tapi mereka semua selalu tunduk pada ayahku—dan pada takhta.

Sebelum Rhaim, rasanya tidak pernah ada orang lain yang benar-benar peduli.

Finx menghampiri dan mengetuk-ngetukkan kaki-kaki kecil depannya di dahiku—tepat di titik yang biasa kuelus sekilas setiap kali aku lewat. "Semuanya baik-baik saja?"

"Baik-baik saja, Finx," kataku, berguling untuk menyeringai padanya. Dari posisi ini aku bisa melihat taring dan mulutnya yang mengerikan, dan bagaimana begitu banyak kakinya melekat pada tubuhnya. Dia makhluk yang seharusnya tak mungkin ada, tapi aku tidak lagi merasa jijik padanya.

Dia ajaib, aku ajaib, dan semuanya akan baik-baik saja.

28

Rhaim

Aku sudah berjanji pada ngengat kecilku bahwa aku akan selamat, dan di sinilah aku sekarang berjalan memasuki kegelapan.

Aku menemukan Sibyi dan Megial berdiri di luar mulut lebar salah satu dari sekian banyak sistem gua di Gunung Singalor, berdebat soal siapa yang harus masuk duluan.

Sihir Sibyi nyaris tak berguna, mengingat kami tidak ingin kebanjiran. Dan sinar terpusat milik Megial, kalau dia memakainya terlalu keras, pada akhirnya bakal memanggang kami di terowongan bersama para Tanpa-Mati—lagi pula, dengan enggan dia mengakui bahwa agar kekuatannya benar-benar maksimal, dia harus berada di bawah matahari.

Medan berbatu di dalam gua tidak menyediakan cukup banyak bongkahan lepas untuk kuubah jadi makhluk-makhluk, tapi aku tetap memanggil semua yang ada di dalam gua itu—kelelawar, laba-laba, kelabang—kutarik mereka keluar dari tanah dalam gelombang untuk membantuku, lalu kukirim mereka lebih dalam ke terowongan untuk membawa kabar.

Megial mengerang. "Andai saja aku tidak melihat itu."

"Kau sendiri yang menerangi mereka," gerutu Sibyi, bibir tipisnya melengkung jijik.

"Ya, aku tidak mau berada dalam gelap bersama mereka sekarang!"

"Sst," aku membungkam mereka berdua, mendengarkan, memilah tanggapan yang masuk. Kelelawar-kelelawar itu paling membantu; mereka terbang mengitari para Tanpa-Mati dengan mudah, dan kalau mereka benar... "Setidaknya ada seratus," kataku. "Mungkin lebih."

Megial mengumpat pelan, dan Sibyi menatapku, bertanya, "Berapa banyak yang bisa kau hadapi?"

Aku memejamkan mata dan berkonsentrasi, memetakan tempat itu lewat kelelawar yang beterbangan. Sistem guanya sempit, yang akan mencegahku dikepung, asal aku hati-hati... tapi begitu pertempuran dimulai, tak ada yang bisa menghentikan mereka. Tak ada tempat bersembunyi—atau memotong jalan mereka.

"Aku pergi cari bala bantuan," kata Megial, mengibaskan tangan di sampingnya.

"Saat mereka tiba, jumlah mereka justru akan bertambah," Sibyi memberitahunya.

"Kalau begitu, lebih baik aku cepat," kata Megial, lalu melangkah menembus portalnya untuk kabur.

Sibyi mendecih setelah portal Megial menutup. "Berguna sekali dia."

"Lebih baik begini," kataku, menggunakan sihirku sendiri untuk menerangi dinding-dinding gua sekarang. "Dia orangnya gampang panik, dan aku tidak berminat mati terbakar."

"Kau akan mati di bawah tanah?" tanya Sibyi. Dia sudah penasaran soal kematianku sejak aku menebak kematiannya.

Aku iseng mengedarkan pandangan mencari mata tembaga Lisane sebelum menjawabnya. "Bukan hari ini," kataku, lalu menyerahkan botol minum dan pipaku kepadanya.

* * *

Aku pernah membunuh para Tanpa-Mati secara langsung sebelumnya, tapi tak pernah dalam jumlah sebanyak ini. Awalnya, aku hanya berubah secukupnya untuk menjadi liar—cukup untuk kecepatan dan kekuatan, taring dan cakar—tapi seiring waktu berlalu, dan karena kami sudah terlanjur dalam pertarungan, aku tak punya pilihan selain menanggalkan kemanusiaanku sedikit demi sedikit untuk bertempur. Tak ada jalan kembali, dan mereka seolah tak ada habisnya.

Dengan Sibyi di belakangku, sesekali mencondongkan tubuh ke depan untuk menusukkan tongkatnya menembus tubuh mereka yang lunak atau membantuku melepaskan cengkeraman lengan yang bandel, kami membuka jalan dengan membantai mereka, turun semakin jauh ke dalam perut gunung, mencari ujung dari barisan Tanpa-Mati dan sumber sihir mereka.

Bukan pekerjaan yang sulit, tapi melelahkan—sebuah kerja berat yang menguras tenaga, dan tiap detik makin menjijikkan. Cairan busuk yang menghidupi para Tanpa-Mati menyembur keluar begitu mereka tertusuk, melapisi kami berdua, dan menyengat hidung tajam biasku. Butuh waktu dan tenaga untuk merenggut mereka sampai lepas—mematahkan anggota badan mereka seperti mencabut kaki kepiting, atau memecahkan kepala mereka seperti memencet caplak gemuk, merasakan gigi dan tulang mereka menggesek telapak tanganku.

Dan sepanjang itu, mereka terus berdatangan. Meraih, mencengkeram, berusaha mencakar dan menggerogoti kami balik—biasku mulai mengaum melepaskan ketidakpuasannya, seolah raungan itu bisa membuat mereka mundur, tapi tidak; mereka tidak punya kesadaran individual, dan rasanya jumlah mereka nyaris tak terbatas—sampai akhirnya kami mencapai ujung mereka. Tepat sebelum kami bisa melihat ke dalam rekahan yang telah membebaskan mereka, seluruh gunung berguncang saat tanah kembali mengendap. Dan bersamanya datang hujan batu.

Lengan dan sisi tubuh biasku terkoyak oleh batu tajam, tapi dia berhasil menghindar agar tidak remuk. Sibyi tidak seberuntung itu;

dia terjepit.

"Kakiku!" teriaknya, menatap batu besar yang meremukkan tulang keringnya dengan ngeri.

Aku menutup mulutnya dengan tangan berbulu. "Jangan sampai memicu longsor lagi," geramku.

Aku melihat matanya membelalak, lalu kesadarannya kembali dan dia mengangguk, meringis kesakitan. "Rhaim—aku terjepit. Aku tidak bisa—aku tidak bisa berportal—" katanya, dan dia benar—seseorang harus bergerak melewati portal untuk menggunakannya—ditambah kami sudah terlalu jauh di perut gunung untuk berportal dengan aman. Menembus udara itu satu hal. Menembus batu, lain cerita.

"Aku tidak akan meninggalkanmu," kataku padanya, berharap bisa menenangkannya. Aku berjongkok untuk memeriksa batu itu, menangkup cahaya di telapak tangan untuk melihat di mana persisnya kakinya rusak.

"Mana Megial?" bisiknya, sementara bau darah segarnya memotong bau cairan busuk para Tanpa-Mati.

"Menunggu kita selesai, pasti." Aku meraih tepi jubah Sibyi dan merobek selembar kain dari situ, melilitkannya di bawah lutut dan mengikatnya erat. "Ini akan sakit. Usahakan jangan berteriak," aku memperingatkannya, lalu menyandarkan punggungku ke batu besar itu.

Batu itu enggan bergerak, dan aku bisa mendengar Sibyi mendesis kesakitan saat batu itu menggilas tulangnya ke lantai gua yang licin. Dia mengeluarkan suara melengking, tepat saat batu itu akhirnya bergeser, lalu terdengar bunyi gedebuk saat batu itu menggelinding menjauh—penyihir yang satu lagi sudah pingsan.

Bagus. Lebih mudah menggendongnya tanpa harus berurusan dengan gengsinya.

* * *

Aku memilih membiarkan kelelawar menuntunku keluar dari gua, alih-alih membuang sihir untuk penerangan, sekarang karena aku berusaha menahan biasku. Dan karena aku berjalan layaknya binatang—mengendap pelan di atas batu, bukan dengan dentuman sepatu bot—aku bisa mendengar percakapan yang bergema saat aku mendekati pintu keluar, jadi aku berhenti.

"Aku tidak bisa melakukan itu—" kudengar Megial membantah.

"Tidak bisa, atau tidak mau?" Seorang pria menentangnya.

"Mereka ada di dalam! Mereka mungkin masih bisa keluar!"

"Atau kita akan kebanjiran para Tanpa-Mati—kita tidak bisa membahayakan kota-kota di bawah. Tebas lereng gunung ini, penyihir."

"Ini—aku—" kudengar Megial mulai berdalih. Aku tahu dari kelelawar bahwa di luar sudah senja, dan kekuatan Megial memudar.

Aku juga tahu, sebagai sesama penyihir, betapa enggannya kami membocorkan harga yang harus kami bayar untuk kemampuan kami—karena informasi seperti itu bisa dipakai melawan kami kelak.

Aku menendang sebuah batu agar menggelinding dengan nyaring, dan mendengar pekik kaget dan ketakutan dari para prajurit saat mendengar bunyi itu, tepat saat aku muncul.

Wajah kurus Megial dipenuhi kelegaan. "Lihat, Vethys! Itu mereka!"

Kupingku langsung tegak mendengar nama itu, dan aku mengamati pria yang diajak bicara Megial. Dia pria yang pernah kulihat di dekat Helkin, mengenakan baju zirah berhias mewah—dan aku tahu namanya pernah keluar dari mulut Lisane.

Binatangku mulai menggeram, dan gaungnya mengitari kami seolah seluruh gua ini adalah tenggorokanku.

"Segala-Binatang," kata Megial, berlari mendekat. "Aku kembali—perlu waktu buat mengumpulkan pasukan—hari ini ada begitu banyak wabah—dan—"

"Ambil dia," kataku, memotong ucapannya saat aku melangkahi tubuh Sibyi yang remuk. "Ada simpul di bawah lututnya untuk menahan pendarahan. Seseorang harus meluruskan kakinya sebelum pulihnya jadi salah." Lalu aku menatap pria yang berani mengaku punya apa yang menjadi milikku. "Wabah ini bukan lagi urusanmu."

Megial menghilang ke dalam portal di belakang para prajurit, meninggalkanku sendirian bersama Vethys, dan dua puluh prajurit tanpa sihir, bersenjatakan pedang.

Vethys mengernyit, memandang ke belakangku, seolah tak percaya. "Mereka semua mati?" tanyanya.

Aku mengangkat tangan dan mengepalkannya. "Oleh tangan dan cakarku. Semuanya, tanpa sisa." Aku tahu para prajurit bisa membaca kebenaran situasinya dari luka menganga di lenganku, dan dari buluku yang menggumpal karena cairan busuk, debu batu, dan tai kelelawar. "Apa kalian berniat menjebak Sibyi dan aku di dalam?"

"Megial bilang ada lebih dari seratus Tanpa-Mati. Kami mengira kalian sudah tamat."

"Kami?" Aku menggelengkan kepalaku yang berbulu lebat dengan dengusan menggeram. "Megial takkan pernah menyerah pada sesama penyihir. Jadi, sama siapa lagi kau berkomplot, manusia, sebelum kau datang ke sini?"

Kulihat jari-jarinya mengencang di gagang pedangnya. "Aku tak perlu menjelaskan apa pun padamu," katanya, dan dadaku membuncah oleh hasrat bertarung. Aku curiga kami memikirkan hal yang sama: dia—kalau dia membunuhku dan memaksa anak buahnya bersumpah bungkam, takkan ada yang tahu. Sedangkan aku, sama saja—hanya saja aku tinggal membunuh mereka semua.

Aku memaksa diriku bernapas panjang, menyaksikan kekaguman di mata para prajuritnya perlahan berganti ketakutan, lalu memutar tangan ke belakang tubuhku, siap membuka portal ke tempat lain untuk menenangkan diri lagi. "Sampaikan pada Jaegar aku akan pergi untuk sementara."

Matanya menyipit menatapku. "Kenapa kau boleh pergi, sedangkan penyihir lain tak ada yang boleh?"

Aku berbalik menghadapnya sejenak dan menyeringai sambil menggeram. "Karena, tuan kecil, saat aku begini, tak ada yang mau aku berada dekat-dekat."

29

Lisane

Rhaim tidak pulang malam itu.

Aku makan malam di laboratorium. Tempat itu sekarang jauh lebih bersih daripada sebelumnya, setelah kusapu habis semua tanah liatku. Aku menatap pintu sambil memikirkan bagaimana rasanya menggunakan sihir, berusaha membedah detik itu—seperti Rhaim membedah telapak kaki yang masih tergeletak di atas mejanya.

Aku memang kesakitan, tapi... bayangan melihat ayah dan kakakku bertarung terus terngiang di benakku.

Aku merasa kasihan pada mereka, tentu saja, dan tak diragukan lagi mereka mengkhawatirkanku—tapi apa pun yang mereka pikirkan dan rasakan, itu tidak lagi penting.

Keputusanku sudah bulat, begitu pula masa depanku.

Dan pastinya Rhaim bisa menyampaikan pesan dariku kepada ayahku. Cukup satu kali, sekali saja, agar beliau tahu aku baik-baik saja.

Bahwa mungkin... aku bahagia.

Memang aneh kalau dipikir-pikir, ya, tapi selama aku akan terus belajar—aku mendapat lebih banyak kebebasan selama beberapa minggu terakhir bersama Rhaim daripada sepanjang hidupku sebelumnya.

Aku rela dia memukuliku pagi, siang, dan malam, asalkan aku bisa jadi lebih kuat dan mampu mengendalikan kekuatanku.

Aku tertawa membayangkan itu, lalu berlari ke kamar tidurku, kembali membawa bantal-bantal dan sehelai seprai, menyusun sarang sendiri tak jauh dari sarang Finx, agar ketika Rhaim pulang, akulah yang pertama dia lihat.

* * *

Pintu terbuka lebar keesokan paginya, saat aku masih meringkuk di lantai, membuatku tersentak bangun.

Rhaim menatapku dari atas dan menggeram. "Kau itu ngengat, bukan anjing," katanya, sebelum membanting pintu di belakangnya, dan membuka portal yang membawanya ke suatu tempat... di luar?

"Tunggu!" teriakku mengejarnya, saat dia melangkah melewati lingkaran sihirnya dan menghilang.

Aku hanya sempat melihatnya sekilas, tapi tubuhnya berlumur tanah dan debu. Ada sobekan kasar menganga di sepanjang lengannya—kemeja kulitnya tersayat terbuka, memperlihatkan robekan merah tua yang dalam pada daging di bawahnya—dan baunya seperti bau kematian. Aku menutup hidung dan mulut dengan tangan untuk menahan sisa bau busuk itu, lalu berlari ke sarang Finx dan mengguncang dindingnya.

"Ke mana dia pergi?"

Si kucing-laba-laba memanjat keluar dari atas sarang dan melompat ke meja terdekat. "Ke atap, seperti biasa."

"Bagaimana caranya ke sana?" tanyaku. Finx mengangguk-angguk kecil, bimbang. "Dia terluka, Finx. Bagaimana kalau ada yang tidak beres?"

Finx mencoba menepis kekhawatiranku dengan melambaikan dua tungkainya. "Dia pernah terluka sebelumnya—"

Pernah? "Kapan?"

"Minggu lalu. Dan beberapa hari sebelumnya. Dan—"

Aku menatap makhluk itu, ngeri sekaligus merasa bodoh, lalu memotong ucapannya. "Tapi bagaimana kalau kali ini berbeda?"

Karena pasti ini lebih parah, aku baru saja melihatnya—

Aku bisa melihat Finx menimbang-nimbang; tubuh berbulunya bergerak gelisah. "Dia akan marah."

"Tidak kalau lukanya cukup parah." Aku berjongkok menyamakan tinggi dengan Finx. "Tolong, Finx. Bawa aku ke sana?"

Finx dengan gugup mengusap-usap dirinya dengan sepasang kaki paling belakangnya, lalu melompat ke lantai. "Ikuti!" perintahnya, dan aku menuruti.

* * *

Finx membawaku kembali ke tangga utama yang berkelok menaiki istana Rhaim, dan naik lebih tinggi dari yang pernah boleh kujelajahi—tentu saja si kucing-laba-laba itu bebas berkeliaran ke mana pun. Dia memang tinggal di sini; dia tidak terjebak, seperti aku.

Kami sampai di pintu terakhir, dan dia melesat memanjat dinding. "Jangan bilang dia kalau aku yang membawamu ke sini, ya?"

"Maaf, Finx—kurasa dia akan tahu," kataku, mengulurkan tangan untuk menepuk makhluk itu sebagai penghiburan, lalu aku memegang gagang pintu dan membukanya pelan-pelan.

Cahaya matahari membanjir masuk, keemasan dan murni, tak tersaring jendela mana pun. Aku terhenti di ambang antara terang dan gelap, udara segar menerpa wajahku, angin menyentuh kulitku—aku terpana sesaat. Lalu aku mengangkat tangan menghalangi cahaya agar bisa melihat.

Rhaim ada di sana, dari samping, sedang menanggalkan pakaiannya. Aku melihat lukanya lagi, dan terkesiap—lalu aku melihat sisa tubuhnya, dan wajahku langsung membara.

Dia pelan-pelan menolehkan kepala untuk melirikku. "Pergi sana, ngengat."

"Apa yang terjadi padamu, Rhaim?" tanyaku, memberanikan diri melangkah ke arahnya. Aku berusaha hanya menatap matanya, seperti biasanya dia menatapku, tapi itu sulit—terutama ketika aku menangkap kilau logam. Aku tadinya tak ingin tahu apa yang disembunyikan kulit-kulit itu, tapi sekarang aku sudah tahu, bisakah aku melupakannya?

"Sebuah gunung mencoba bergulat denganku. Gunungnya kalah."

"Jangan mengejekku."

Dia mengambil handuk dari salah satu keranjang dan melilitkannya di pinggang sebelum berbalik sepenuhnya menghadapku. "Aku berhak punya rahasia darimu, ngengat," katanya.

Aku bisa melihat cap tanda penyihirnya di dadanya, menyerupai telapak tangan, juga setiap ototnya, seolah dipahat dari batu; tapi di atasnya ada bekas-bekas kasar, goresan merah, memar yang menggelap keunguan, dan sobekan mengerikan yang menganga di lengannya. Sesuatu telah melukainya dengan parah.

"Kembali masuk. Di sini tidak aman untukmu," geramnya.

"Tidak aman untukku?" protesku, melangkah maju lagi sambil menunjuk-nunjuk liar ke arah lengannya. "Kau yang terluka! Apa—dan bagaimana—"

"Kau pikir hanya kau yang bisa melukaiku?" tanyanya, nadanya sinis.

Aku terdiam dan menelan ludah. "Tidak. Tapi... aku tidak mau kastil ini jatuh dari langit." Aku bahkan tidak tahu di mana kami sekarang. Salju juga sudah tidak turun lagi... Aku menoleh ke sekeliling dengan panik, tak melihat apa-apa selain udara dan awan, lalu kembali menatapnya. "Aku hidup atau mati, seperti kau," kataku, buru-buru menambahkan, "tuan."

Rhaim memejamkan mata seolah kesakitan, lalu kepalan tangannya yang menggenggam handuk semakin mengencang. Bahunya berkedut, dadanya berguncang, lalu dia tertawa, seakan baru mendengar lelucon paling lucu sedunia.

Kurasakan penghinaan itu menusukku bagai pisau.

Baru kemarin aku mengira mungkin aku bisa bahagia di sini... dan sekarang?

Aku berbalik, bukan untuk kembali masuk, melainkan supaya dia tidak melihat betapa kejamnya itu menyakitiku, betapa cepatnya air mata merebak di pelupuk mataku. Lebih baik dia memukuliku lagi daripada menertawakan kekhawatiranku seperti ini.

"Aku bisa menjahit," kataku pelan. Sampai aku bisa mengendalikan sihirku, itu barangkali satu-satunya keahlian nyata yang bisa kutawarkan padanya—berkat semua latihan menyulam sejak kecil—dan menyadari itu membuat rasa malu karena dia menolakku makin membakar.

Aku hendak lari kembali masuk ke kastilnya, tempat aku mungkin akan berada di dalam lagi, tapi setidaknya aku akan jauh darinya. Begitu langkah pertamaku memasuki kegelapan, dia berseru tajam, "Lisane!" di belakangku.

Aku berhenti, mengira dia akan menyuruhku menutup pintu, atau menertawakanku lagi, dan aku meringis bersiap menerima pukulan.

Tapi justru dia berkata, "Aku minta maaf, ngengat. Seharusnya aku tidak begitu. Lukaku tidak perlu dijahit."

Aku tidak berbalik, atau menanggapi apa pun. Aku terus berjalan ke depan—dan saat aku sudah tiga anak tangga di bawah, aku menoleh ke belakang dan pintunya sudah lenyap.

30

Rhaim

Aku mengamati tempat Lisane tadi berdiri seraya melepas handukku dan menenggelamkan diri ke dalam bak, mendesis saat air mengenai luka di lenganku.

Aku telah menghabiskan dua belas jam berjalan melintasi benua, menarik kembali kebuasanku lalu menyimpannya rapat-rapat seperti jubah musim dingin, sampai cukup aman bagiku membuka portal pulang—hanya untuk mendapati Lisane tertidur di lantai laboratoriumku.

Aku lupa bahwa aku sudah memberinya akses ke ruangan itu, dan kalaupun aku ingat, tak akan pernah terlintas di benakku bahwa dia ternyata menghabiskan malam di sana, menungguku. Apalagi sampai berhasil mengikutiku keluar, hingga ke tepi bak mandiku.

Mudah membaca kengerian di wajahnya saat melihatku telanjang. Awalnya kuanggap ketakutannya itu urusan pribadi, kupikir barangkali dia merasa aku dan sekian banyak bekas lukaku menjijikkan, tapi kemudian kuingat dia tak tahu apa-apa tentang laki-laki. Matanya sepolos tubuhnya. Itu membuatku ingin memilikinya dan mengajarinya lebih dari sekadar sihir, tapi aku tahu itu akan teramat egois dan kejam. Dan meski saudaranya mengira aku selalu menjadi binatang buas, kenyataannya tidak begitu.

Tidak, aku tahu bahwa saat dia akhirnya membunuhku—entah sengaja atau tidak—kalau dia sendiri selamat dari kejadian itu, dia harus kembali ke dunianya. Dan kecuali aku sudah menjadikannya luar biasa dalam waktu yang tersisa, dunia itu akan sama seperti yang dia tinggalkan.

Dunia yang dingin dan kejam terhadap apa yang mereka sebut jenis kelamin yang lebih lemah—dan jika aku merusaknya sebelum itu, aku akan merugikannya lebih besar daripada yang dia tahu. Seperti yang lain dari kalangannya, entah bagaimana dia harus melangkah melewati gapura tanduk unicorn menuju kamar pengantin tanpa jendela, dengan pandangan tertunduk dan bulu mata bergetar di pipinya yang malu—yang berarti, demi kebaikannya sendiri, dia sudah melihat semua tentang diriku yang akan pernah dia lihat, betapapun membaranya hasratku.

Namun tetap saja, siapa laki-laki bau kencur itu, dan bagaimana dia akan memperlakukan Lisane, seandainya Jaegar berhasil menyerahkannya kepadanya? Aku tenggelam lebih dalam ke air bak, bertanya-tanya, dan dari detik ke detik makin yakin bahwa seharusnya aku membunuhnya, demi prinsip saja.

Aku pernah menggodanya soal tinggal di dalam gua, tapi memang ada keluarga-keluarga yang benar-benar mengurung perempuan mereka di lereng-lereng bukit, tak jauh berbeda dari tempat-tempat yang baru saja menjadi arena pertempuranku melawan para Tanpa-Mati. Di negeri-negeri tertentu, mereka memandang perempuan kelas atas bukan sebagai manusia, melainkan sebagai ternak pembiakan. Hanya karena Jaegar sempat menyatukan semua orang untuk berperang melawan para Tanpa-Mati bukan berarti dia berhasil mengubah semua adat istiadat mereka.

Apakah dia... tahu itu? Apakah ada yang memperingatkannya?

Dan sepolos apa sebenarnya dia?

Aku tak tahu mana yang lebih kurindukan—menemukan bahwa Lisane lebih mengenal dunia daripada yang terlihat, sehingga dia secara ajaib tertarik padaku sekaligus sanggup memenuhi kebutuhanku, atau gagasan untuk mengupas kepolosannya, kelopak demi kelopak, sampai yang tersisa hanyalah perempuan yang kubentuk.

Tapi semua itu tak benar-benar penting, ketika selalu ada kemungkinan dia harus kembali.

Aku tak ingin dia kembali. Bukan sebagai sisi manusiaku, bukan pula sisi binatang buasku—bahkan, aku yakin, kalau dibiarkan, dia akan mencabik-cabik siapa pun yang datang menjemputnya. Namun satu-satunya bekas di tubuhku yang tak bisa disembuhkan oleh bak ini adalah cap tangan takdir; dan suka atau tidak, takdir itu selalu mendorongku.

* * *

Malam itu saat makan malam, raut wajahnya keras, dan matanya hanya tertuju pada meja.

"Kau tidak lapar, ngengat kecil?" tanyaku, ketika dia tak menyentuh makanannya. Saat aku selesai keluar dari bak, dia sudah membereskan alas tidurnya dari laboratoriumku, dan aku menghindarinya dengan tidur sepanjang sisa sore.

Dia mengangkat pandangannya pelan-pelan. "Aku ingin mengirim pesan kepada ayahku."

Geraman rendah bergulir di tenggorokanku tanpa diundang—tapi dia tidak memandangku dengan marah, juga bukan dengan kegarangan yang selama ini sering kukagumi.

Dia tampak terluka.

Berduka.

Bahuku menegang—lebih baik aku memukulnya sampai tak sadarkan diri daripada melihatnya seperti ini, terluka karena kelalaianku. "Kenapa? Apa yang akan kaukatakan padanya?"

"Bahwa aku masih hidup," katanya, kembali bicara ke meja dan bukan kepadaku. "Dia pasti ingin tahu."

"Dan apa gunanya itu bagi dia atau bagimu?"

"Pasti dia mencariku. Dan pasti dia khawatir."

Yang terakhir, ya. Yang pertama... dia tahu persis di mana kau berada, dan dengan siapa kau makan malam.

"Dan menurutmu aku akan selamat mengantar surat seperti itu?" tanyaku, ingin tahu apakah dia berniat mencelakaiku.

Matanya tetap tertunduk ke tangannya. "Kau membunuh Castillion, jadi kurasa kau bisa."

Aku mengepalkan tinju, alih-alih menggeram lagi, dan dia perlahan bangkit dari meja, tanpa menyentuh makanan sedikit pun. "Aku merasa lelah," katanya, mengibaskan tangan ke roknya. "Selamat malam."

* * *

Selama dua hari, ngengatku bebas berkeliaran di kastilku—di dapur, laboratorium, perpustakaan. Dia tidak bicara padaku, dan dia tidak makan apa pun.

Aku tahu karena Finx mengawasinya, bahkan saat aku pergi.

"Dia cuma minum sedikit air," lapornya, ketika aku pulang dari salah satu tugas Jaegar yang lain, seraya memutar-mutar kedua kaki depannya dengan gelisah.

Dia tidak menemaniku merokok dan belajar, dia tidak mencoba apa pun dengan tanah liat; sebagian besar waktunya dihabiskan di kamar, meski dia tetap muncul saat jam makan—duduk dengan piring penuh yang tak disentuh, matanya hanya pada sebuah buku.

Awalnya kukira aku akan senang hidup berdampingan dalam kesunyian, seperti sebelum dia diantar ke depan pintuku, tapi semakin lama dia mengabaikanku, semakin murka aku. Dan kenyataan bahwa dia masih menyayangi ayahnya yang tolol itu meskipun dia begitu kejam padanya—dan kenyataan bahwa aku tak akan pernah bisa memberitahunya, karena itu justru akan menyakitinya lebih parah—membuatku penuh bisa.

Pada hari ketiga keheningan kurang ajarnya itu, ketika dia lagi-lagi tidak makan, aku menyerbu kamar tidurnya, menghempaskan pintu sampai terbuka. Kutemukan dia hanya mengenakan salah satu baju tidur tipis tembus pandang milik Finx, berbaring di ranjang sambil membaca, dengan tumpukan buku—seperti koleksi gundik seorang cendekia—menggunung di sisi jauh ranjangnya. Aku pasti akan bangga padanya, kalau saja aku tidak semurka ini.

"Ada apa?" tanyanya, matanya tampak cekung dan wajahnya pucat.

"Kau harus makan," geramku padanya.

"Kenapa?"

"Karena aku bilang begitu."

Dia meletakkan buku yang sedang dibacanya, lalu mengayunkan tubuhnya untuk duduk. "Kenapa?" desaknya.

"Aku memerintahkannya, dan itu sudah cukup."

"Benarkah?" tanyanya sambil mengangkat alis. "Atau apa, Rhaim, kau mau melemparku ke penjara bawah tanahmu lagi? Dan membuatku kelaparan lagi?"

"Jangan menggodaku, ngengat kecil," geramku padanya.

"Kenapa?" tanyanya lagi, suaranya meninggi. Dia berdiri, dan kubayangkan tubuhnya lebih kurus dari terakhir kali kulihat—dan aku tidak suka melihatnya. "Kalau kau memang ingin aku mati, Rhaim—kau sudah membunuhku. Kalau kau hanya ingin menyiksaku—kau juga sudah bisa melakukannya. Dan kau bersumpah takkan pernah meminta tebusan." Dia melangkah hingga berdiri di hadapanku, dan di matanya ada secercah nyala lama yang kukenal. "Kau menginginkan sesuatu dariku. Apa?"

Bulu kudukku berdiri. Kamarnya tentu saja berbau seperti dirinya, dan rambut panjangnya entah kenapa tidak dikepang seperti biasa, sehingga berayun liar menyapu dadanya, menempel di sana mengikuti lekuk yang ingin kutelusuri dengan lidah. Dan ketika pipinya merona merah karena marah padaku dan rahangnya mengeras oleh tekad untuk melawan, kurasakan naluri binatang dalam diriku meronta ingin menanggapi.

Yang kuinginkan, ngengat kecil, adalah segalanya darimu.

"Kalau kau tidak mau menjawabku, pergi sana," katanya, bibirnya bergetar, mengira diamku ejekan lagi.

Aku mengulurkan tangan dan mencengkeram tenggorokannya, lebih cepat dari yang bisa dia hindari. "Aku menginginkan kepatuhanmu. Atau kalau tidak, setidaknya kesopananmu."

Dia tidak mundur, bahkan ketika ujung-ujung cakarku muncul dan menggores-gores kulit pucatnya yang halus, meski dia menjilat bibirnya sebelum bicara. "Aku takkan memberimu keduanya, seumur hidupku, bahkan jika aku dirantai."

Aku menahan dagunya tetap terangkat tinggi, agar dia tidak melihat sisi buas dalam diriku, betapa sikap kurang ajarnya itu membuatku tegang dan ingin menjinakkannya. Dia tidak meronta atau melawan; dia tahu aku lebih kuat darinya—tapi kurasa dia tidak takut.

Tidak, ngengatku sedang marah. Karena kini kurasakan tubuhnya gemetar, dan aku tahu itu amarah, bukan ketakutan—bahkan ketika setetes air mata jatuh dari sudut matanya, menelusuri lekuk pipinya yang lembut.

Putri Air Mata, benar juga.

Kutangkap tetesan itu dengan ibu jari tanganku yang bebas sebelum sempat jatuh percuma ke lantai. "Kalau kubiarkan kau menulis surat padanya, apa kau bersumpah akan menurut?" tanyaku, menggeram.

Kurasakan dia menelan ludah di bawah telapak tanganku. "Ya," bisiknya.

Aku melepaskannya, dan dia mundur selangkah, terengah, tangannya meraih tenggorokannya yang kini ditandai lima titik merah. "Kalau begitu tulis suratmu, dan segel dengan lilin."

"Dan kau janji surat itu akan sampai padanya? Bahkan kalau kau harus mengantarkannya dengan... burung, atau entahlah, satu sarang lebah—"

"Aku tidak pernah berbohong padamu, Lisane," geramku. *Tidak seperti banyak orang lain.* "Besok aku ingin melihatmu, untuk makan dan berlatih. Kau bisa menyerahkan suratmu saat itu."

Dia menarik napas dalam dan panjang untuk menenangkan diri, mata tembaganya terbelalak, lalu aku melangkah keluar dari kamarnya. Aku menunggu sampai sendirian di lorong baru membawa ibu jariku ke bibir, menjilat bekas asin dari air matanya—lalu menjilat darah di semua ujung cakar tangan yang satunya, satu per satu.

Aku ingin mencicipi lebih banyak lagi darinya—sampai rasanya membuatku sakit.

31

Lisane

Aku menghabiskan berjam-jam menantang gertakan Rhaim, menyusun surat yang kuyakini takkan pernah dia kirimkan, menceritakan kembali masa penahananku nyaris tanpa menyembunyikan detail memalukan apa pun. Aku tidak menyebutkan namanya, juga tidak menyinggung bahwa aku berhasil melakukan sihir, tapi selain itu aku tidak menyembunyikan apa pun.

Rhaim tidak mungkin membiarkan ayahku tahu bahwa dia telah menangkapku—itu sama saja dengan mengundang serangan. Meskipun Yang Tanpa-Mati adalah ancaman yang seolah tiada habisnya, aku tetap yakin ayahku bisa mengirim beberapa penyihir untuk menyelamatkanku. Di sisi lain, aku mengenal kebanggaan Rhaim yang tidak masuk akal besarnya, dan dia takkan pernah mau mengakui rasa takut apa pun.

Jadi tidak ada gunanya berbohong di bagian mana pun, karena sudah pasti Rhaim akan menghancurkannya begitu dia pergi, membuka portal untuk melakukan entah apa yang biasa dia kerjakan sendirian setiap hari. Dia tidak benar-benar akan mengirimkannya untukku—dia tidak berani menanggung risiko kalau aku menyebut namanya.

Dan bagi seseorang yang mengaku tidak pernah berbohong—dia tidak pernah sekalipun memberitahuku bagaimana aku bisa sampai di sini, atau mengapa dia tidak mau meminta tebusan. Dan laki-laki macam apa—*atau penyihir buas macam apa!*—yang menculik seorang gadis sejak awal?

Dan lebih buruk lagi, kusadari saat menuliskan semuanya, dia membuatku ikut andil dalam penawananku sendiri.

Aku ingin percaya bahwa dia memang akan mengembalikanku saat dia menawarkan hal itu, dulu.

Dan aku ingin percaya bahwa pernah ada saat aku akan dengan senang hati pulang.

Tapi... sekarang?

Sekarang aku berada dalam semacam limbo. Bebas di bawah atapnya, tapi tetap dalam genggamannya. Tidak lagi milik satu dunia, tapi belum siap memasuki dunia yang lain.

Yang kulakukan di sini hanyalah pindah ke sangkar yang lebih besar.

Aku meniup tinta itu sampai kering, lalu melipat surat itu menjadi tiga. Di mejaku ada lilin yang belum terpakai—bisa kulelehkan untuk segel. Aku baru saja hendak mencari pemantik di laci, ketika kusadari Rhaim telah menyentuhku lagi. Aku meletakkan tangan ke tenggorokan, meraba bekas cengkeramannya.

Apakah itu cukup?

Aku menatap sumbu lilin, memusatkan kehendakku, berusaha mengubah kemampuanku memunculkan cahaya kecil di telapak tangan menjadi panas nyata yang bisa menyalakannya. Rasanya seperti aku sedang membakar lubang kecil di dalam benakku, seperti seseorang menusukkan jarum panas ke otakku. Sempat terlintas pertanyaan apakah ini saatnya, saat belajar sihir akhirnya mengejarku, dan aku akan terbakar menjadi nyala api legendaris—tapi kemudian sumbunya menyala. Pelan-pelan dulu, lalu tiba-tiba menyala sekaligus, menjadi jilatan api yang menari.

Aku duduk di sana sementara rasa sakit yang ditimbulkan sihirku mereda dan yang tersisa hanya rasa takjub yang makin membesar. Aku menatapnya sampai lelehan lilin yang menggenang di tepinya nyaris meluber, lalu buru-buru kuletakkan kembali ke tempat lilin, dan kuambil pena lagi, membuka lipatan surat itu untuk menambahkan beberapa baris terakhir.

Tolong jangan datang mencariku. Aku tidak membutuhkan bantuanmu, tulisku, lalu berhenti. Aku tidak bisa mengaku bahagia lagi, tapi saat kuamati pantulan api yang berkedip-kedip di cerminku, aku yakin pada kebenaran yang kutuliskan:

Di sinilah tempatku.

* * *

Aku bergabung dengan Rhaim keesokan paginya untuk sarapan, membawa suratku di satu tangan. Dia memperhatikanku berjalan dari pintu melintasi ruangan, lalu duduk dan meletakkan surat itu di atas meja. Dia bahkan tidak melirik ke arahnya—matanya hanya tertuju padaku sampai aku mengambil suapan pertama.

Setelah itu, dia kembali membaca.

Aku makan pelan-pelan dengan anggun, meskipun sebenarnya aku lapar sekali, karena aku ingin mempertahankan setidaknya kesan bahwa aku masih menguasai diriku sendiri, dan setelah selesai aku mengumumkan, "Aku membawa suratku."

Dia mengangkat sebelah tangan, isyarat agar aku diam, tanpa mendongak, dan aku berharap kemarin dia menyakitiku lebih parah lagi supaya sekarang aku bisa membakar rambutnya.

Ketika dia sudah siap, dia membanting bukunya hingga tertutup. "Aku ingin menuntaskan halamanku dulu. Maaf."

"Kita berdua tahu kau tidak paham arti kata itu," kataku, lalu menambahkan, "tuan," dengan nada asal-asalan.

Dia melemparkan tampang sok puas. "Hmm. Mungkin suatu hari aku akan belajar, tapi setelah delapan ratus tahun, jangan terlalu berharap." Lalu dia berdiri dan berjalan menyusuri meja panjang ke arahku, satu tangan terulur untuk suratku. Aku menyerahkannya, yakin surat itu akan dihancurkan sebentar lagi.

"Kau tidak khawatir apa yang kukatakan padanya?" tanyaku, berusaha memancingnya mengaku.

"Apa kau meminta tebusan?" tanyanya, dan ketika aku menggeleng, dia mengangkat bahu, menyelipkan surat itu ke balik kemeja kulitnya. "Kalau begitu tidak."

"Kenapa tidak?" desakku.

"Mungkin kau sudah menyadari kita ini tak terjangkau," katanya, melambaikan tangan ke sekeliling untuk menunjukkan kastil tempat tinggalnya.

Seperti apa rasanya menjalani hidupnya? Bebas dari segala kekhawatiran? "Apa kau sungguh-sungguh tidak takut pada apa pun, tuan?" tanyaku.

Ekspresi tegasnya yang biasa melunak, dan dia mendengus pelan. "Hanya satu hal, dan satu hal saja."

"Apa?" tanyaku karena aku harus tahu.

"Tidak, ngengat kecil. Kau tidak boleh tahu," katanya, menggelengkan kepala. "Aku akan mengantarkannya sekarang, dan kembali untuk pelajaranmu malam ini." Dia menepuk dadanya di tempat surat itu disembunyikan, lalu berjalan pergi dengan begitu tenangnya sampai mau tak mau aku percaya padanya.

"Kalau kau benar-benar bertemu ayahku, sampaikan bahwa aku mencintainya dan aku merindukannya," seruku di belakangnya.

Dia berbalik ke arahku, menoleh. "Apa suratmu tidak mengatakan itu?"

"Sudah."

Alisnya terangkat, tampak terhibur. "Kalau begitu, kau ingin aku—atau monyet yang kukirim untuk mengantarkannya—berlama-lama sampai terlambat, lalu mati?"

Kalau dia benar-benar mengirimkan suratku, dan kalau dia memang mati... pelajaranku bakal terganggu. "Tidak sepenuhnya, tuan."

Rhaim memandangiku saat itu, seolah aku salah satu spesimennya, lalu akhirnya menggelengkan kepalanya. "Aku tidak akan pernah mengembalikanmu, Lisane. Apa pun isi suratmu."

"Dan aku percaya kau orang yang menepati kata-katamu. Artinya, kau akan mengantarkan surat itu, seperti yang kau bersumpah akan lakukan."

"Memang, dan akan kulakukan," katanya, mengangguk singkat.

32

Rhaim

Meskipun aku memang penasaran dengan isi surat Lisane untuk ayahnya, aku takkan pernah memecahkan segelnya hanya untuk mencari tahu.

Tak penting apa yang ia katakan tentang apa pun yang sudah kami lakukan—Jaegar tahu risikonya saat mengirim Lisane kepadaku. Dengan reputasi yang sedang kuraih, seharusnya dia bersyukur aku masih membiarkannya hidup. Dulu, hanya segelintir orang selama berabad-abad yang pernah melihat wujud buasku. Sekarang, seluruh peleton prajurit sudah menyaksikannya. Selama beberapa minggu terakhir, serangan para Tanpa-Mati begitu bertubi-tubi sampai-sampai para penyihir pun kewalahan, dan kami dikirim bersama skuadron manusia. Tugas mereka melindungi kami sementara kami mengerjakan sihir, dan mereka melakukannya karena tak punya pilihan—tanpa penyihir yang membantu mereka kembali lewat portal, mereka mungkin harus menyeberangi jajaran pegunungan demi bisa pulang.

Tapi artinya, banyak prajurit kini sudah melihatku mengangkat pasukan hewan dari dalam tanah, memanggil beragam makhluk dari pedalaman sekitar untuk membantu, atau bertempur dalam wujud buas di sisi mereka. Banyak dari mereka tampak menikmati kesempatan menyaksikan sihir kuat dari jarak dekat, tapi selalu ada beberapa orang yang perlu kuawasi, meskipun pada akhirnya sorak-sorai mereka selalu membahana.

Aku mengunci pintu ruang portalku di belakangku lalu berjalan melewati gapura tulang-belulangku dan masuk ke tenda perang Jaegar. Di dalam ada beberapa manusia dan penyihir yang tersebar, bersama Helkin, di sisi Jaegar.

"Kau datang lebih awal," kata bocah itu.

"Apa itu sama salahnya dengan terlambat?" tanyaku, sebelum menyapukan pandangan ke rombongan kecil itu. "Aku ingin bicara dengan Jaegar, berdua saja."

"Kau tidak punya kedudukan istimewa di sini, Segala-Binatang," kata Castillion padaku.

Aku memandangnya dingin. "Kita berdua tahu itu bohong."

Jaegar mendengus tak puas, lalu berdiri dari singgasana seadanya. "Aku akan mendengarkan penyihir itu dengan tenang," katanya, melambaikan tangan menyuruh yang lain pergi.

Semua mengikuti perintahnya, tapi Helkin tetap tinggal.

"Hanya ayahmu," kataku padanya.

"Tentu saja apa pun yang ingin kausampaikan kepadanya, bisa kaukatakan di depanku."

"Tentu saja apa pun yang kusampaikan pada ayahmu, bisa dia ceritakan padamu nanti, kalau dia mau."

"Cukup," kata Jaegar keras, memberi Helkin isyarat tegas. Bocah itu mendengus marah, tapi pergi, sementara Jaegar memusatkan perhatiannya padaku, meletakkan tangan perlahan di atas batu permata hijau di dadanya. "Apa yang begitu pentingnya sampai kau mengganggu hariku, Segala-Binatang?"

Nadanya datar, tapi aku sudah bisa melihat berbagai kemungkinan berkecamuk di benaknya, dan aku bertanya-tanya mana yang paling ia takuti—bahwa aku telah membunuh Lisane dengan kebrutalanku, atau bahwa entah bagaimana aku telah menghamilinya. Para penyihir tak bisa punya anak, tapi aku bisa membayangkan dia tetap takut akan kemungkinan itu.

"Dia memintaku menyerahkan ini padamu." Aku mengeluarkan surat itu dan mengangkatnya. Matanya tertuju pada segel, tempat Lisane menggoreskan huruf *L* di lilin. "Tapi pertama, aku butuh sesuatu darimu, untuk membuktikan bahwa aku benar-benar mengantarkannya."

Lisane takkan pernah percaya bahwa aku nekat datang ke sini kalau tidak ada bukti—dan aku selalu bisa mengklaim makhluk apa pun yang kukirim untuk mengantarkan surat itu telah mencuri sesuatu dari sang raja saat keluar.

"Apakah... dia—" tanyanya pelan, sambil melonggarkan cincin emas lebar berukiran runa rumit dari jari manis kirinya.

"Tahu bagaimana dia sampai ke kastilku? Tidak." Aku menyerahkan surat itu saat dia melepaskan cincin itu. "Tapi diamku soal itu demi *dia*, bukan demimu." Aku menyembunyikan cincinnya ke dalam saku, sementara dia memecahkan segel surat itu.

Aku mengamati wajah Jaegar saat dia membaca surat itu. Pria ini sudah menjadi raja sekian lama, dan dia tidak dikenal sebagai pengambil keputusan gegabah—dan itu sudah berkali-kali membuatku bertanya-tanya.

Berapa lama dia harus duduk dan menimbang-nimbang harga nyawa putrinya sebelum mengirimnya ke kastilku? Apakah keputusan untuk melepasnya begitu mudah? Sihir sekuat apa yang sebanding dengan putri perawan sebagai suap? Kalau Wyrval si Hijau sedikit saja kurang antusias mencabik-cabik para Tanpa-Mati dengan akar dan sulur, apakah dia yang akan berada di sini menggantikanku?

Satu-satunya tanda di wajah pucat Jaegar yang tampak ringkih itu hanyalah cuping hidung yang sedikit mengembang. Dia melipat kembali surat itu, menyelipkannya ke dalam jubahnya, sama seperti yang kulakukan sebelumnya, lalu berkata, "Aku mengerti."

Ketika jelas dia tidak akan membagikan isi surat itu padaku, aku mengangkat bahu dan sengaja mengepalkan tinju, membunyikan buku-buku jariku satu per satu. "Karena aku sudah terlanjur di sini—ke mana aku harus pergi bertempur?"

33

Lisane

Aku menghabiskan cukup banyak waktu menatap keluar jendela pagi itu.

Rhaim tidak menutup daun jendela saat pergi, karena kastilnya melayang di langit di atas samudra. Langit berkilau dalam rona biru safir, dan air ratusan kaki di bawahnya berwarna akuamarin yang indah. Aku berdiri tepat di dalam seberkas sinar matahari, dan tanpa sadar aku terpana.

Rasanya memang sudah sepantasnya aku berada di sini sekarang—setelah mengirim Rhaim pergi membawa suratku, seolah aku telah memutus tali terakhir yang menambatkanku ke tanah.

Sekalipun dia tidak menyampaikannya—sekalipun dia membacanya—aku tahu aku tidak berbohong.

Aku memang milik tempat ini.

Aku sudah menghabiskan begitu banyak malam sepanjang hidupku, berlamunan tentang pelarian. Memotong rambutku, membebaskan diri, dan berlari liar di hutan. Merasakan rumput di bawah telapak kakiku dan menghitung bintang-bintang di malam hari. Berharap aku terlahir dari kalangan rendah, supaya tak ada yang peduli siapa aku, atau apa guna aku bagi mereka.

Tapi gadis yang bisa menciptakan api sudah setengah jalan menuju kebebasan.

Dan kebebasan sepadan dengan risiko terbakar.

Aku memberikan senyum tipis pada bayanganku di kaca, lalu menjerit kaget saat sesuatu yang hitam dan berbulu berlari melintasi jendela di luar.

Finx, mendengar jeritanku, berlari kembali ke atas dan melambai. Aku meletakkan tangan di dada dan meneriakkan namanya, kesal karena sempat-sempatnya aku takut padanya. "Finx!"

Aku tak bisa mendengarnya, tapi dari cara dia bergerak aku tahu dia sedang bicara padaku—mengangguk-angguk dan mengayun-ayunkan beberapa lengannya—lalu dia lari menjauh.

Kenapa dia di luar? Dan bagaimana dia bisa keluar?

Aku tahu Finx punya kebebasan berkeliling kastil yang lebih luas dariku—bisakah aku membujuknya mengajakku naik ke atap lagi? Supaya aku bisa mandi di bak Rhaim, di bawah matahari? Aku menempel pada jendela, berharap bisa menarik perhatiannya—dan ternyata berhasil: dia melesat kembali.

Ada seekor burung kecil terjerat sutra di antara cakar depannya, dan dia memamerkannya padaku lewat kaca, tampak bersemangat. "Oh, tidak, tidak, tidak," kataku, memalingkan badan saat dia membawanya ke wajahnya. Aku tahu dia harus makan entah bagaimana—dan aku juga makan daging, dan aku tahu daging itu berasal dari suatu tempat—tapi itu bukan berarti aku ingin melihat mulutnya yang kecil, aneh, dan bertaring itu menyantapnya. Aku menutup mulutku sendiri dengan tangan, ngeri, lalu tertawa pada keanehan hidupku sekarang.

Mungkin aku seharusnya memasukkan momen ini dalam suratku? Atau mungkin aku akan menuliskannya malam ini, di jurnal. Jurnal para penyihir lain memuat momen-momen yang sama acaknya.

Dan sebenarnya, sekarang setelah aku khusus membaca pikiran terdalam para lelaki, aku lebih sering malah tidak terkesan—dan umumnya bersyukur tidak harus berada dalam pergaulan mereka. Buku-buku cabul yang kutemukan tersembunyi di perpustakaanku ternyata belum ada apa-apanya dibanding hasrat dan keinginan mereka; dan untuk setiap satu rekan Rhaim yang sama tekunnya dengan dia dalam urusan ilmiah, ada dua atau tiga yang—selain menyia-nyiakan bakat sihir mereka yang pas-pasan—menulis tentang perempuan dengan cara yang memuakkan.

Sebuah bayangan melintas di belakangku, sesaat menghalangi cahaya yang mengalir masuk ke perpustakaan, dan aku mengira itu Finx lagi, membawa burung lain untuk dipamerkan padaku—lalu aku menyadari bayangan itu terlalu besar untuk itu, dan tidak ada satu pun awan di langit.

Tapi *ada* sesuatu yang menghalangi cahaya. Aku berbalik, menyipitkan mata, dan mengenali siluet sebuah kapal seperti yang pernah kulihat di pelabuhan Drelleth, terbang lurus menuju sisi kastil.

34

Rhaim

Jaegar mengirimku bersama lima orang prajurit yang tidak kukenal. Aku tidak suka mempercayakan nyawaku pada orang asing, tapi itu bukan hal yang aneh—dan begitu pertempuran selesai, aku bisa pulang menemui Lisane.

Semoga suratnya yang kuantar itu bisa menenangkan hatinya, supaya kami bisa kembali belajar—dan supaya aku punya lebih banyak alasan untuk berada di dekatnya lagi.

Semalam aku mondar-mandir, bertanya-tanya apa yang ngengat kecilku pikirkan tentang diriku dan semua yang sudah kulakukan padanya—dan bagian mana yang mungkin sudi dia ceritakan pada ayahnya. Lalu aku sadar: yang lebih mengganggguku daripada dia sengaja menahan lapar untuk memaksaku bertindak adalah betapa perihnya rasa kehilangan saat dia menarik diri dari hidupku.

Aku benar-benar marah padanya—*dan mungkin masih*—tapi kesadaran bahwa aku merindukannya sungguh mengerikan.

Aku, sang Segala-Binatang, yang menghabiskan sebagian besar hidupku tanpa merasa kekurangan apa pun, tiba-tiba merasakan lubang menganga di dalam dada.

Aku sudah terbiasa dengan kehadirannya—sekalipun dia sering merepotkanku. Aku merindukan kata-katanya yang cerdas, amarahnya yang menyala-nyala, kerutan kecil yang muncul di antara kedua alisnya saat dia terlalu serius berpikir. Aku sudah terbiasa punya seseorang untuk diajak bicara—bahkan saat aku tidak ingin, bahkan saat itu hanya dia, mengoceh padaku—dan aku menyukai perasaan yang kurasakan ketika masuk ke sebuah ruangan dan mendapatinya sudah ada di sana.

Rasanya seperti ada yang menyiapkan hadiah untukku.

Dan kalau aku sudah lebih dulu berada di ruangan itu, lalu dia masuk, lebih baik lagi—karena aku bisa berpura-pura bahwa dia datang menghampiriku.

Ke *sisi*ku.

Dan bukan sekadar karena dia tertarik pada sebuah buku yang kebetulan ada di dekat tempatku berdiri.

"Segala-Binatang," kata salah satu prajurit di belakangku, melirikku dengan cemas. Kami berada di dekat tebing, dengan pemandangan seluruh rimba Trevath membentang di kejauhan. Semua makhluk lain yang masih punya naluri berlarian melewati kami, burung-burung menyelinap di antara pepohonan sambil berseru cemas, kera-kera berayun dari dahan ke dahan dengan pekikan ketakutan, bahkan kupu-kupu pun terbang melawan arah angin dengan penuh tekad.

Firasat akan *sesuatu* yang hendak terjadi saat Yang Tak Bisa Mati mendekat terasa seperti memperolok perasaan takdir yang sama yang kurasakan di dekat Lisane.

Mungkin kenyataan bahwa dia ditakdirkan untuk membunuhku justru membuat hari-hari yang tersisa bersamanya terasa lebih manis. Sekalipun dia kelak menjadi ajalku—kehadirannya belakangan ini yang penuh perdebatan dan semangat pantang menyerah telah memberi kehidupanku sebuah tujuan.

Dan ketiadaannya saja sudah jauh lebih buruk daripada apa pun yang akan dilakukan monster-monster tak berotak yang sedang muncul dari bawah sana.

Tanah bergeser di bawah kaki kami, dan salah satu prajurit berteriak kaget.

"Aku merasakannya. Aku tahu," kataku, mengulurkan tangan manusiku untuk menenangkan mereka—tapi yang kutarik kembali justru tangan buasku.

Tak ada gunanya menyembunyikannya ketika begitu banyak prajurit sudah melihatnya, dan ketika dia bisa bertarung jauh lebih dahsyat dariku. Pepohonan tepat di bawah kami bergetar, dan hidungnya yang lebih tajam sudah bisa mencium bau apek Yang Tak Bisa Mati.

Yang perlu kulakukan hanyalah menyelesaikan ini dengan cepat, lalu pulang.

35

Lisane

Dengan ngeri aku menyaksikan kapal udara di cakrawala mendekat, berlayar melintasi langit seolah langit itu lautan.

"Finx!" teriakku. "FINX!"

Tapi makhluk itu tak bisa mendengarku; dia masih di luar—dan kenapa aku mengira dia punya cara menghubungi Rhaim kalau aku sendiri saja tidak? Aku menempelkan kedua tangan ke kaca jendela, memohon agar sihirku bekerja, agar daun jendela menutup dan melindungiku—karena begitu seorang penyihir bisa melihat ke dalam perpustakaan Rhaim, mereka bisa membuka portal masuk. "FINX!" raungku.

Aku berlari menyapu buku-buku dan kertas-kertas dari meja-meja terdekat, mendorongnya naik ke undakan dengan kekuatan yang tak kusangka kupunya, kayu berderit saat saling tergesek, lalu kubalik meja-meja itu dalam kepanikan, berusaha membarikade diriku sementara pikiranku berpacu.

Rasanya seperti baru kemarin aku tiba di sini!

Masih begitu banyak yang harus kupelajari!

Jangan-jangan Rhaim kenapa-kenapa?

Pikiran terakhir itulah yang membuatku terpaku. Sudah berapa lama sejak kubiarkan dia pergi membawa suratku? Apa dia tertangkap... atau lebih parah lagi?

Gara-gara aku? Kata-kataku, yang sembrono kutumpahkan di atas kertas? Persetan harga dirinya kalau dia benar-benar menyampaikan surat itu—tapi lebih persetan lagi harga diriku, karena mengirimnya sejak awal!

Aku mengungkit meja terakhir naik ke undakan lalu membaliknya, terengah-engah. Celah antara meja-meja itu dan tepi jendela memang tidak rapat sempurna, tapi para penyihir harus mendekat sekali untuk bisa mengintip. Sekarang aku berdiri di depan salah satu celah sempit itu, memandang ke luar. Angin sudah berubah, dan kini aku bisa melihat bendera yang dikibarkan kapal itu.

Bukan bendera ayahku—melainkan salib ungu, di atas latar putih.

Bendera negeri Vethys.

Perutku yang sejak tadi sudah mulas terasa makin jatuh, mualku kian menjadi.

"Tidak, tidak, *TIDAK*!" jeritku—lalu aku berlari ke laboratorium.

Aku menyambar setiap senjata yang bisa kutemukan, bahkan menyeret keluar salah satu toples aneh berisi eksperimen Rhaim yang belum selesai. Aku akan melempar setiap buku di perpustakaan ini ke mereka, aku akan melawan mereka dengan kaki kursi dan tulang—apa pun yang diperlukan, aku *tidak akan kembali.*

Aku sedang bersiap melakukan perjalanan kedua ketika terdengar bunyi ledakan, dan kastil Rhaim berguncang. Aku menjerit ketakutan dan berlari kembali ke perpustakaan, mendapati kaca pecah dan kayu terserpih ketika sebuah jangkar—benda besi raksasa, cakarnya mencuat ke segala arah seperti kandil terkutuk—mencengkeram undakan; rantai di belakangnya menegang, lalu menarik.

Benturan kasar itu disusul suara sorak-sorai para pria dari luar.

Pria.

Pria yang akan membohongiku, menjebakku, dan mengurungku jauh dari matahari.

Aku menekan tangan ke perut sementara empedu terasa naik ke tenggorokanku.

Lebih baik aku melemparkan diri dari jendela. Lebih baik aku tahu rasanya terbang, sampai akhirnya aku menghunjam ke ombak, mengecap asinnya laut, dan tenggelam, daripada ditangkap lagi oleh pria semacam itu. Aku mengobrak-abrik semua yang kubawa, meraih sebilah belati dan membuang sarungnya. Kastil Rhaim berguncang lagi ketika kapal Vethys menyeretnya mendekat, menenggelamkan seluruh perpustakaan dalam bayangan.

"Jangan takut!" seru sebuah suara asing.

Aku tidak takut pada *dia*—aku takut pada semua yang dia wakili. "Persetan kau!" raungku balik, terisak, benar-benar ketakutan.

Sebilah dayung menyodok masuk, menghempaskan pecahan kaca dari jendela dan mendorong mundur meja yang patah; lalu jendela itu sejajar dengan pintu, dan jembatan kayu menjulur keluar. Seorang pria berlari menuruni jembatan itu dan menerobos masuk ke perpustakaan, memanggil namaku. "Putri Lisane!"

Aku belum pernah melihatnya sebelumnya. Dia jauh lebih besar dariku—aku melompat ke arahnya, menusuk membabi buta.

"Putri Lisane!" teriaknya lagi, menghindari tusukanku. Dia mengenakan baju zirah dan tak seorang pun pernah mengajariku memainkan bilah—pelindung dadanya sampai penyok kena seranganku yang membabi buta, tapi logam itu tak jebol. Dia dengan mudah melucutiku, membuat belati itu berdering jatuh ke lantai. "Aku Vethys, tunanganmu, datang untuk menyelamatkanmu!" katanya, heran melihat reaksiku.

"Pergi!" bentakku padanya, tapi tak ada sihir dalam diriku sekarang. "Aku tidak mau diselamatkan!"

Vethys mundur selangkah menghadapi kegeramanku, tapi selain itu tidak gentar, mengukurku dari ujung kepala sampai kaki, dan aku tahu dia sudah memutuskan bahwa aku tidak berbahaya. "Kau secantik yang orang-orang sumpahkan."

Dan inilah alasan aku akan melemparkan diri ke laut. "Mereka bersumpah, ya?" ejekku, lalu aku melesat ke celah menuju langit dan laut yang terbuka di antara bangunan-bangunan itu.

Dia menangkapku, lebih cepat dari yang kukira, dan mengangkatku kembali dengan sentakan kasar. "Apa yang sudah dia lakukan padamu?" tuntutnya, bersikap seolah ada yang salah denganku.

Karena di matanya, memang begitu.

Aku bukan yang dia inginkan. Seseorang yang cantik dan penurut.

Seseorang yang tak akan pernah bisa kujadi lagi.

"Dia tidak melakukan apa pun!" isakku, dan kalau aku bisa kembali dan membakar suratku dengan apiku sendiri, akan kulakukan. "Aku tidak akan pernah pergi!" geramku padanya, seliar binatang buas, meski air mataku terus mengalir. "Kau tidak bisa memaksaku! Aku tidak mau ikut denganmu! Tidak mau!"

"Putri," katanya tegas, tercengang oleh pembangkanganku. "Kau tidak punya pilihan." Usianya sebaya denganku—tapi dia mengira dirinya lebih baik dariku, karena memang begitulah yang selalu dikatakan orang kepadanya. "Kau akan ikut denganku."

Dia maju sementara aku menjerit menolak. Meski aku tahu sihir, aku belum mahir—dan dalam ketakutanku aku kehilangan seluruh konsentrasi. Aku mundur sampai terpojok di rak buku, berusaha menenangkan diri, mencari kekuatan yang kutahu ada di dalam diriku, tapi itu sulit, *karena di mana Rhaim?*

Dan kalau dia tidak ada di sini—apakah dia baik-baik saja?

Aku meringkuk, memanggilnya, memungut belati lagi dari antara serpihan di lantai. *"Rhaim!"* jeritku, suaraku pecah.

Vethys mendengus kecewa, lalu berlutut dan menepis belati dari tanganku. "Kalau kau tidak mau berjalan selayaknya seorang wanita, Putri, aku akan membawamu seperti anak kecil," katanya, mengangkatku. "Para penyihirku akan memulihkanmu." Dia melemparku ke bahunya, dan ketika aku berusaha menendangnya, kakiku yang telanjang justru nyeri sendiri menghantam baja di tubuhnya.

Aku meludah, meronta, dan mencakar sementara dia membawaku ke jendela.

"Rhaim!"

36

Rhaim

"Kalian baru masuk kemarin?!" raungku lewat sela taring kepada para prajurit bebal yang kubawa. "Masa cuma aku yang harus ngadepin mereka?!"

Aku mengangkat satu Tanpa-Mati dan melemparkannya ke salah satu dari mereka. Dia sempat menghindar, tapi sejauh ini cara bertarung mereka cuma asal-asalan—seolah mereka pernah baca teori bertarung di buku, tapi tak pernah sekalipun mempraktikkannya.

Pepohonan rimbun rimba ini memperlambat laju para Tanpa-Mati sama seperti memperlambat kami, memberiku waktu untuk mengomel. "Kalian mau mereka nguasai benua ini? Terus nyebrang laut? Buat nyium ibu kalian?" geramku. Tanpa-Mati berikutnya yang melangkah maju langsung kupotong-potong, kurenggut lengannya lalu kukibaskan ke arah seorang prajurit di belakangku. "Rasanya pengin kuhujamkan ini ke tengkorakmu," kataku, bahkan ketika anggota tubuh itu mulai terurai di cakarku.

Prajurit itu cukup waras untuk tampak ketakutan, tapi hanya itu—dia melirik ke prajurit lain, mencari pegangan. Mereka semua berada di belakangku. Wajar saja aku yang memimpin di garis depan, mengingat aku lebih kuat dari tiga orang mereka digabungkan—mungkin dari kumpulan ini, empat atau lima—tapi mereka sama sekali tidak punya semangat juang seperti prajurit-prajurit lain yang pernah ditugaskan bersamaku.

Juga tanpa kecakapan taktis, pikirku, sambil memenggal satu Tanpa-Mati yang sudah kubuat tumbang. Minimal mereka bisa jadi regu beres-beres, supaya aku tidak perlu menuntaskan semua bunuhanku sendiri. Lagi pula para Tanpa-Mati tidak bertarung dengan garang—begitu mereka tumbang, bahkan Lisane pun bisa menghabisi satu.

Aku melampiaskan seluruh kejengkelanku pada para Tanpa-Mati yang mengepungku, juga pada orang-orang ini dan situasiku. Pikiranku cuma satu: pulang, mandi, lalu menyambutnya—sampai aku merasakannya.

Denyut sihir yang paling samar di benakku.

Di suatu tempat, ribuan mil jauhnya, dan ratusan meter di udara, ngengat kecilku telah melepas kalungnya.

Aku menegakkan tubuh, mengabaikan dinding Yang Tanpa-Mati yang perlahan mendekat menembus pepohonan.

Kalung itu sudah melingkar di lehernya sepanjang waktu ini, sejak malam ketika aku memaksanya menampakkan diri padaku saat dia merapikan buku-bukuku... dan sekarang kalung itu hilang.

Padahal dia tidak punya alasan untuk menentangku saat ini.

Para Yang Tanpa-Mati berdesakan mendekat, tapi alih-alih melindungiku atau diri mereka sendiri, para prajurit itu hanya berdiri di sana, menunggu.

Aku mencengkeram pelindung dada prajurit terdekat, menjadikannya perisai hidup antara aku dan para Tanpa-Mati. "Dari mana asalmu?" tuntutku, sementara para Tanpa-Mati maju ke arahnya.

"Tuan!" pintanya memelas, memutar leher untuk menoleh ke belakang dengan ngeri.

"Jawab aku, dan mungkin kuberi kau mati cepat—alih-alih kutahan di sini supaya mereka mencabik-cabikmu."

"Kellshane!"

Wilayah tunangan Lisane. Aku melirik ke kiri dan kanan—aku punya firasat mereka semua berasal dari sana.

Dan mereka dikirim ke sini, untuk bersikap tidak becus di sisiku, karena suatu alasan.

Aku melempar pria itu melambung ke depan, menjatuhkannya di balik barisan Tanpa-Mati yang sedari tadi kutahan. Dia cuma sempat menjerit karena baju zirahnya menahan serangan mereka sejenak.

Aku menatap mata sisa prajurit yang lain. "Aku bisa membunuh kalian semua dan tidak ada yang bakal tahu. Tapi kupikir jauh lebih buruk kalau aku meninggalkan kalian di sini, bersama mereka, makhluk-makhluk yang tidak tidur dan selalu kelaparan." Aku mengayunkan lenganku di samping tubuh, menciptakan portal, dan melangkah masuk.

37

Lisane

Aku mencengkeram kusen jendela saat Vethys membawaku melewatinya, pecahan kaca mengiris kedua tanganku hingga darah mengalir deras, dan aku tidak peduli. Kami berada di sebuah platform, papan yang terbentang di antara dua struktur terbang itu—tidak terlalu lebar, tapi setidaknya ada pegangan tali di sisinya.

"Kau tidak bisa!" raungku padanya, menarik tubuhku mundur. Entah kenapa, meski dia jelas lebih terampil dan lebih besar dariku, dalam terorku kami nyaris seimbang kekuatannya.

"Bisa dan akan kulakukan!" bentaknya, meraih ke belakang untuk mencengkeram segenggam rambutku dan menyeretku mundur, memaksa peganganku lepas. Jari-jari bercakarnya ikut menyangkut kalung Rhaim—kalung itu mencekikku sesaat sebelum kaitnya putus, melorot, lalu jatuh ke air di bawah seperti sehelai rambut berkilau. Satu kehilangan lagi.

Sekarang ada lebih banyak pria, berteriak-teriak di belakangku—dan bokongku pasti terpampang jelas bagi mereka—sementara Vethys menyeretku. Mereka terdengar sama bingungnya dengan dia—bahkan lebih bingung lagi ketika aku melemparkan diriku ke samping, menubrukkan kami berdua ke tali pembatas di sana.

"Kau ini kenapa, sih?!" bentaknya. Aku tidak menjawab, dan dia nyaris berhasil melepas jari-jariku dari kusen jendela, jadi aku langsung meraih tali pegangan berikutnya sementara dia menyeretku ke depan.

Dan di samping kami, rantai yang mengikat kapal Vethys pada kastil Rhaim mulai mengendur. Tak mungkin mereka menaikkan jangkar itu kembali—tapi begitu rantainya dilepas, kapal mereka akan bebas.

"Tidak!" teriakku.

Aku baru sekali berhasil menggunakan kekuatanku dengan sengaja—ketika aku membuat api untuk menyegel surat yang menghancurkan hidupku. Aku mencoba memusatkan pikiran untuk membakar tali-tali yang kini berlumuran darahku—tapi aku tidak bisa berkonsentrasi seperti yang kubutuhkan. Aku masih perlu latihan—masih harus banyak belajar—dan sekarang aku tidak akan pernah sempat!

Aku merasakan tangan-tangan mencengkeram kakiku, para pria muncul untuk membantu Vethys mengangkatku masuk, dan aku menendang, membuat salah satu dari mereka terjungkal terpental, sementara aku membuat Vethys oleng.

Dan kemudian aku melihat Finx di atas jembatan penghubung. Kedelapan matanya menangkap apa yang sedang terjadi dan dia mengeluarkan desisan berderak. Dia melompat ke baju zirah Vethys, berlari ke atas, lalu menancapkan taringnya ke leher Vethys yang terbuka di samping pinggangku.

Vethys berteriak dan berputar, berusaha menepisnya. Kami mengayun ke samping, seluruh berat tubuhnya kini menekan tali, papan kayu di antara kedua struktur itu mengerang, dan terus, terus, terdengar dencing logam rantai jangkar kapal yang makin terurai.

Aku berguling dari pundak Vethys sementara dia terus berusaha menangkap Finx, jatuh terduduk di atas papan, dan menendang-nendang dengan kakiku. "Finx!" teriakku begitu aku bebas, dan dia melompat ke arahku—hanya untuk ditepis di udara oleh Vethys. Aku menyaksikan kucing-laba-laba itu terjungkal melampaui tepian, jatuh ke air. "TIDAK!" jeritku, kedua tangan menjambak rambutku sendiri, hatiku remuk redam.

"Kau akan ikut denganku!" teriak Vethys, meraih lenganku untuk menyentakku berdiri. Dia memuntirnya kasar, tidak peduli kalau aku memar—memangnya apa arti memar kalau kau mau merampas seluruh hidup seseorang?

Dan itulah fokus yang kubutuhkan.

Menyadari bahwa jika aku tidak melakukan sesuatu sekarang *detik ini juga* maka hidupku akan direnggut, dan aku takkan pernah bisa menentukan jalan hidupku sendiri lagi.

"PERGI JAUH!" teriakku—kepada Vethys, kepada kapal di belakangnya, dan semua pria di atasnya—dengan segenap jiwa ragaku, dan rasanya seperti gelombang kekuatan menyapu keluar dari jiwaku.

Aku merasakan kekuatan itu meninggalkanku, seperti tinju menghantam perut dan hentakan membanting tulang rusukku, dan aku bersumpah aku merasakan semuanya retak. Lalu kulihat gelombang itu menghantam. Ia menerjang Vethys lebih dulu, melemparnya ke belakang—nyaris jatuh dari papan—hingga ke jendela kapalnya sendiri. Lalu para pria yang berdiri di belakangnya, yang tadi kutendang saat mereka mencoba membantu. Lalu kapalnya sendiri terguncang hebat, seperti mainan di bak mandi yang ditepak anak kecil.

Gelombang itu membuat mereka terpana—dan itulah semua sihir yang kumiliki, aku tahu itu. Aku merasa hampa sekarang; tidak ada lagi yang tersisa.

Aku tidak tahu apakah itu cukup.

Tapi harus cukup. Harus cukup. Kumohon.

Dan kemudian aku mendengar raungan menggelegar di belakangku.

Kalau teriakan perang Finx terdengar sama sekali asing, karena aku belum pernah mendengar suara kucing-laba-laba sebelumnya, aku bisa menebak milik siapa yang kudengar sekarang—dan ketika aku melihat ekspresi di wajah Vethys, aku tahu tebakanku benar.

Binatang Rhaim menerjang keluar, mendarat di jembatan penghubung, nyaris mematahkan kayunya. Aku sempat melihatnya di bawah cahaya penuh—diselimuti bulu hitam, otot-ototnya bagai urat tali baja, tanda penyihirnya sama seperti yang kuingat dari malam ketika dia menakutiku—lengkap dengan ekor yang belum pernah kulihat sebelumnya. Dia menyambarku dengan satu cakar dan melemparku kasar kembali ke dalam kastilnya, lalu berbalik dan mengaum. Vethys lari tergopoh-gopoh kembali ke kapalnya sendiri, berteriak, "Pergi! Pergi!" berusaha membuat kedua struktur terbang itu menjauh—tapi Rhaim melompat ke kapalnya, dan aku merasa semuanya sudah terlambat bagi mantan tunanganku.

* * *

Aku berdiri di jendela yang kosong, memar dan berdarah, kedua tanganku tersayat-sayat, hatiku hancur, nyaris tidak bisa bernapas karena sakitnya luar biasa.

Ini perbuatanku.

Akulah yang membuat Finx terbunuh, kastil kami diserang—tidak ada yang bisa disalahkan selain diriku sendiri dan keras kepalaku.

Seharusnya aku tahu ayahku akan mencari tahu di mana aku berada, dan bersama siapa, lalu mengirim orang untuk menjemputku. Atau seharusnya aku takut bahwa dalam mengirimkan suratku, Rhaim akan melakukan kesalahan.

Apa pun itu... semua ini salahku.

Aku pernah bermimpi mengubah dunia, dan sekarang aku sudah melakukannya.

Aku tidak tahu berapa lama aku menatap kapal Vethys yang perlahan berlayar menjauh, merasa mati di dalam, mendengarkan jeritan-jeritan pria sementara kapal itu terbang makin tinggi, menyaksikan tubuh-tubuh berjatuhan dari sana ke perairan jauh di bawah. Sebagian lambung kapal itu pasti menyerempet kami saat melintas, karena kastil berguncang lagi. Aku mencondongkan tubuh keluar jendela, mencoba melihat ke atas, angin menghantam wajahku—lalu aku menatap ke bawah, bertanya-tanya apakah air di bawah sana masih bersedia memelukku.

Lalu seseorang di belakangku meraih kain gaunku dan menyentakku kasar menjauh dari tepi jendela, menghempaskanku ke arah dinding terdekat yang masih berdiri, tempat aku menahan diriku di sebuah meja.

Aku menjerit kaget dan berbalik, dan menemukan Rhaim di sana.

Atau lebih tepatnya, wujud binatangnya.

Makhluk itu berdiri setengah kepala lebih tinggi dari Rhaim—lebih besar dalam segala hal daripada wujud manusianya—dan di bawah cahaya siang ia tak lebih tampan daripada saat kulihat dia di lorong-lorong gelap itu. Setiap bagian dirinya tampak mematikan, dari mulut yang dipenuhi taring setebal dan sepanjang ibu jariku, hingga tangan dan kakinya yang berujung begitu banyak cakar tajam. Seluruh tubuh di antaranya diselimuti bulu hitam pendek, dipenuhi coreng bekas luka dan tanda penyihirnya, serta belepotan darah.

Dadanya naik-turun terengah sementara lubang hidungnya mengembang, dan aku merasakan aura *asing* yang kuat darinya—sesuatu yang tidak kurasakan malam ketika dia mengejarku.

"Rhaim," bisikku, berharap aku bisa memanggilnya kembali. Kalau dia berwujud manusia, aku pasti sudah berlari ke pelukannya, begitu lega bahwa entah bagaimana kami berdua selamat, dan aku akan membiarkannya memelukku sementara aku menangisi Finx. Dalam keadaan seperti ini, aku ingin menghambur ke arahnya, tapi ketika aku mencoba mengangkat kedua tinjuku tinggi-tinggi, aku tidak bisa—gerakan itu membuat tulang rusukku yang retak bergesekan. Aku berusaha menahan diri dari rasa sakit yang menusuk-nusuk, di luar maupun di dalam. "Ke mana saja kau? Kenapa kaubiarkan itu terjadi?" tuntutku padanya. Tak peduli bahwa akulah yang menyebabkan semua ini—aku ingin ini jadi kesalahan orang lain.

Tapi aku berhenti sebelum memukulnya, karena matanya terasa asing.

Kami tidak diizinkan memelihara hewan di kamar kami sehingga aku tidak pernah banyak berinteraksi dengan binatang, tapi aku tahu dia adalah binatang sekarang—sesuatu yang liar dan menakutkan. Dia melangkah mendekat, mengancam, mencondongkan tubuh di atasku untuk mengendus aromaku dalam-dalam. Dia mengeluarkan geraman rendah saat melakukannya, dan aku baru sadar—tidak semua darah di tubuhnya milik orang lain. Aku bisa melihat luka-luka segar padanya, sayatan dan sobekan, cakaran dalam yang masih mengucurkan darah—dan semua itu salahku juga.

"Mereka melukaimu," bisikku. Pertama Finx, sekarang ini—tubuhku merosot, satu lengan melingkari rusuk untuk menahan tulang rusukku yang bergesekan, bersandar pada meja di belakangku, menundukkan kepala.

Apa yang sudah kulakukan?

Aku mulai menangis tanpa berusaha menahannya, didera penyesalan, dilahap keputusasaan. Isak tangisku membuat rusukku makin sakit, dan kurasakan memar-memar bekas sihirku sendiri mulai membengkak di bawah jari-jariku.

Vethys benar.

Aku memang rusak.

Dan tidak ada sihir apa pun yang bisa memperbaikiku.

Aku menyerah pada dukaku, mengeluarkan rintihan lirih penuh kesedihan, hatiku remuk bagai kaca jendela yang pecah—dan sebuah tangan penuh cakar meraih daguku. Jari-jari berbulu menyusup ke bawah daguku, memaksaku mendongak. Binatang Rhaim menginginkan perhatianku.

Aku berharap dia kembali menjadi dirinya sendiri. Aku ingin menceritakan segalanya padanya.

"Kembalilah, Rhaim," kataku padanya, seperti yang pernah dikatakannya padaku, tapi rasa asing darinya tak berubah—malah makin menguat saat dia membungkuk mendekat, membuka rahangnya yang mengerikan, dan mengembuskan napas panas ke wajahku. Lalu dia menyapu pipiku dengan lidahnya, meninggalkan jejak hangat—menjilat air mataku. Rasa asing itu membuatku bergidik, tapi entah bagaimana aku tahu lebih baik tidak melawannya. Aku hanya terisak, sementara dia dengan hati-hati membersihkan pipiku yang satu lagi dengan cara yang sama.

Dia begitu dekat sekarang, dan jauh lebih besar dariku, kepalanya menunduk ke arahku. Mataku sejajar dengan tanda penyihirnya, dan tanda itu serasa mengolok-olokku. Aku tidak akan pernah memilikinya. Aku tidak akan pernah bisa mengendalikan kekuatanku.

Aku tidak akan pernah bisa mengendalikan hidupku.

Kuangkat satu tangan berdarahku dan kutempelkan ke dadanya tepat di atas tanda itu, hampir persis menutupi bekas cap di sana.

Itu saja—sedekat itulah aku akan pernah punya tanda semacam itu.

Binatang itu mengeluarkan suara gelisah, napasnya masih memburu. Lalu dia mencengkeram pergelangan tanganku, cakar-cakarnya melingkari seluruhnya sementara dia menarik tanganku tinggi-tinggi dan menjilat darahku dari sana. Aku menyaksikannya mengecap-ngecap bibir, mencicipiku, lalu seolah memutuskan dia menginginkan lebih, dia mendekat, dan tangannya yang lain mencengkeram pahaku.

Aku memekik dan menendang mundur darinya, rusukku berdenyut nyeri, gaunku tersangkut di serpihan meja yang rusak—meja yang sama yang pernah kuhancurkan ketika aku masih berani berharap.

Aku mendekap tubuhku erat-erat, untuk menahan tulang rusukku sekaligus melindungi diri darinya. "Rhaim, kau membuatku takut," bisikku.

Telinganya tegak ke depan, tapi yang dia lakukan hanyalah menggeram, mencondongkan tubuh melewati meja untuk menumpukan satu tangan di samping pinggulku. Tapi kemudian matanya bertemu mataku, menatapku lekat-lekat, sungguh-sungguh, dan dia mundur selangkah, lalu selangkah lagi, sebelum membuka portal ke kegelapan di belakangnya dan lenyap di sana.

Aku merosot, ambruk perlahan ke permukaan meja, meringkuk seperti bola. Aku kesakitan dan membenci diriku sendiri, dan aku tidak ingin bergerak—tapi aku mendengar suara gemerisik aneh. Aku memaksa diri bangun, bertumpu pada satu tangan, bertanya-tanya apakah semakin banyak lagi isi perpustakaan Rhaim yang beterbangan keluar dari lubang di dinding, ketika aku melihat sosok kecil berbulu melesat ke sana kemari di atas sisa-sisa meja dan buku-buku yang remuk.

"Putri?" tanya suara yang kukenal dari balik reruntuhan. "Kau baik-baik saja?"

"Finx!" Aku langsung duduk tegak, terengah kesakitan, dan tetap merentangkan kedua lenganku untuknya. "Aku melihat dia memukulmu!"

Dia melompat ke atas meja di sampingku. "Apa kau lihat aku menggigitnya duluan?"

"Ya—aku lihat—itu luar biasa." Salah satu kaki belakangnya bengkok parah, tapi aku menyambarnya ke dalam pelukan erat sementara dia meronta-ronta. "Bagaimana kau bisa selamat?"

"Seperti biasa!" katanya, meloloskan diri dariku, melompat lepas, lalu menangkap dirinya sendiri dengan terpental-pental di lantai. Dua kaki di satu sisi menyangga kaki di antara keduanya yang sedang bermasalah. Lalu kaki-kaki paling belakangnya melontarkan jaring ke sebuah buku di belakangku, menariknya jatuh sebagai demonstrasi, menunjukkan padaku bagaimana dia berhasil lolos.

Dia meluangkan waktu sejenak memandangi kekacauan di sekeliling kami. "Rhaim pasti marah besar kalau lihat semua ini."

"Ya," kataku sambil mendengus, menekan satu tangan berdarah ke dadaku, merasakan tulang-tulang di bawah dadaku bergesekan. "Kurasa memang begitu." Tapi aku tidak tahu di mana Rhaim sekarang, dan rasanya aku tidak ingin melihatnya dalam waktu dekat.

Dan karena Finx dan aku sama-sama terluka, dan aku cukup yakin tidak akan ada lagi yang datang menyerang... "Maukah kau membawaku ke atas sekarang, Finx?" pintaku, memperlihatkan telapak tanganku yang terkoyak.

Finx meluangkan waktu sejenak memperhatikannya, lalu berkata, "Yah, kita mungkin nggak bisa bikin masalah lebih banyak lagi hari ini, kan?" dan tanpa rasa takut memimpin jalan menuju tangga.

38

Rhaim

Menembus portal ke perpustakaanku dan melihat tangan Vethys menempel pada Lisane, aku tiba-tiba paham kenapa para bangsawan menyimpan perempuan mereka di lubang tanpa jendela.

Aku masih bisa mengendalikan binatangku sampai detik itu, tapi setelah melihat pemandangan itu—tidak lagi.

Makhluk-manusia itu sedang merebut apa yang *milikku.*

Aku mengaum dan melesat keluar untuk merebutnya kembali.

Bertempur melawan Yang Tanpa-Mati tadi hanya membuat nafsuku makin membara. Anak buah Vethys melawan dengan berani, tapi di ruang sesempit itu, hasilnya sama saja—terlebih ketika aku tahu, setiap satu dari mereka harus mati.

Siapa pun yang telah melihat ke dalam perpustakaanku. Siapa pun yang telah melihat Lisane.

Siapa pun yang mengira menyerang Sang Segala-Binatang tak akan berakhir dengan pembalasan paling kejam.

Aku bahkan tidak melawan *dia* karena keinginan kami sama persis—kehancuran total siapa pun yang terlibat.

Aku mencabik isi perut mereka, aku melempar mereka ke laut. Ujung tombak menembusku, pedang menyayat, dan kuabaikan semuanya, melolong penuh kebencian liar saat aku menyapu dek kapal itu, satu per satu. Dengan hidung yang lebih tajam dan telinga yang lebih peka, tak seorang pun bisa bersembunyi, dan ketika aku selesai, aku naik lagi ke dek dan menemukan Vethys di tempat kutinggalkan, tersandar pada tiang dengan dua kaki patah. Dia menjerit saat aku mendekat, lalu mulai berusaha merangkak menjauh.

Aku tidak ingin memberinya kepuasan kematian.

Aku ingin dia menderita.

Setelah tak menemukan penyihir lain di kapal, aku berbelok menuju mekanisme sihir yang menjaga kapal tetap mengapung—sebuah sangkar berisi bola-bola kaca yang melayang. Jaegar mungkin mengkhianatiku—dan Lisane mungkin juga, lewat *suratnya*—tapi setidaknya tidak ada yang lain dari bangsaku yang melakukannya.

Kutendang struktur itu hingga hancur, memecahkan separuh bola di dalamnya dan membiarkan sisanya terbang lepas, dan Vethys mulai menjerit ketika kapal udara itu mulai jatuh. Aku mengaum kepadanya, menikmati ketakutannya untuk terakhir kalinya, sebelum berteleportasi pergi.

* * *

Naluri pertama binatangku: kembali ke tempat terakhir ia melihat Lisane. Dan memang itulah yang dilakukannya, membawa kami ke perpustakaan, tempat kami menemukannya mencondongkan badan ke luar jendela yang terbuka. Ia meraih Lisane dengan cakarnya, menyeretnya mundur dari tepian, dan ketika Lisane menoleh untuk melihatnya, ia marah.

Dia berbau almond dan madu, juga amis besi darahnya. Seperti keringat, seperti pertempuran, seperti ketakutan—dan dia *menginginkan* itu darinya.

Dan kemudian dia mulai terisak, dan itu *lebih nikmat lagi.*

Hasrat binatang itu membanjiri tubuh kami, merenggut sisa kendali rapuh yang berhasil kupertahankan sepanjang pembantaian tadi, mendorongku mundur ke dalam pikirannya, menahanku sebagai sandera sementara dia merasakan seluruh nafsunya. Mengecap air mata dan darahnya tidak cukup. *Dia* ingin merobek roknya, membelah kakinya dan masuk ke dalamnya—*dia* ingin mendengarnya menjerit saat dia menghunjam, merasakan sempitnya yang mencengkeram saat *dia* memaksanya menyesuaikan diri dengan *dia*—dan *dia* ingin menyetubuhinya sampai *dia* menumpahkan spermanya dan menguncinya, lalu, ketika kuncinya mereda, merunduk untuk menjilati habis spermanya dan darah perawannya sampai dia siap untuknya lagi.

Satu-satunya hal yang menghentikannya adalah mata gadis itu.

"Rhaim, kau membuatku takut," katanya, dan binatang itu tidak peduli, karena dia bukan Rhaim lagi—tapi bahkan sang binatang tidak ingin mati. Dia mengingat Kenaikan kami, dan mata perempuan yang membunuhnya, dan saat ini, dari jarak sedekat ini dan dengan Lisane yang ketakutan, mata kuning kecokelatan Lisane tampak persis sama.

Sama.

Begitu.

Binatang itu mundur selangkah, dan aku berusaha muncul ke permukaan, menekannya ke bawah.

Berikan aku kendali, dasar monster, pikirku, melawan jelmaan naluri terburukku—dan kemudian, membayangkan mata Lisane lagi, kali ini menatap *aku,* bukan *dia*—aku mengayunkan lengan ke belakang dan berteleportasi ke dalam kegelapan kamarku.

* * *

Setelah melangkah menembus portal, aku berdiri di sana cukup lama, merasakan binatangku surut, menyisakan hanya aku seorang.

Laki-laki yang baru saja membunuh orang tak terhitung banyaknya—meski aku akan melakukannya lagi, demi menyelamatkannya.

Bahkan jika dia tidak ingin diselamatkan.

Suratnya pasti sudah menceritakan segalanya kepada ayahnya. Dan aku telah dipermainkan, oleh dia dan oleh ayahnya, tapi yang paling parah oleh diriku sendiri, karena mengira diriku tak tersentuh.

Aku menunggu amarahku mereda, tapi terus menemukan bahan bakar baru untuk meniupnya kembali.

Aku menginginkannya lebih dari apa pun yang pernah kuinginkan.

Dan memikirkan bahwa dia telah menolakku—mungkin memang begini rasanya sekarat.

Aku masih berada dalam gelap, dan hal terakhir yang kulihat adalah matanya.

Ketika aku tak lagi tahan dengan diriku sendiri dan keadaan ini, aku berjalan keluar ke laboratorium dan memanggilnya.

Dia tidak menjawab.

Aku menerjang menuruni tangga, menghempaskan setiap pintu yang kulewati hingga terbuka—bahkan yang tak bisa ia akses—hanya karena aku ingin mendengar debamannya sejalan dengan suasana hatiku, sampai akhirnya aku berdiri di depan kamar tidurnya.

"Lisane," geramku, terdengar seperti binatang bahkan di telingaku sendiri, meski lewat bibir manusia. "Buka pintunya." Ketika dia tidak membuka, geramanku makin keras. "Lisane!" kataku tajam—lalu menendangnya terbuka.

Dia tidak ada di kamar tidurnya juga. Masih ada tumpukan buku di samping bantalnya—dan nyaris tersembunyi di balik bantal itu sendiri, aku melihat secercah hijau zamrud.

Aku menariknya keluar. Itu jurnalnya.

Aku tahu aku tidak seharusnya membacanya, tapi dia memang sudah akan membunuhku—sekalian saja kuberi dia satu alasan lagi.

Aku membukanya dengan ibu jari, membaca sepintas secepat yang kubisa, menemukan buku harian seorang gadis yang—aku menarik napas dalam-dalam, mendadak terluka lebih parah daripada apa pun yang baru saja dilakukan para prajurit itu.

Dia mencatat setiap kali aku menyakitinya... dan sihir yang bisa dia gunakan berkat rasa sakit itu, meski sihir itu juga menyakitinya.

Aku membisikkan namanya—lalu berteriak memanggilnya, harus menemukannya—berlari kembali menaiki tangga menuju tempat yang kuharapkan dia berada.

* * *

Finx menjaga pintu paling atas yang menuju ke atap—bahkan dia sudah memintal jaring menutupi pintu itu, rupanya untuk menghalangiku.

"Dia bilang dia nggak mau ketemu kamu," katanya padaku, seolah-olah semua yang terjadi ini salahku; sesuatu yang biasanya akan kuprotes, tapi jurnalnya masih di tanganku, dan kesalahan-kesalahan yang tertulis di dalamnya begitu jelas.

"Finx, biarkan aku lewat," kataku.

"Nggak!" Dia duduk di tengah jaringnya dan mengeretak-eretak kesal. "Kamu ke mana aja? Kami diserang! Dia hampir mati! Mereka ngebengkokin kakiku!" Aku menatapnya saat dia mengibaskan salah satu kaki belakangnya. Kaki itu tampak baik-baik saja bagiku. "Tapi dia nyemplungin aku ke air, dan itu benerin, terus dia bilang dia nggak mau ketemu kamu."

"Aku perlu bicara dengannya, Finx. Tolong."

Finx tahu betapa langkanya kata itu keluar dari mulutku. Dia mengeluarkan suara gusar lagi. "Mau bilang ke dia kalau aku melawanmu?"

"Ya. Sekarang minggir," perintahku, dan dia melompat menyingkir sementara aku menyapukan tangan menembus jaringnya yang berantakan, menyingkirkan jaring-jaring itu dari pintu. Kudorong pintu itu terbuka dan melangkah keluar ke bawah sinar matahari.

Lisane telanjang di dalam bak susu milikku—hanya saja darah dari suatu tempat di tubuhnya telah mengubah airnya menjadi merah muda.

"Lisane," bisikku, bergegas maju.

Dia terlonjak mundur, menyembunyikan tubuhnya dengan kedua lengan.

"Aku tidak akan menyakitimu," kataku padanya—dan kemudian dia punya keberanian untuk menertawakanku.

39

Lisane

Rhaim berdiri di kaki bak mandinya—kini sepenuhnya manusia, atau setidaknya semanusiawi mungkin baginya, meski pakaian kulitnya kotor dan rambutnya berantakan. Dan sekarang dia mengklaim tidak ingin menyakitiku?

Setelah semua yang baru saja terjadi?

"Binatangmu—" aku mulai menyalahkannya, tapi kemudian aku menyadari—dia memegang *jurnalku*. "Apa yang kaulakukan dengan itu?" tanyaku, menyentak maju di dalam air.

"Kenapa kau tidak memberitahuku?" tuntutnya, mengacungkan jurnal itu ke arahku.

"Memberitahu apa—" aku mulai, tapi kebohongan itu luruh sebelum sempat terucap. "Kenapa *kau* tidak memberitahu *aku*?" balasku, sama marahnya.

"Aku sama sekali tidak tahu sihirmu menyakitimu," geramnya, membanting jurnal itu ke lantai batu atap kastilnya.

Aku tertawa sinis. "Kenapa aku harus mengira kau peduli?" kataku pedas sampai kulihat dia tersentak; lalu dia menggeram.

"Aku pasti ingin tahu!"

"Kenapa?" teriakku, menghantamkan tinju ke air hingga memercik ke kakinya. "Kau juga menyakitiku!"

Sejak keluar untuk berendam di bak ini di bawah cahaya matahari terbenam, yang kulakukan hanyalah berpikir. Tentang semua yang terjadi hari ini. Tentang betapa bodohnya aku, betapa kejamnya aku diperlakukan, dan betapa kini aku tak punya harapan lagi.

Aku memang punya kekuatan, ya—tapi kekuatan itu membutuhkan orang lain untuk menggunakannya.

Aku takkan pernah bebas, tidak seperti yang *aku* inginkan.

Aku mendongak menatapnya, mataku penuh air mata yang tak bisa kusembunyikan. "Apa kau yang membuatku seperti ini, Rhaim?"

Mulutnya ternganga dan napasnya memburu. "Tidak, Lisane. Aku takkan pernah."

Aku ingin mempercayainya tapi sulit rasanya. "Tapi bagaimana kau tahu? Apa kau seyakin itu?" tanyaku, dan suaraku pecah.

Rhaim berdiri di sana, menatapku, matanya hanya untuk mataku, rautnya goyah. "Karena, Lisane," dia memulai pelan. Dia melangkah masuk ke dalam bak bersamaku, sepatu bot, pakaian—semuanya. Aku terkesiap dan beringsut mundur, lalu mengangkat tubuhku keluar untuk duduk di tepinya, meraih handuk untuk menutupi diri.

Dia terus mendekat, kedua tangannya terentang, dan terlalu mudah membayangkannya melakukan gerakan yang sama untuk menenangkan serigala atau kuda. "Lisane," katanya lembut, semakin dekat. "Aku takkan pernah mengajarimu kalau aku tahu itu bisa terjadi."

Aku sama takutnya padanya sekarang seperti saat dia berwujud binatang. Tapi kakiku masih di dalam bak, jadi mungkin sihirnya juga bekerja padaku. Ketika dia meraihnya, dia melingkarkan lengannya di belakang lututku dan menundukkan kepala ke pangkuanku. Napasnya sama beratnya seperti saat dia menjadi binatang, dan aku bisa merasakan jenggotnya yang kasar menggesek lututku.

Aku tidak tahu harus menganggapnya apa—Rhaim yang seperti ini.

Apa aku entah bagaimana sudah menjinakkannya?

Kenapa aku takut menyentuhnya, padahal dia begitu sering menyentuhku?

Lalu perlahan dia mengangkat kepalanya dan menarik napas tersengal-sengal. "Ngengat kecil, aku bersumpah aku tak akan selalu menyakitimu."

"Apa maksudmu?" bisikku. Aku tidak mengerti.

Mata gelapnya menghujam mataku, seolah memaksaku percaya. "Akan kutunjukkan, kalau kau mengizinkan."

Aku teringat setiap kali dia pernah menyentuhku, dengan telapak tangannya, cambuknya, cakar-cakarnya, kekejamannya, tapi tawaran ini lebih menakutkan lagi.

Aku tahu apa yang harus dilakukan dengan duka—*akulah Sang Putri Air Mata!*—dan dia sudah mengajariku cara menghadapi rasa sakit.

Tapi aku tak berdaya di hadapan kebaikan—terutama dari dia.

Rhaim memang pernah menenangkanku sebelumnya, ya, tapi ini jauh lebih mengerikan, bahkan daripada wujud binatangnya, karena matanya kini manusia. Tatapannya lebih panas dari air bak ini, dan aku merasakan sesuatu di dalam diriku ingin menjawab.

Aku menjilat bibir dan mengangguk pelan. Lalu dia mundur, tapi tidak jauh, melepaskan lengannya dari belakang betisku; kini dia melingkari kedua pergelangan kakiku dengan tangannya, lalu hati-hati mengangkatnya, jari-jarinya menggesek kulitku. Kepalanya tertunduk dalam konsentrasi seolah dia bisa melihat menembus air keruh untuk tahu persis apa yang dilakukannya. Napasku tersendat saat kaki-kakiku terangkat keluar dari air—masih basah di genggamannya—ibu jarinya yang kuat menekan sisi dalam lututku, mulai menariknya pelan-pelan terbuka.

"Rhaim," bisikku.

"Yang kulakukan ini takkan mengubahmu," janjinya, sebelum meletakkan bibirnya di paha dalamku begitu dia menciptakan ruang untuk dirinya.

Aku ingin memprotes karena aku tahu itu bukan kebenaran. Yang dia lakukan sejak aku tiba di sini hanyalah mengubahku—dan dia bodoh kalau mengira momen ini berbeda. Tapi yang bisa kulakukan hanyalah menatapnya, sementara dia membukaku lebih lebar, bibirnya merambat naik, makin ke dalam, meninggalkan jejak ciuman di sepanjang jalannya.

Aku pernah membaca tentang ini, atau hal-hal seperti ini, terjadi di dalam buku. Tapi tak ada yang tertulis di halaman-halaman itu yang mempersiapkanku untuk apa yang kurasakan sekarang: desiran gelisah yang kian menumpuk di dalam diriku, dan hasrat cair di pusatku.

Semua yang dia lakukan membuatku takut.

Aku tak pernah ingin dia berhenti.

Dia mengangkat bibirnya dari kulitku dan berpaling menghadapku sehingga aku bisa merasakan napasnya di pusatku. "Aku akan membukamu, ngengat kecil," dia memperingatkanku, sesaat sebelum telapak tangannya menyusup masuk dan merenggangkan pahaku lebar-lebar, menyingkap bagian terdalamku. "Ngengat kecil," bisiknya, kembali dan mencium lebih tinggi di kakiku, di bagian paha terlebar dan terlembut, dan aku tahu ke mana bibirnya akan pergi selanjutnya—tak ada lagi tempat lain yang bisa dituju. Jantungku berdegup kencang di dada, putingku menegang di balik handuk. Aku terengah, menatapnya, saat dia mendongak.

"Kumohon," pintaku. Sama seperti malam pertama itu, ketika aku memohon dibebaskan dari penjaranya—malam yang memulai semua malamku di sini setelahnya. "Kumohon."

"Ya," katanya, memejamkan mata sebelum menciumku di celahku.

Aku terkesiap lalu mengembuskan napas panjang, saat bibir dan lidahnya mulai menjelajahiku, menyentuh tempat-tempat yang belum pernah terjamah dengan cara-cara yang tak kukenal. Dia sama telitinya sekarang seperti sebelumnya, mengecapku, mengisapku, mengeksplorasi, dan aku mengeluarkan suara-suara kecil terkejut setiap kali muncul sensasi baru.

Dan kemudian aku takut.

Apakah aku hanya eksperimen lain baginya—sesuatu yang baru untuk dibedah dan dipelajari, lalu dibuang begitu dia selesai?

Lalu dia mengeluarkan suara di antara kakiku, desah puas seolah aku ini hidangan yang nikmat. Tangannya naik ke perutku, mengangkat dan memiringkannya ke belakang—agar dia bisa memakanku lebih leluasa—dan pikiran itu pun tersapu hilang.

Aku bersandar pada sikut saat dia bangkit dari air di antara kakiku untuk membukaku lebih lebar, mengeluarkan erangan kasar penuh nikmat di antara pahaku. Handukku tersingkap dan aku tak peduli; matahari sudah pergi, tapi bulan ada di sini, dan aku ingin cahayanya menyentuhku seputus asa seperti...

Aku menginginkannya.

Bibirnya mengisap, lidahnya menekan, dagunya menggesek, lalu dia mendongak, memergokiku menatapnya.

"Apa?" gumamku, saat dia berdiri di antara pahaku. Separuh rambutnya basah, menempel di lehernya dalam keriting-keriting gelap yang lembap, dan air penyembuh dari bak itu melicinkan pakaian kulit yang masih melekat di tubuhnya.

"Ssst," bisiknya menenangkan, mencondongkan tubuh ke atasku, membuat dadaku bergetar menahan harap—tapi yang dilakukannya hanya mengambil beberapa handuk lagi dari keranjang di dekatnya, sebagai bantalanku. Saat melakukannya, pinggulnya menggesek di antara kakiku, dan masih ada cukup cahaya untuk melihat garis tegas yang sempat kulihat ketika dia mandi tadi, dan aku ingin sekali menyuruhnya berbaring.

"Selimuti aku," bisikku.

Rhaim menegakkan tubuh dan berhenti sejenak, menimbang-nimbang.

"Aku tahu kau ingin melakukannya tadi," kataku padanya. "Tak apa," yakinku.

Aku tak ingin menjadi perempuan yang pantas untuk masyarakat beradab.

Aku tak ingin laki-laki seperti Vethys mengira mereka bisa membawaku kembali.

"Tak apa, Tuan," godanya, sudut bibirnya terangkat tipis. Dia meletakkan tangan di lututku, dan aku berdoa agar tangan satunya meraih ikatan-ikatan pakaian kulitnya. "Tapi tidak, ngengat kecil, aku tak akan berlaku buas padamu lagi malam ini."

"Tapi—" protesku, tidak mengerti, saat dia kembali merosot ke dalam air.

Dia berkata, "Aku sudah bersumpah takkan menyakitimu—dan aku ingin merasakanmu lebih lama," dan itulah yang dilakukannya.

* * *

Rhaim meraih kakiku, meletakkan satu di atas bahunya, dan bibirnya bertemu celahku lagi. Aku mengeluarkan suara merengek tanpa berpikir, karena ada satu titik yang setiap kali disentuhnya membuat pinggulku bergerak sendiri, menghentak ke atas.

"Rhaim," ucapku, menjadikan namanya sebuah doa.

"Biarkan itu mengumpul dalam dirimu," katanya, seperti yang selalu dikatakannya, seolah apa yang dilakukannya sekarang juga sihir, hanya saja aku bisa merasakan bibirnya menyentuhku saat dia bicara dan merasakan tekanan napasnya yang panas. Aku mulai terengah dan pantatku mulai menegang. Aku membisikkan namanya lagi, dipenuhi sensasi asing yang nyaris terasa nikmat, sambil menatap bintang-bintang di atas. Perasaan melayang yang menghampiriku sekarang sama seperti saat dia memukulku, tapi berasal dari sebab yang sama sekali berbeda.

"Rhaim—*Tuan,*" hembusku, saat bibirnya mengisap dan lidahnya berputar, dan aku tak bisa menahan diri—kubenamkan tanganku ke rambutnya dan kutahan kepalanya di sana. "*Tuan,*" pintaku padanya, bahkan tak yakin apa yang kuminta, hanya tahu bahwa aku butuh.

Dia menggeram di antara pahaku saat pinggulku bergoyang menghimpit wajahnya. Matanya terpejam sementara mulutnya terus sibuk memanjakanku, tapi lengannya kini melingkari pahaku, mendongakkan pinggulku agar lebih mudah dijangkaunya. Lalu salah satu tangannya merambat naik dan menangkup payudaraku, mengusapkan ibu jarinya di putingku. Aku mengurung tangannya di sana dengan tanganku yang lain; dia melakukannya lagi, dan aku mengerang lagi. Rasanya seperti ada aliran panas yang menyambar dari payudaraku ke pinggulku, dan meski nyeri di antara kakiku belum sepenuhnya reda, ia mulai digantikan oleh sesuatu yang baru.

Panas yang kian membara.

Sebuah remasan.

Dan seluruh tubuhku mengikuti, menegang.

Apa yang dilakukannya padaku adalah sejenis sihir yang tak kupahami—tapi aku ingin memahaminya.

Sangat, sangat ingin.

Dan dia pun menginginkan itu untukku. Aku tahu, karena aku menunduk dan melihatnya membungkuk di atasku, mulutnya mengikuti pinggulku yang bergerak bergelombang, mata gelapnya akhirnya dipenuhi emosi yang bisa kupahami.

Dia—*ingin*—memberiku—*ini.*

Yang harus kulakukan hanyalah—*mengambilnya.*

Tanganku mengepal di rambutnya saat aku menarik napas dalam-dalam. "Tuan! Tuan—*Tuan*—Tuan!" Kenikmatan menerjangku seperti ombak; seluruh tubuhku menggeliat, ada sesuatu di dalam diriku yang menegang lalu mengendur—yang tak pernah bergerak begitu sebelumnya. "Tuan!" teriakku saat gelombang lain menghantamku, dan dia mulai mengeluarkan erangan rendah, dari perut, di antara kakiku sementara mulutnya mengikuti setiap gerakanku, lidahnya tak kenal ampun, mendorongku melampaui batas. "Tuan—Tuan—*oh*—Tuan," pekikku pada tiap guncangan, saat sensasi mencakar-cakar menembus tubuhku, kasar dan tak beraturan.

Dan kemudian sihir apa pun yang merasukiku selesai, lenyap, terbang menyatu dengan bintang-bintang di atas, meninggalkan aku dan tubuhku yang lelah di bawah sini.

"Rhaim," ucapku; namanya meluncur seperti desah saat tubuhku merosot turun.

Dia menjilat beberapa kali terakhir sementara aku melepaskannya, dan dia mundur sedikit, tapi tidak terlalu jauh.

40

Rhaim

Yang kuinginkan hanyalah menunjukkan pada ngengatku bahwa dia aman, dan menghanyutkannya dalam kenikmatan.

Dia terasa seperti susu dan madu dari air rendaman, lalu rasa alaminya sendiri begitu aku menjilatinya bersih. Sentuhanku membuatnya basah kuyup, dan setelah rasa bersalah yang kurasakan, aku ingin membuatnya cukup basah untuk membasuh jiwaku.

Aku sudah tegang sejak dia membiarkanku membuka lututnya—saat dia pasti sudah tahu setidaknya sebagian dari apa yang akan terjadi, dan dia tetap percaya padaku. Kontolku sudah mendesak di balik celanaku, begitu siap menyelip masuk dan memilikinya, seperti yang diinginkan tubuhnya—bahkan dia sendiri menyadarinya saat tadi dia mengatakannya.

Tapi aku yakin dia masih perawan, dan aku sudah berjanji takkan menyakitinya, jadi aku harus memastikan keperawanannya tetap terjaga.

Itu tidak menghentikanku untuk berpesta menikmatinya. Aku mengecap setiap lipatan dan lekuknya, menjilat sepanjang setiap bagian dari belahannya, menyusupkan lidahku ke dalam ceruknya yang paling dalam, merasakan otot-ototnya yang rela berusaha menjepitku di sana—lalu kugantikan dengan daguku dan kucium naik ke titik pertemuannya, tepat di atas, sampai kudengar dia terisak tercekat lalu mengerang.

Setiap kali dia mengeluarkan suara, setiap kali dia menggigil, setiap kali dia membisikkan namaku seolah itu satu-satunya kata yang dikenalnya, kontolku yang gemuk berkedut, siap menerobos keluar dan menerkamnya. Bahkan buah zakarku sendiri terasa berat dan liar, dipenuhi hasrat dan nyeri.

Aku begitu membengkak oleh gairah, begitu menegang, begitu bernafsu sampai rasanya terbakar—aku sudah hidup hampir seribu tahun—dan aku akan rela mati, asal bisa menghujam masuk ke memeknya yang nikmat, asal aku diizinkan klimaks sekali saja—

Lalu tangannya menyusup ke rambutku, dan seluruh perhatianku tertuju padanya.

Aku mengulurkan tangan dan mengusap payudaranya, merasakan betapa lembut dan berisinya di telapak tanganku, cepatnya putingnya mengeras, dan secepat apa tangannya menangkap tanganku agar tetap menempel. Aku mencondongkan diri, membungkuk, dan mengeluarkan suara yang sepadan dengan suaranya, ikut berdenyut oleh hasrat yang sama, sementara dia menggosokkan memeknya yang sempurna dan rakus ke wajahku.

Napasnya tercekat dan tangannya mengepal dan pantatnya menegang dan aku menginginkan ini untuknya sama besarnya dengan keinginannya sendiri. Dia sudah begitu dekat, pasti dia tahu itu, meski dia tak tahu menuju apa. Aku membuka mata untuk menatapnya dan mendapatinya sedang memandang ke bawah, mulutnya ternganga, pupilnya melebar, dadanya naik-turun.

Ya, batinku, dengan sepenuh jiwa. *Tetaplah seperti ini selamanya, Lisane.*

Terus percaya padaku.

Kumohon.

Dan kemudian dia menyerahkan orgasmenya padaku. "Tuan!" teriaknya, melemparkan kepala ke belakang sambil menggulung pinggul. "Tuan—tuan," nyanyinya, ketika lebih banyak sari manis terlepas dan pahanya bergetar di rahangku. Aku mengikuti setiap geraknya, menekannya turun, mengisap, mengecap dengan kalap—dan itu membuat pinggulku sendiri menghantam sisi bak. Lalu hanya butuh satu sentuhan, satu gesekan yang tak disengaja—aku mengerang rendah ke dalam dirinya ketika kontolku berdenyut, menumpahkan benihku, mendengus di tiap kedutan. Kenikmatanku sendiri mengamuk di sekujur tubuh, membuat buah zakarku mengencang dan bulu di tengkukku meremang, sementara di bawah bibir bak, semburan sperma melesat mengeruhkan air.

Dia melepaskan rambutku dan tanganku lalu terjatuh ke handuk-handuk di belakangnya dengan desah menyerah. Aku mundur sedikit, merapatkan lututnya dengan lembut, lalu keluar dari bak untuk mengangkatnya beserta jurnalnya. Dia memejamkan mata, melingkarkan lengannya di leherku sambil membenamkan wajah ke tubuhku. Kelembutannya meluluhkan sisi-sisi kerasku, sekaligus membuat sisi lainku dua kali lebih liar.

Aku sengaja lewat jalan yang lebih jauh menuju kamar tidurnya, supaya lebih lama memeluknya selagi masih bisa, lalu membuka pintu, menggendongnya masuk, berlutut untuk membaringkannya di tempat tidur. Dia bergeser dan berguling dengan menggoda, menarik selimut menyelubungi tubuhnya, lalu menatapku, matanya setengah terpejam oleh kelelahan bercampur sisa gairah.

"Apa kau menggunakan sihir, ngengat kecil?" tanyaku ingin tahu.

"Iya," katanya sambil tersenyum manis. "Luar biasa rasanya."

Pikiran bahwa ada seseorang yang menyakitinya sampai cukup untuk memunculkan sihirnya nyaris membuat sisi buasku menerobos keluar. Tapi aku berhasil menekan itu, menahannya, lalu menyibak sehelai rambut basah dari matanya. "Aku tak meragukan itu. Kau boleh ceritakan padaku nanti. Istirahat sekarang." Aku meletakkan jurnalnya di bantal di sampingnya dan mengecup keningnya dengan sopan. "Ada urusan yang harus kuurus. Aku mungkin pergi beberapa hari."

Dia berusaha bangkit mendengar itu. "Rhaim, jangan," katanya, mendorong tubuhnya duduk. "Jangan bunuh dia. Janji padaku."

Kami berdua tahu siapa yang dimaksudnya—ayahnya, yang pasti menyuruh Vethys datang dan mengambilnya.

Dan dia benar—aku tidak bisa membiarkan itu begitu saja.

"Ini semua salahku," lanjutnya, wajahnya berubah pilu.

"Apa kau yang menyuruh mereka menjemputmu?" tanyaku, tanpa ancaman. Aku akan memaafkan apa pun darinya saat ini.

"Tidak." Dia menggeleng dan meringis. "Aku takut yang kulakukan justru lebih buruk."

Aku membayangkan seribu pengkhianatan, dan tak satu pun yang penting, karena dia baru saja berada dalam pelukanku. "Dan apa itu, ngengat kecil?"

"Aku bilang padanya aku tidak mau kembali." Pipinya memerah dan dia menunduk, menambahkan pelan, "Selamanya."

Aku sudah melewati berabad-abad kekerasan, dan tak ada makhluk lain yang pernah membuat jantungku nyaris berhenti seperti ini.

Dan saat terpikir bahwa mereka sudah mencoba mengambilnya dariku... aku menggeram sambil berdiri. "Tak ada lelaki yang akan menyentuhmu lagi, Lisane. Itu satu-satunya janji yang bisa kuberikan padamu."

"Jadi hanya binatang buas, kalau begitu?" tanyanya, duduk tegak di tempat tidur, matanya berkilat, dan aku bertanya-tanya seberapa parah Vethys menyakitinya, apakah sihirnya masih tersisa. "Apa aku harus jadi kuda betina penurut milikmu?" tuntutnya.

Aku menangkap dagunya dengan tanganku. "Tak ada yang penurut dari dirimu," kataku, saat dia menyentak menjauh dari sentuhanku. "Karena itu kau tahu kau tak bisa kembali. Kita akan membahas ini saat aku pulang." Aku mulai berjalan menuju pintunya.

"Rhaim—" panggilnya dari belakang, dan aku tidak menoleh. "Rhaim!" teriaknya, dan aku mengabaikannya, melangkah ke lorong.

Kudengar dia mulai memerintahku, "*Jangan—*" ketika aku menciptakan portal ke perkemahan Jaegar dan melangkah masuk.

Bahasa Indonesia
Indonesian

Indonesia

www.ingramcontent.com/pod-product-compliance
Lightning Source LLC
LaVergne TN
LVHW050844051026
849532LV00006BA/2101